消失的证人

Disappeared Witness

戴西/著

台海出版社

图书在版编目（CIP）数据

法医追凶．消失的证人／戴西著．-- 北京：台海出版社，2021.11（2024.4重印）

ISBN 978-7-5168-3158-8

Ⅰ．①法… Ⅱ．①戴… Ⅲ．①推理小说－中国－当代 Ⅳ．①I247.5

中国版本图书馆CIP数据核字(2021)第199781号

法医追凶．消失的证人

著　　者：戴　西

出 版 人：蔡　旭　　封面设计：末末美书
责任编辑：魏　敏　高惠娟

出版发行：台海出版社
地　　址：北京市东城区景山东街20号　邮政编码：100009
电　　话：010-64041652（发行，邮购）
传　　真：010-84045799（总编室）
网　　址：www.taimeng.org.cn/thcbs/default.htm
E-mail：thcbs@126.com

经　　销：全国各地新华书店
印　　刷：三河市嘉科万达彩色印刷有限公司
本书如有破损、缺页、装订错误，请与本社联系调换

开　　本：710毫米×1000毫米　1/16
字　　数：240千字　印　　张：17
版　　次：2021年11月第1版　印　　次：2024年4月第2次印刷
书　　号：ISBN 978-7-5168-3158-8

定　　价：49.80元

目录

故事一　火车爆炸案

故事二　猎杀者

故事一　火车爆炸案

活着的人和死了的人，他们的唯一联结是什么？

楔　子

“妈？”

“干吗？”她不耐烦地随口应了一声，双眼却始终都没有离开过手中这本刚从路边报摊上买的《大众电影》。

早秋的风吹拂着人的脸颊有些微凉，阳光倾洒在斑驳的柏油路面上，头顶金黄色的银杏树叶窸窸窣窣地从空中盘旋而下。

“妈……”女儿的声音再次响起时已经落到了她的身后，还变得有些期期艾艾。

“你到底想说什么？”她收住了脚步，杂志顺势夹在胳膊肘下，转身看着自己上中学的女儿，脸上多了几分僵硬的笑容。

“我……我们还是，别去找……找李老师了吧，求你了，妈？”女儿的目光中闪过一丝恐惧，乌青的右眼眶在阳光下显得格外刺眼。

身后不远处隐约传来了第三中学课间操的广播声，周围安静极了，偶尔才有一两个人经过。

她眼睛里的光一点点地在消失，说话的声音也变得低沉而冰冷：“这时候才知道丢人了？”

“可是我……”女儿哀求的声音欲言又止。

她却彻底没有了耐心，粗暴地伸出手一把揪住女儿的头发，不容分说地加快脚步向前走去。

她决定的事，没有人能够说“不”。

一阵急促的脚步声在寂静的夜色中响起，由远而近，风雷新村警务站值班室的门随即被人重重地撞开。

“警察同志，我……我老婆孩子，她们好像出事了，打电话都没有人接，我四处都找遍了……我该怎么办……”站在门口的是一个 40 岁出头的中年男人，个子不高，有些谢顶，身上穿着件黑色的皮夹克，拉链一直拉到脖子的位置，下身穿一条藏青色的裤子，脚上穿着一双蒙了一层厚厚灰尘的黑皮鞋。

联防队员老裴认出了中年男人正是住在自己楼上的邻居，叫王志山，今年 47 岁，在市印染厂供销科上班。于是老裴赶紧上前拉王志山坐了下来，一边给他倒水，一边向值班的派出所民警丁然做了简单介绍。

王志山手里紧紧地捧着一次性纸杯，嗫嚅半天却一口水都喝不下去，最后索性把纸杯放在桌子上。他说自己去海东出差了，今天下午 6 点半才下的火车，可是到家后却怎么也找不到自己的妻子赵秀荣和女儿王佳，手机也打不通，妻子城北的娘家也说没见到人。

丁然和老裴互相看了一眼，接着问：“你和孩子学校的老师联系过吗？”

“她……我女儿因为身体原因，一直请病假的。”王志山紧张地咬着嘴唇。

“老王，那佳佳的同学那边呢？”老裴同情地问道，“佳佳是个好孩子，你老婆也管得很严的，不会乱跑的呀。”

一听这话，王志山便无力地摆摆手，嗓音嘶哑：“都问遍了，回答都是一样的——没看到。”

“那你的家属是从事什么工作的？”丁然有些不甘心，他一边在工作笔记上做着记录，一边头也不抬地问，“她今天去单位上班了吗？”

“我老婆秀荣原来是肉联厂二车间的操作工，因为身体不好就提前内退了，她在家照顾佳佳的起居，还给佳佳辅导功课，我经常出差，哪有精力顾得了两头啊。”王志山委屈地嘀咕，双手紧张地来回搓弄着。

“母女俩关系怎么样？”

王志山的神情变得有些凝重：“还……还行，孩子到了叛逆期，总是会有些令人头疼的。只是警察同志，我一个男人，不太了解这些的。”

“那你最后一次是什么时候和你的家属联系的？”丁然问。

“出差那天。”

丁然一愣，他停下了手中的笔，抬头看着王志山，目光中闪过一丝狐疑：“你一周都没和你的家属联系了？”

老裴在一旁听了，赶紧拽拽丁然的衣袖，俯身耳语：“老王是单位里出了名的‘妻管严’，兜里最多不会超过 10 块钱，即使出差，撑死也就这个数，”他晃了晃 3 根手指，“他当然得精打细算了，这长途电话费又那么贵。”

丁然下意识地上下打量了一番坐在面前的王志山，点点头，右手飞快地写完最后几个字后，便把记录本递给他：“你再看看，确认下，要是没意见的话，就在每一页的下面签个字再按个手印，还有页面上有你名字的地方，都别忘了，我等下就上报给所里。”

王志山连忙站起身，二话不说抓过桌上的圆珠笔便在每页纸上迅速签下了自己的名字。

“你不详细看看有没有什么差错吗？”丁然抓着笔记本，吃惊地问。

“不看了，不看了，不会错的，警察同志，我们什么时候去找人？”王志山一脸的焦急，像极了热锅上的蚂蚁。

丁然伸手抓过桌上的电话机：“这位同志，我这边只是警务站，我得先通知所里查看监控，你不要急，先回去，等下有消息了我会打电话联系你的，你就在家里安心等着吧。”

话已至此，王志山的脸上闪过一丝绝望，他重重地叹了口气，神情落寞地转身离开了警务站。

老裴见状，和丁然打了声招呼，然后拿着自行车钥匙追了出来：“老王啊，我看秀荣娘儿俩不会有什么事的，我正好要回家，等下叫我儿子一起帮你找找去。”

“那太谢谢你了。”王志山面露感激。

王志山走了，老裴从警务站旁推出自行车，站在夜风中朝着风雷新村的方向看了几眼，若有所思。几分钟后，他骑上自行车朝相反的方向飞驰而去。

一周后。

阴雨连绵的午夜，市局110接警中心值班台的电话铃声响了起来。

“喂喂，110吗？我要报警，这里好像出事了。有人躺着一动不动的……”报警人的声音急切且语速飞快。

“躺着？在哪儿躺着？几个人？还有生命体征吗？”接警员一边问话一边在电脑上飞快地记录着通话要点。

“两个人，在老文化宫这边靠马路的第三间店面房里躺着，我刚下中班，路过的时候无意中看到的，这玻璃门应该是锁着的，我推不开。你们快来吧，我也不知道里面发生了什么，那两人的姿势有点怪，地上好像还有血，这一动不动的，应该是死了吧……”报警人的声音越来越小，最后近乎耳语。

“好的，你站着别动，我们的路面巡逻马上过去。”

“等等，警察同志，”电话那头的报警人突然惊喜地说道，“有个人好像还活着，我刚才拿手电筒朝里晃的时候，她的手臂抬了一下，就是靠墙那个，像个年轻女孩，头发很长，盖住了脸，血刺呼啦的，你们赶紧通知 120，我现在想办法把锁弄开进去救人……”

话音未落，电话那头传来一阵金属的撞击声，接着便是一声巨响，夹杂着玻璃碎裂的声音和报警人连连的惨叫声。

“喂喂，出什么事了……”接警员倒吸一口冷气，他意识到事态变得严重了。

值班室里的空气瞬间凝固。

“喂喂，你没事吧？快回答我……”接警员不断地冲着电话机呼喊着，可是电话那头除了一片嘈杂的车辆报警声外，便再也没有了应答。

此刻，值班室墙上的红色电子挂板显示时间——2010 年 9 月 27 日 23 点 32 分。

早上 5 点刚过，晨雾弥漫，一辆警车无声无息地在风雷新村 2 栋楼门口停了下来。丁然锁好车，顺势整理了一下警服，然后便快步走进楼栋，几分钟后 403 室的门被敲响了。

看着站在门口的丁然，王志山先是愣了一会儿，好不容易才想起他是一周前警务站的警察。他回过神来后刚想开口请丁然进屋，丁然却摇摇头问：“你老婆跟孩子是不是又失踪了？”

王志山点点头，脸上露出苦笑：“会回来的，没事。我管不住她们，家里也不是我说了算，所以就不去你那边麻烦你了。”

“直接跟我去越市局吧。”丁然不动声色地说道。

“市局？你找到她们了？”王志山退后一步，右手下意识地去摸门把手，脸上的神情依然有些发蒙。

“是的，但是需要你去市局刑警大队配合一下工作。”丁然的目光瞬间变得有些犀利，他的右脚脚掌借势牢牢地抵住了门的凹槽，伸手一指门边的衣帽架，“你什么都不用带，拿上那件夹克就行，我等你。”

两人并肩走下楼梯的时候，3 楼联防队员老裴家本来开着的门应声被用力关上了，门后传来一阵窃窃私语，似乎在争论着什么。丁然看了一眼身边的王志山，面无表情。

第一章　致命的秘密

如果你已经一无所有，你还愿意付出什么代价来掩盖一个致命的秘密？

01

2019年4月4日，一个很普通的日子，阳光明媚。

犯罪心理学讲师李晓伟抱着一大堆讲义走出阶梯教室，抬头见到章桐站在走廊上，便惊讶地问道："出什么事了吗？"

章桐是个很特别的女人，几乎从不在李晓伟面前穿警服，哪怕来警官学院找他时也都是一身极为低调的便装。

此刻的她却警服笔挺，裤管上一丝褶皱都没有，帽子拿在手里，神情有些落寞。

"我今天去送一个局里的同事，回来的时候路过这里，就顺道来找你了。"章桐一边说着，一边摘下了胸口的白花，"小九的车在门口等我，过会儿我还要回单位。"

李晓伟脸上刚浮现出的笑容消失了，他往走廊边上站了站说："是不是刑警支队的丁然警官？我听说了，太突然了。"

章桐的声音有些沙哑："心源性猝死，才41岁，还很年轻。"

"你没事吧？别太难过了。"李晓伟关切地打量着她脸上的神情。

"我没事，只是刚才在告别仪式上的时候，丁然家属那哭声……唉，你知道的，我不喜欢听哭声。"章桐一声长叹，眼眶中竟然有了些许泪光，"元凯酒店那个案子，刑侦大队付出的代价实在是太大了，抓捕的时候伤了好几个不说，现在案子破了，丁警官却连一句话都没来得及留下就走了，别说他的家属，就连我们这帮同事一时半会儿也是无法接受的，更何况那孤儿寡母。"

李晓伟轻轻叹了口气："我认识丁警官，他是个好人。"

"你见过他？"章桐有些意外，"他可是个做事比我还低调的人。"

这时候，上课铃声响了起来，走廊里瞬间变得鸦雀无声。李晓伟把讲义换了只手抱着："走吧，我们去办公室聊聊。"章桐点点头，两人并肩顺着走廊向前走去。

"那是前年初冬12月份，我还记得他那天来找我的时候都快下班了，外面下了好大的雪。"李晓伟伸手推开办公室的门，房间并不大，都不到4平方米，桌椅都是最简单的，灰白色的墙壁没有一点儿生气，虽然装修寒酸了点，但是好在安静，位置在走廊的尽头，窗外还有一株盛开的山樱花树。

"我要是没记错的话，丁然应该是3年前被调到刑侦大队的。"章桐在椅子上坐了下来，在这个角度正好看到了办公桌上那个夹着两人合影的小相框，她的脸微微一红，赶紧把目光移开。

"是的，他来找我的时候就刻意说明了自己的身份和目的。"李晓伟给章桐倒了杯水，放在她面前后，便坐下接着说，"在这之前我都没有机会和他认识，他说自己是从看守所的赵军那里打听到了我的联系方式，所以才来找的我。前年 7 月初警官学院有个通知，不是基层上来的讲师都要下去锻炼一段时间，我就在市看守所待了 3 个月，赵军是那里的管教，工作之余我就顺便帮他解决了一点小问题。”

章桐明白李晓伟所说的“小问题”是什么，便问：“难道说丁然也是因为私人问题找的你？”

“不，”他摇摇头，“一个案子，差不多 9 年前发生的，那时候丁然还在基层派出所里，据他所说那是他第一个接警的案子。”

“你说的是不是发生在 2010 年 9 月 27 日市老文化宫门面房里的母女被害案？”章桐上身前倾，目光紧紧地盯着李晓伟。

“没错，就是那个案子，包括报警人在内一死两伤，那女孩的情况有些糟糕。”李晓伟突然话锋一转，“你今天特地跑来找我应该也是为了这个案子吧？”

“那是一起悬案，但我很感兴趣。”章桐并没有正面回答他的问题，“丁然是怎么跟你说的，你现在还记得吗？”

“也没多少有用的信息，基本上就是这个案子至今没破，虽然他离开了基层派出所，也把它移交了，但要彻底放下不太可能，所以就想让我帮忙看看，能不能从犯罪心理的角度来锁定犯罪嫌疑人。”

章桐轻轻叹了口气：“我明白，这是心结，每个干过刑侦的人几乎都会有。”

“他说这个案子的凶手当时来看应该岁数不大，属于冲动型的暴力犯，法医的验尸报告里都有提到，犯罪手段非常残忍，所以丁警官很担心这个案子拖久了，凶手会再犯案。”李晓伟轻声说道。

“你的意思是这种案子凶手再犯的可能性非常大？”章桐问。

“是的，绑架不是为财，凶手的目的很明确。”

“那丁然有没有跟你提到过案发现场的事？”

"说了。"李晓伟靠着椅背，十指交叉叠放在椅子扶手上，陷入了回忆中，"那地方离工业园近，周围除了酒吧一条街和一些其他娱乐场所外，配套的居民小区还没入住满，所以一到晚上行人就比较少。当时报案人急着救人，想办法去打开玻璃门的金属链条锁时，无意中触发了门口连接着金属锁头的一个小型爆炸物，据说是用炮仗改装的，虽然过火面积不算太大，房间内装的喷淋头很快就把几处零星火势给扑灭了，但是大门旁受到波及被炸裂的水管喷涌出大量自来水，把现场弄得一团糟，导致很多重要的证据都被损毁。据说受害者的女儿虽然捡了条命回来，脑部却受伤严重，事后对当时所发生的一切毫无印象。女孩出院后没多久就被她父亲接到老家海东小县城去休养了，风雷新村的老房子也卖了。几年后，听说女孩的父亲因车祸去世了。为此，丁警官很自责。"

"自责？"

李晓伟点点头："死者的丈夫王志山只报过一次案，是丁然接手的，时间正好在命案发生前一周，后来听说他女儿找到了，好像是因为母女不和，叛逆期的女孩子嘛，可以理解，王志山也去警务站打过招呼并且撤了案。谁都不会想到一周后事件再次重演，只是这一次王志山没有去报案，因为他每次在家只待不到两天就又走了，而这一次出事的时候，他被证实还在苏川。没办法，作为供销科长，他工作忙碌也很正常。丁然警官却觉得如果自己在警务站接警时就能意识到这将会是一起刑事案件并且足够重视的话，或许就能挽回一条无辜的生命。"

"这是不可能的，世界上没有真正的犯罪预言家。"章桐微微皱眉。李晓伟听了，嘴角露出一丝苦笑。

"那你给了他什么建议？"章桐问。

"等！"

"等？"她似乎有些不太相信自己所听到的话。

李晓伟站起身来到窗前，看着窗外："等凶手再次下手。"

"都已经隔了快 9 年了，你确定凶手还会再犯案？"章桐也站了起来，她拿过自己的警帽戴上。

"会的。"李晓伟的回答斩钉截铁。

"动机呢？会不会是复仇？"章桐问。

"我不知道，只能说有这个可能。"

房间里一片寂静。

"好吧，那我先走了，我还要回单位去。"章桐正要离开，李晓伟却转身叫住了她："等等。"

"怎么了？"

"你今天来找我，肯定不是单纯来听我灌鸡汤的。那几张验尸相片我看过，不是人能干出来的事儿，所以……你注意安全，有需要我的，随时找我，我手机 24 小时都开着。"

章桐微微一笑，转身离开了李晓伟的办公室。

窗外，轻盈的脚步声渐渐远去，粉红色的花瓣被风吹向了空中。李晓伟的目光落在了面前那张两人的合影上，许久，嘴角终于洋溢起了一丝暖暖的微笑。

警官学院外，正午的阳光洒满街头。

痕检工程师小九从车窗里探出头招呼："章姐，我在这儿。"

章桐紧走几步上前拉开车门低头钻了进去，警车应声启动开上了马路口。

"车怎么挪位置了？"

"那保安把我撵走了呗，说那墙根儿底下不能乱停车，除非我是在执行公务，否则都要贴罚单的。对了，李医生咋说？"小九边开车边问。

去警官学院教书之前，李晓伟在市第一医院心理门诊部上班，可惜的是三甲医院的待遇和清闲的部门都没有能够真正留住他的心。尽管如此，小九却还是习惯称呼他为“李医生”。

章桐嘀咕：“丁然找过他。”

“你说啥？”小九双眉一挑，“真没想到啊，姐，老丁那个闷葫芦还挺会找专家的。那是什么时候的事？”

“前年了，算起来应该是 2017 年的时候找的他。”章桐斜靠在后座的椅背上，目光看着窗外转瞬即逝的街景，“他不是为了我们手头这个案子，他是为了 2010 年 9 月份的那个案子去的。”

“是不是老文化宫门面房那个？”小九一脸的疑惑。

“没错，一死两伤，活下来的是死者的女儿和一个刚下中班的机械厂工人。由于第一现场发生过小面积的爆炸，炸裂了水管，房间里到处都是水，联防队员赶来救火时又用了二氧化碳灭火器，这来来回回一折腾，很多证据都被破坏了，也是够倒霉的。周围又没有有效的监控探头，而那两个活下来的根本就说不出什么有用的线索，从技术层面上来讲，这个案子的破获难度相对比较大，时间就拖下来了。

“尸体上的伤痕和被严重损毁的性器官，还有用刀的手法，我都仔细比对过，基本能排除有医学背景，但也是个熟练用刀的人，并且和我们手头上南江新村的这起案子相似度很高，凶手完全戳烂了死者的性器官，上身和下体的，死者身上却没有明显受到性侵的迹象。

“我昨天晚上对过去 10 年内，发生在本省的 8 起相似案件中的每个受害者身上伤口的详细记录相片进行了逐一梳理，最后除了 2010 年这个案子，我还真找不到第二个和南江新村的案子这么像的。”

“所以老丁才会想到去找李医生，此路不通那也真是没办法了。”小九轻轻叹了口气。

“去找他也没用，这种证据大量缺失的悬案他那儿也没什么办法，线索太少了。”回想起李晓伟刚才所说的那个“等”字，章桐的心瞬间被揪紧。

“姐，从作案手法来看，你说这次会不会又是那家伙干的？”

“严格来讲只能说‘手法相似’。”章桐转而问道，“小九，说句题外话，你们办公室和丁然他们的靠得近，每天见面机会多，他有跟你提到过这个案子吗？”

小九抬头瞥了一眼后视镜，尴尬地笑了笑：“姐，我们男人在一块儿私底下一般很少讨论工作上的事的，更何况我们分属不同部门。”

章桐听了，点点头，也就没再多说什么。

市公安局大院里静悄悄的，古铜色的啄木鸟铜像矗立在午后的阳光里。

市局会议室里坐满了人，幻灯片机正在不断地展示着案发现场的相片，单调的咔咔声在房间里四处回荡，最终停在了案发现场南江新村小区西北口的那张监控截屏的照片上。镜头中是个男人的背影，不是很清晰，他身穿一件条纹T恤衫，咖啡色外套，深色裤子，平头，手里提了个黑色塑料袋，屏幕一角显示的时间是上午9点28分。

刑侦大队的童小川沙哑而又沉重的嗓音响了起来：“天凯宾馆的案子我们已经告一段落了，我也知道大家都很累，巴不得能好好休息几天，但是案子不等人，尤其是南江新村出租屋的这起命案，刚才现场的相片大家也已经看到了，作案手法实在凶残，前期城南分局那边做过现场勘查，也对周边进行了走访，但是结果不容乐观。现在他们正式向我们求助，死者遗体在昨天就已经和材料一起送过来了，由我们局刑科所接手。邹强，你详细介绍一下案件情况。”

邹强是局里的专案内勤，所有案件的一手资料都必须经过他的手进行整理汇总。

“南江新村地处我市城南，属于城南分局管辖范围。小区建成于上个世纪末，因为周边各种交通都很便利，所以小区里住了很多外来人员，登记在册的租户目前为止共有 892 户。

“4 月 2 日中午 10 点 03 分，南江新村 1 栋有住户打电话给市燃气管道公司，说楼道里有异味，疑似管道燃气泄漏。消防部门会同燃气公司检修人员在 15 分钟内赶到现场，疏散住户后，经过检查，在楼内确实发现了燃气泄漏迹象，尤其是在 3 楼和 4 楼之间。3 楼和 4 楼总共有 4 家住户，电话落实了其中 3 家，都确定不在家，唯独 302 的租户始终联系不上，敲门也没有反应，而燃气公司仪器显示 302 门口外泄的燃气浓度最大。在确保安全的前提下，消防员通过阳台破窗进入卧室内，这时候才发现的尸体。死者没有穿衣服，整个人呈仰卧状，半个身体在床上，双脚搭在床沿外，头东脚西，浑身上下都已经被鲜血浸透了。”邹强把幻灯片退回到了第三张卧室案发现场全貌。

“经过房东辨认，死者正是 302 室的承租户宁小华，23 岁，生前是市第三医院急诊科 ICU 病房护士，因为工作时间不长，又要三班倒，所以社会关系非常简单，无论是同事还是病患，对她的评价都很高。她是个非常热心的姑娘。”说到这儿，邹强轻轻叹了口气，“我认㞞，我真的不忍心再说分局法医做的尸检报告了。”

副局长在烟灰缸里掐灭了手中的烟头，声音低沉：“我听分局的老张说，凶手是在受害者还活着的时候直接下手的对不对，章医生？”

章桐点点头：“在体表没有找到任何抵抗伤，这一点是很反常的。后来在死者体内检出了大量吸入性麻醉药物的痕迹。而根据伤口附近组织生活反应，可以判定受害者的濒死期发生在性器官受到攻击的时候，从濒死期经历临床死亡期直至最后的生物学死亡期出现，通过总出血量结合室温，可以判断死者的死亡时间应该是在凌晨 5 点到早上 8 点之间。死者十指指甲缝隙中的人体组织属于男性，目前匹配不上。”

“她有没有受到性侵害？”

“不好下结论，”章桐摇摇头，“不只是胸部双乳，死者下体器官也被严重破坏。盆腔动脉被割断，死者的血几乎都流干了，地板上到处都是血，还蔓延到了卫生间附近。我对主要死因‘创伤失血性休克’没有意见。”

副局长把目光投向了邹强：“现场门窗呢？门锁有没有被破坏？是不是直接进入？”

“是的，除了被消防破拆的那两扇阳台窗户外，别处都没有发现暴力入室的迹象。可以确认凶手是直接进入的房间。案发现场是一室一厨一卫的结构，外屋地面是仿大理石塑料布的，现场的痕迹报告显示屋内和玄关处的足迹比较凌乱，但是经过比对可以肯定来源都是死者鞋架上的鞋子，而且成趟，推测是死者自己平常穿鞋走过所留下的。

“整个公寓内除了死者的足迹外，还采集到一组陌生的尺码为 41 码的网状软底鞋印以及几枚模糊的血鞋印，后者因为覆盖了大量死者的血，又是在床的边角，所以提取有难度，只能确定大概是 39 码左右，奇怪的是这几枚血鞋印没有成趟的迹象。

“而那双 41 码的鞋子无论是在死者家的鞋架，还是单位的鞋架上，都没有发现。”邹强把幻灯片拉到现场鞋印的部分，接着说道，“该 41 码鞋印只出现在案发现场 302 公寓内的玄关处，并且有完整的进出痕迹，鞋印上没有覆盖血迹，周围地面上也没有发现明显血迹，目前可以考虑排除这是死者的。因为鞋架上死者平时穿的鞋子都是 39 码的。”

“这现场的血迹过于凌乱，我建议对血迹成因做进一步分析，而且鞋子方面还不好下结论。”章桐拿出了自己文件夹中那张鞋印复印件，“你们看，足尖用力明显偏向于大拇指，这双 41 码鞋子的主人年龄在 25 到 30 岁，和死者的年龄是差不多的。”

"可以确定性别吗？"童小川问。

"现有的状况下难说，"章桐伸手比画了一下，"虽然是 41 码，排除掉大脚穿小鞋的概率，还有一种可能供大家参考，那就是从事特殊工种需要长期保持站立姿势的女人，大多数都会备着第二双软底鞋上班的时候用，尺码会相对较大一点，鞋子重量也轻一点。就说我吧，因为要长时间站立工作，足弓、脚掌和脚踝都容易浮肿，所以我上班需要解剖尸体的时候都习惯穿大两号的工作鞋，软底网状斜纹，我现在穿的就是 41 码。"她指了指墙上的幻灯机屏幕，"再加上鞋印成趟出现在玄关，而死者又是一个护士，这样就更无法完全肯定这是凶手留下的鞋印还是死者的。小九，你们痕检应该抽空再去趟现场和死者单位看看死者的鞋架，并且询问一下周围的护士，看看死者是不是也有这么一双特殊的工作鞋。"

"没问题。"小九在打开的工作笔记本上记下了概要。

"这死者的背景未免也太完美了。"童小川在一旁嘀咕，"年轻，性格阳光，生活中没有与人交恶，也没有与人有经济纠纷。若凶手尾随进屋的话，房间里怎会没有打斗的痕迹，也没有明显清扫过的痕迹，而尸表也没有任何抵抗伤？你们说，这到底是为什么？单纯为了杀人吗？"

一直默不作声的政委抬头看了看他说："难道是熟人突然袭击？"

邹强摇摇头："走访报告显示她并没有男朋友，甚至连异性朋友都没有，家人都在海东，一年回一趟老家。死者因为刚工作没多久，又是在最忙碌的 ICU 病房，社交圈就几乎都集中在了单位的几位当班同事那里。还有她的规培老师，也是个女的，分局的同事都了解过了，排除了作案嫌疑。"

"那她会不会给陌生人开门？"

"不会。"童小川指着幻灯机屏幕上那张现场门锁的相片说，"除了正常的防盗锁，她还加了一道插销锁和一道链子锁，分局那边问过房东，证实防盗锁是死者要求换的，插销锁和链子锁也是死者自己加的，应该是周边治安不太好的缘故，死者的警惕性还是很高的。刚到现场的时候，除了插销锁和链子锁外，剩下的防盗锁是好好的，显然凶手是直接离开的案发现场。”

副局长目光深邃：“你们派人再去案发现场楼里走访一下，我总觉得死者被凶手盯上的概率比较低。如果只是随机性挑选谋杀的话，那就难了。对了，这最后一张相片中的人能确定身份吗？他是不是这起案件的犯罪嫌疑人？”

“只能说是疑似，”邹强回答，“分局那边走访回来说，案发楼栋 1 楼 102 公寓的住户张阿姨向民警反映，4 月 2 日上午 9 点 15 分过后，她带着自己的小孙子去小区游乐场玩，当时就看到楼上下来这个男人，因为面生，所以就多看了一眼，那时候的时间不会超过 9 点 20 分，而符合衣着特征描述的人，就只有镜头中这个 8 分钟后出现在小区西北口往外走的男人了。可惜的是，小区周边的监控不多，从仅存的这个摄像头看，这是目前为止他在小区里唯一的影像。”

说着，他从笔记本里拿出一张 A4 纸递给身边的人：“这是分局那边根据张阿姨的描述找人画的模拟画像，辨识度并不高。我已经通知图侦组对那个时间段内，从西北口出去的所有途径，包括停靠的公交车、出租车以及周边商铺监控资料进行汇总追踪了，希望能有进一步的消息，不过别抱太大希望。”

“他是什么时候进入的南江新村？”

“早上 7 点 30 分左右，他是从一辆出租车上下来的，城南分局曾经想找到这辆出租车，但是因为周边监控太少，出租车公司也没有硬性规定要司机开 GPS，所以尽管问了一大圈，却还是一无所获。”

“那目击证人张阿姨怎么对自己的出门时间这么敏感？”副局问。

邹强咧了咧嘴：“走访的同事也提到了这个问题，张阿姨说她孙子最近迷上了一部动画片，而这部动画片播放的时间是星期一到星期五每天早上 8

点 45 分到 9 点 10 分，接下来她就会带着孙子去小区游乐场玩，这是她雷打不动的日程表，即使是下雨天也会出去，说实话这位张阿姨带自个儿孙子可用心了。”

副局长听了，若有所思地点点头。

“我也会对尸体做进一步复勘。”章桐合上工作笔记，“还有就是我总觉得这个杀人手法似曾相识。”

童小川顿时来了兴趣：“难道你说的就是丁然跟我提到过的 2010 年那起案子？你这么一说我也觉得有点像。”

章桐点点头，神情严肃地伸出两根手指：“第一，现场有爆炸物；第二，同样的手法，即损毁死者的两处性器官，就连使用的凶器也是高度类似。”

“很好，我们下一步的重点工作还要加上一条，有关宁小华和当年的受害者一家有没有交汇的可能。”政委站起身，一边整理会议记录本一边说道，“童队，你们的人要好好查查，如果我们这次能顺带着破了 2010 年那起案子，那就太好了。今天就到这里，大家散会。”

02

凌晨 1 点，窗外夜风呼啸。

看着满桌的尸检相片和前后相隔将近 9 年的案发现场模拟图，章桐睡意全无。她拿过笔，开始在纸上飞速写下自己的想法。

第一，南江新村的案子，死者宁小华的身上并没有发现抵抗伤。

第二，市老文化宫门面房中被害者赵秀荣的身上，除去死后因爆炸物产生的冲击波所造成的严重挫裂伤和表皮并不严重的烫伤外，颅骨左侧颞部出现了十分严重的外伤性硬膜外血肿，受害者的一只眼球更是几乎被打出了眼眶，从颅骨骨折形成的创面状态来看，能造成这种伤害的凶器必定是棍棒类质地坚硬的钝器。

第三，由于圆柱形棍棒表面是圆弧形，打击在人体上仅有部分能够接触，并且各部分的受力压强也不同，因而造成的损伤有明显的特征。最常见的就是伤口边界不清。受害者的这些伤口都集中在身体正面，由此可以确定她在生前受到了一个手执圆柱形棍棒的凶手的正面袭击。这些袭击行为终结于颞部的那一下重击。对这个结论，章桐没有任何异议。

但是看到死者赵秀荣后背的那张相片时，她不由得停下了手中的笔，紧锁双眉。这是一道非常特殊的伤痕——同样是棍棒伤，但是伤口边界非常清楚。这是均匀的带状挫伤，形成于受害者还活着的时候，伤口的宽度与凶器的接触面宽度几乎一致，而造成这种伤害的可能只有一个，那就是方柱形棍棒快速猛击受害者后背平坦且肌肉组织丰富的部位，只有这样才会造成有别于圆柱形棍棒的带状中空型挫伤。诚然，受害者在临死前曾经和人发生过激烈的搏斗，颅骨颞部那一击直接就把受害者打倒在地并使其彻底失去反抗能力。但是后背这一击应该发生在受害者倒地之前，否则的话，平躺的受害者是无法在后背形成相片中这种特殊角度的伤口的。

凶手怎么可能在变换攻击角度的同时迅速变换手中的棍棒类型？仔细看去，后背这一击力道也是非常大的，足够让人无法站稳身体从而迅速前倾。受害者身高 168 厘米，体态中等，章桐拿出尺子开始计算大致攻击的力度和角度，最后看着纸上的结论，她越发陷入了疑惑之中。因为在能造成受害者身上此种伤口的前提下，颞部的创面角度所对应的攻击高度与后背所对应的高度有很大的差异，哪怕是双手举高，后背的攻击者也不可能换了棍棒然后迅速制造出前者的攻击角度，那么，现场会不会有两个凶手存在？

反复计算几次后，章桐很快就排除了受害者在跪着的时候受到两次致命打击的可能，因为角度完全不对。

看着技术部门从现场找回的各种可能成为凶器的物证相片，她不断地摇头，低声自语：“不，不，不，至少有三种，都不在里面，都被凶手带走了。”

受害者身上的锐器伤集中在性器官所在的位置，其余的都是棍棒伤，但是没有必要准备两种不同形状的棍子，而且两种棍伤几乎是同一时间段形成的，难道是案发现场临时换棍子？有这个必要吗？看现场，也没有什么设施有被人为损坏的痕迹，这排除了凶手就地取材作为凶器的可能。

相片中显示，现场因为喷淋头和水管爆裂造成满地狼藉，章桐又转头看向那张南江新村几乎到处都是血迹的案发现场相片，突然心中一动，她拿起手机拨通了李晓伟的电话。

电话只响了一声就被接起了，尽管半夜三更，那头的李晓伟却仍然精神抖擞："你在哪儿？"

章桐哑然失笑："别紧张，我没事，我找你只是想问一个问题。记得你曾经跟我说过，杀人犯第一次杀人时会很匆忙、紧张，甚至于犯错，但是后来就不会了，对不对？"

"是的，毕竟杀的是同类，情绪有波动很正常。要知道人性这个东西是人生来就固有的，哪怕经过特殊训练也无法做到完全抹杀。"顿了顿，李晓伟接着说道，"但是第二次开始的话，那就是单纯地追求个人感官刺激了。"

"那刻意伤害女性特征的器官有什么特殊意义吗？"

李晓伟不假思索地回答："针对女性的仇恨吧。"

"9 年前的伤害是在死者死后形成的，但是 9 年后却是在死者活着的时候，这意味着什么？"

电话那头瞬间沉默，半晌，李晓伟才低声说道："说明他的犯罪人格现在已经完全成熟了，已经不再满足于在尸体上下手，他渴望看见痛苦。他现在就是一个彻头彻尾的反社会人格障碍者，对生命完全采取物化的态度，而不会有一丝同情。你要小心。"

"为什么要我小心？我是警察。"章桐看着窗外夜空中的星星，笑了，"警察不应该感到害怕。"

“但是在他的视角里就只有女人和男人，没有好坏，也没有警察，更没有畏惧，你明白吗？”

“我没事的。”章桐轻轻叹了口气，应声挂断了电话。章桐并不希望这两起案件是同一个人干的，可是，相同的位置，一模一样的单刃刺切创，菱形的刺入口，创缘也非常整齐。这种情况发生在两具尸体身上，章桐没法说服自己这不是一个人干的。

这个世界上几乎人人都会用刀，刀具的种类也有上百种，但是再怎么改变，用刀的手法属于个人习惯，而人的习惯一旦形成就很难再有所改变。

闭目沉思了一会儿，再次睁开双眼时，章桐的目光落在了死者女儿王佳的颈部相片上——对称且呈深紫色的瘀血疤痕，这是两个大拇指印留下的痕迹，卡在舌骨的位置，双手虎口正好扼住了两边的颈动脉和颈静脉，用力之大，以至于王佳被救后 24 小时拍下的这张相片依旧清晰可辨。而这样的伤痕只有成年人的手掌才能造成。

真可惜自己没有办法亲眼见到这个扼颈痕，如果当时能详细测量的话，完全可以知道凶手的手掌大小，从而推算出凶手的性别和年龄，但是现在看来，自己只能放弃这条线索了。

回到案件上，为什么母亲死得这么惨而女儿只是被掐昏？难道说凶手不忍心对王佳下手？母爱的天性或许可以解释母亲身上的伤口，但是差距这么大，未免也太难以让人信服。

而南江新村案件中，凶手已经变得非常冷酷。照他这样的作案手段，9 年前的案件中，王佳就绝对不会存活。

除此之外，案发那晚王佳被送往医院抢救后，本该在她身上做的各种证据固定却因为第二天上午她的监护人，也就是她父亲王志山的坚决反对而没有做。

最后一处疑点，就是死者十指指甲缝隙中的残留物。章桐翻遍了所有的已知报告数据，却并没有发现这两起案件中有相关的检验报告被递交上来。前者可以理解为赵秀荣活着的时候没有和凶手近距离接触，而制服宁小华的凶手只要速度够快，两者之间也不会接触，王佳却不同，她是被扼颈窒息的。为什么连王佳手指甲缝隙里的DNA检材样本都没有做？王志山难道不希望早日找到杀害自己妻子的凶手吗？

在整理桌上的相片的时候，章桐无意中看到南江新村案发现场玄关处的鞋架，她顿时愣住了，盯着相片半天没有说话。

杀人现场到处都是血迹，几乎各种状态都有，但并没有溅到鞋架处，那么鞋架上那双浅黄色软底雨靴后帮处的深棕色污点到底是什么？难道也是人血？什么时候留下的？她忍不住抬头看了一眼案头的闹钟，心里琢磨着今晚要不要去南江新村案发现场看看。

正在这时，案头的手机发出了刺耳的铃声，章桐猛地回过神，迅速拿过手机。

电话那头是值班员微微有些发颤的声音：“章医生，我市与苏川交界 23 千米界碑处花桥镇地界半小时前发生列车爆炸事故，有人员伤亡，需要法医和痕检支援，请你尽快到市应急指挥部报道，由市领导统一调配。”

“好的。”章桐脑子一片空白，她挂断电话，关掉台灯，抓起外套和挎包，在玄关处利索地换了一双轻便的防水鞋后就出了门。

很多住宅小区只要位置不过于偏僻，门口总是会有夜班出租车司机在等活儿，日子久了，这些司机自然就对一些时不时在特殊时间点出现的客户有了一定程度的熟悉。

“章医生，又去加班啊？”热情招呼章桐的是一位身材偏胖且皮肤黝黑的中年男司机，车辆工作牌上写着“赵胜利”三个字。他从驾驶座旁的车窗里探出头，“上车，我送你去。”

章桐也不推辞，拉开车门就钻进了后排："麻烦师傅了，市政府应急指挥部。"

出租车迅速开出了岔道，向不远处的城市立交桥开去。

章桐拨通了小九的手机。

——"你接到通知了？"

——"是的，姐，我正准备出发。"

——"鞋架和单位那边查得怎么样了？"

——"提取了上面的样本，所有鞋子也都带回了实验室，目前还没出结果，不过今天下午 5 点之前应该就差不多了。至于你说的那双 41 码的工作鞋，我问过她单位的同事了，说不知道具体码数，也没怎么关心这事儿，因为死者上夜班的次数比较多，夜班也比较忙，见面聊天的机会就很少。"

——"得继续寻找这双 41 码的鞋，还有，需要重点关注鞋架上左手方向第二层第三双浅黄色低帮雨靴。我刚才看相片发现这鞋子后跟处好像有问题，那块污渍你们留心一下。"

——"没问题，我马上通知实验室。姐，我们爆炸现场见。"

挂断电话后，章桐长长地出了口气，这时候她才注意到今天的老赵师傅似乎有些异样，不止一声不吭，还一边开车一边时不时地用眼角余光瞅一眼车后座的自己，一副欲言又止的样子。

"怎么啦，赵师傅？"

"你不是急诊医生吗，怎么去应急指挥部？我以为你要去花桥镇呢。"

老赵师傅有个心梗的毛病，上次也是夜班开车，途中突然发病，恰巧章桐坐了他的车，就一边给他做心肺复苏，一边打电话叫来了救护车送他去医院，在临走时还做了非常详细的医嘱，老赵这才算是捡回了一条命。自打那时候起，他就认定了章桐是急诊医生。

"你为什么会认为我要去花桥镇？"章桐抬头好奇地问。

“听说那里火车爆炸了，就在半个多小时前吧，声音可响了，都传出好几千米去了。我老乡刚才在微信群里说，他送个客人回来时亲眼见到有很多120的车过去，还有消防队的，现在出城的路上几乎全是急救车辆和医护人员。”老赵师傅嘀咕，“应急指挥部在市政府那边，两个方向不同……”

“我是法医，没机会去救活着的人。”章桐把目光看向了窗外。

安平虽然已经和省城海川之间通了动车，但是地处靠海的山区，周围地势险要，动车轨道只能走单向，照顾到一些偏远小城和南向长途线路的需要，所以依旧保留了一些红色K字头列车和绿皮普通短途慢车通行。

这次出事的就是一趟红色K字头列车K3278，从海川至川东。开出起点站海川进入安平市境内没多久，位于车头行进方向的第二节车厢突然发生了爆炸。

获准进入被封锁的现场时已经是早上7点，虽然地处野外，周围都是农田和山坡，但是空气中依然能够闻到刺鼻的橡胶和金属的烧煳味。

章桐对所有的气味都是很敏感的。

站在警戒带外，她费力地给自己穿上隔离服，突然，不远处乡间公路边上传来汽车刹车的声音，紧接着一阵撕心裂肺的女人号哭声从背后响起：“快放我进去，我老公在里面，快放我进去，我要去救他……”

听声音是个30岁左右的年轻女人，身材高挑，身形瘦弱，头发披散着看不清脸上的表情，上身穿着一件藏青色的短风衣外套，下身穿着浅蓝色的牛仔裤。此刻，她正一边挣扎着从地上爬起来试图冲进警戒带，一边依旧拼命地尖叫着。

章桐微微皱眉：“她怎么就能确定自己的丈夫在这儿？”

“大概是去过医院了吧。”分局的法医老洪重重地叹了口气。老洪是个中年男人，因为长时间弯腰工作，他的脊柱已经发生了明显的弯曲前倾。“章医生，我先去B号区域。”说着，老洪便冲着章桐点点头，拿着工具箱朝右手方向走去。

“应该是在医院里没找到人吧，不在名单上的只要确定上了车那肯定就在这儿了。人嘛，只要活着总是离不开希望的。”小九摆弄着手中相机的镜头，因为把工作马甲套在了防护服里，所以整个人看上去显得有些臃肿不堪。

“活着的、伤了的都送走了。”章桐无奈地环顾四周，右手方向不远处就是一个临时搭建的存放尸骸的行军帐篷，“这里剩下的可都是遇难的人了，唉。对了，咱们负责的2号车厢总共有多少乘客？”

“112个。”小九头也不抬地回答。

章桐震惊不已：“满员？”

“差不多吧。”小九回头指了指不远处站着的两个身穿铁路工作服的人，“那是铁路机务段的人，他们说这是当天最后一趟从海川开往川东的快速列车，开车时间是凌晨0点27分，计划到达终点站的时间是上午11点22分。虽然发车时间比较晚，但是因为价钱便宜，再加上睡一晚就能到达目的地，所以很多要去川东进货的人都会选择这趟车。出事的2号车厢、1号车厢和3号车厢是座席，除了7号车厢是软卧、8号车厢是餐车外，剩下的8节都是硬卧。所以这算得上是一个移动的火车旅馆吧。

“对了，姐，刚才实验室打来电话，说那块污渍确实是死者的血迹，而且留下的时间也可以确定是在被害前后，外侧边缘上还有小半个模糊的血指纹，但是在指纹库里没检索到与之相匹配的。”小九皱眉看着章桐，“足迹方面，41码鞋印就只停留在玄关，并没有进入房间区域，不排除是凶手的鞋子。房间地面有1/3以上区域被死者的血覆盖，蔓延到卫生间门口和鞋架附近，却没有接触鞋架，还有40厘米左右的直线距离。卫生间有使用过的迹象，里面被人清理过。房间内死者的拖鞋共有两双，都是塑料软底的，一双没有穿过，在鞋架上，干的，上面有灰尘，一双是死者穿的，在床边，上面有明显的血迹，两双拖鞋的款式和质地都差不多，并不标准的 40 码，实际为 39.5 码。姐，那双雨靴上的血迹又是怎么回事？难道说是二次接触上的？”

章桐摇摇头：“我仔细看过了，血迹没有拖擦痕迹，属于滴落型，所以需要做个血迹形成的实验，弄清楚是在什么样的高度才会形成这样的状态。我现在不明白的是，卧室内床边只有一种明显的带有血迹的鞋印，属于死者的拖鞋，玄关处除了死者的拖鞋就只有一种 41 码的软底鞋鞋印，而鞋架上又只有一双雨靴的后帮处有血迹滴落的痕迹。鞋架高 120 厘米左右，第二层距离地面也有将近 100 厘米，进深 40 厘米左右，这样的高度就有点意思了。”

“为什么这么说？”

“结合尸体的伤口深度来看，如果鞋帮上的血是从凶手的凶器上无意间滴落的话，不可能伸进鞋架至少 5 厘米的距离而不让鞋架沾染上，除非他是穿着这双鞋，并且凶器是拿在手里的，作案后把这鞋子小心翼翼清理后放回鞋架，根据视野角度，鞋后帮那个位置又偏下，不是刻意去看的话是很容易被忽视的。照这么推算，凶手身高应该和我差不多，在 165 至 168 厘米，不会超过 170 厘米。”章桐说着，抬头看向不远处的出事地点。

“咱手头这起事故处理完了，尽快去趟现场再看看。老文化宫那个现场是没办法去了，毕竟过了 9 年。但是还好我们有南江新村这个现场，也算是有点曙光。”她转头看向小九。

“没问题。”小九咧嘴一笑，“听姐差遣。”

这时候的铁轨附近就只剩下发生爆炸事故的 2 号车厢的残骸，相隔 20 米范围外用警戒带包围。为了不影响后续车辆的通行，铁轨上已经被清理干净了。就在章桐费力地从后门爬进残破不堪的 2 号车厢骨架时，一辆红色的列车缓缓驶过事发路段，车速明显比以前慢了许多，车窗里探出了一张张面无表情的脸朝残骸的方向张望着。

虽然先期救援部队已经仔细搜索过整个事发车厢骨架了，但他们毕竟是为了幸存的人去的。章桐不一样，她要做的就是在自己的工作区域内，固定爆炸现场分散的每一块疑似人体组织所处的位置，拍照，编号，然后小心地取走、归档。人体所受到的爆炸损伤可分为原发性和继发性两种，前者离爆炸点最近的人才会承受到，包括炸碎伤、炸裂伤、烧伤和冲击波伤；而后者则针对相对较远位置的人，包括由爆炸物所引起的投射物伤、抛坠伤和挤压伤，属于二次伤害。

A区是目前为止所有发现的遗骸中最严重的一块区域，几乎找不到四肢健全的人体。

进入车厢骨架数个钟头后，章桐便在后门附近收集和固定了大量的人体组织碎片与断肢，有些部分不得不用随身带着的木板把它们从车厢壁上刮取、收集起来，可见当时这块区域内的爆炸力度有多猛烈，而不动用DNA技术辨别的话，是没办法为这些残骸判定身份了。最终，数不清的塑料证据收集袋和小型裹尸袋被堆放在了列车残骸旁的草地上，等待被收集走。

章桐站起身，环顾了一下车厢："小九，寻找爆炸中心和投射物的话，我们需要把整节车厢做个复原才行。"

"没问题，我去找人。"小九边掏出手机边往外爬，半道上他突然停了下来，"等等，姐，实时人数帐篷那边传过来了，按照乘客名单上的人数汇总，到目前为止还有6个人处于失联状态。"

6个人？面对眼前这堆积如山的证据收集袋，章桐无奈地摇摇头，这时候她才感到自己的后脖颈由于数小时保持不正常的弯曲状态而开始产生钻心的疼痛。

6个被炸得肢体离断、残缺不全的人，他们瞬间失去生命的时候会不会感觉到恐惧？章桐低头看着自己已经面目全非的乳胶手套，陷入了沉思。

爬下车厢残骸的时候，已经是下午了。章桐只感觉自己的衣服都被汗水湿透了，她疲惫不堪地坐在草地上，正要伸手拉开防护服的领子透透气，不经意抬头间，又一次看到了那个身穿藏青色风衣的长发女人，这时候女人明显已经安静了下来，正站在警戒带外默默地朝这个方向看着，双手插在风衣兜里，身体一动不动，身后临近傍晚的阳光几乎和她融为了一体。

“她——”章桐诧异地站起身，话到嘴边又咽了回去。这女人的身旁并没有别的遇难者家属，她的出现显得极为突兀，章桐反而有种不安的感觉，因为她总是无法看清这个女人的脸。

眼角余光一晃，小九的白色防护服出现在了车门口，他冲着章桐招招手：“章姐，都尽量把它们按照原来所在的位置给复原了，我拍过照了，你可以先进来看看。”

因为楼梯无法复原，章桐还是只能费力地爬进了车厢。

“这个座席车厢是经过改装的，内部陈设和以前的绿皮车没多大区别。”小九一边说着一边小心翼翼地绕开了原来连接 2 号车厢与 3 号车厢之间的地板上的那个大洞，然后蹲了下来，伸手指指黑漆漆的洞口，“我仔细看过了，这块区域附近的车厢壁上有明显的黑色燃烧物痕迹。我已经取样了。”

章桐没有吱声，这时候周遭的光线开始有些减弱，车厢外的几盏大号应急灯均已悉数到位，很快便把车里车外都照得一片雪亮。她开始从后门处缓缓朝车头行进方向走去，目光几乎在每一处残缺的缝隙间滑过：“我们需要弄清楚三点：第一，炸点及爆炸中心高度；第二，何种爆炸物，引爆方法和爆炸物数量；第三，确定犯罪嫌疑人与爆炸物及爆炸中心的关系。”

这时候老洪的声音在车厢外响了起来：“章医生，B 区方面我们已经完工了，痕检的小曲过来帮你们，我这就叫他上去。”

小九一听就乐了："是我警校的同学曲浩，姐，你不用帮我了，你先过去吧，我们这边拉完标尺记录后就去帐篷那儿找你。"

帐篷那儿有很多现场尸检工作等着，章桐也确实不能再耽搁下去，便答应了小九，临走时再三叮嘱："有需要核实的，马上和我联系，我戴着蓝牙耳机，通话方便。"在得到肯定的回复后，章桐这才放心地离开了车厢。

帐篷在另一个方向，但是那个女人还没走，她几乎没有变换自己站着的姿势。章桐便向她走去，来到近前，说："你是失联人员的家属吧？"

年轻女人点点头。

"我是法医，你在这儿等下去没用，先回去吧，后续医院那边有消息了，自然会有人通知你。"说完这些后，章桐刚要转身离开，身后却传来了年轻女人微微颤抖的声音。

"他……是不是死了？我打不通他的电话。"

章桐没有回答，穿过农田走进了浓浓的暮色中。直到将要走进帐篷的刹那，她忍不住又回头看了一眼——那个女人还在，只是变成了一动不动的影子。

"怎么就不死心呢？"章桐摇摇头，转身之际差点和李晓伟撞上。

"你怎么来了？"她感到很意外。

李晓伟双眼布满了血丝，身上穿着蓝色的防风服，没戴帽子："我临时被通知来做心理疏导，知道你也在，我就顺道过来看看。"

"我好着呢。对了，那个女人，"章桐转身朝不远处一指，"你来的时候见过吗？她应该很需要你的帮助。"

"哦，我知道她，来的时候就见到了，随便谈了几句，她说她叫王佳，是失联人员家属，她的丈夫裴小刚就在这趟出事的列车上，买的是座席票。"

章桐愣住了："王佳？"

“对呀，王佳，三横王，佳节的佳。”李晓伟低头疑惑不解地看着章桐，“你认识她？”

“奇怪了，她和我跟你提到过的 2010 年那起案件中的女幸存者是同一个名字，那时候的她只有 16 岁，现在应该有 25 岁了吧。”章桐难以置信地看着远处的人影，许久，果断摇摇头，“不可能的，我在瞎想些什么呢。”

第二章　往返黑暗

从黑暗中来也必将回黑暗中去，或者说，我从没有真正离开过黑暗。

01

爆炸现场的处理工作总共被分为五个要点，分别是确定爆炸中心、搜寻投射物、注意燃烧痕迹、提取爆炸残留物和处理现场尸体。现场所发现的每一具尸体上的伤口类型能告诉警方爆炸中心究竟在哪里。

帐篷内的空间按照尸体的受损程度又被分为ABC三个区域——A区主要处理炸裂伤、炸碎伤和烧伤，这里根本就没有完整的尸体，它们通常来自装药半径中心点的7到14倍范围内；B区，主要处理程度较轻的炸裂伤、烧伤和较重的冲击波伤，距离装药半径中心点的位置是14到20倍；C区，尸体大多完整，所受的都是单一、典型的冲击波伤，而它距离装药半径中心点的位置在20倍以上。

蹲在地上的章桐感觉自己此刻与战地医生的工作无二，耳畔虽然听不到伤者痛苦的哀号声，但是看着A区塑料布上的这些碎尸块，她的心里感到了阵阵不安。刚才李晓伟离开时所说的那句话到现在还让她如鲠在喉——我希望这真的只是一起事故，而不是人为造成的灾难。

因为人能很快从天灾中走出来，却可能一辈子都走不出人祸。

"章医生，这边都登记好了。"分局年轻的小法医实习生起身说道，"下一步怎么办？"

"你那边有每一块遗骸发现时的原始位置和形态记录，寻找每一处炸碎伤边缘皮肤翻卷的方向并且都记下来，结合它原来发现的位置和方向，最后我们可以判定出炸点的方向。"基层法医很少经历这种大规模的人员伤亡事故，所以大家都在小心翼翼地摸着石头过河。章桐感觉自己快站不住了，小腿部的静脉曲张这两天总是时不时地让她感到心烦意乱，便索性双膝直接跪了下来继续手头的工作。

A区和B区、C区不同，B区和C区那边的尸体受损不是很严重，当班法医很快就能确定死者的性别、身份和大致受伤原因，这样有利于家属后续辨认。章桐所在A区的工作进度非常慢，难度也大。她不仅要尽量复原人体，判定所收集到的每一块尸块的爆炸损伤程度和类型，而且要判定这种损伤是生前伤还是死后伤，大致划出死亡原因与范围，判定死亡人员被炸前的姿态以及有无引爆动作。只有逐一细致地走好每一步，三区合一的时候才能够真正判断出爆炸装置的类型、引爆人的身份和案件的最终性质。

初步判断，眼前不到6平方米地方的死者遗骸确实应该属于6个人。

童小川不知道什么时候钻进了帐篷，他就像一只敏锐的老猫，蹑手蹑脚地拢着袖子蹲在了章桐的身边，小声嘀咕："章医生，这么干下去的话，今晚都不一定能干完啊。"

"肯定干不完，"章桐头也不抬地把一个残缺的下颚骨放到右手边的位置，上面还残留着一多半焦黑色和灰白色的肌肉组织，汗水流进眼眶让她几乎睁不开眼，“到时候还得把它们运回局里去，不借助所里的那些设备，很多东西光靠肉眼是判断不了的。”

“这几个怎么受伤这么严重？”童小川回头看了看另两个区域的尸体，摇摇头。

“他们离炸点太近了。”章桐皱眉说道，“你看左边那两堆，刚找出两个缺损的颅骨，这两位死者是目前为止所有死者遗骸中下身受伤最严重的，年轻男性，我可以肯定他的位置就在炸点旁边。”

童小川讪讪地说：“我什么时候能有你那么厉害的眼睛就好了。”

章桐瞥了他一眼：“别太贪心，童队，术业有专攻。对了，你来这儿干什么？这起爆炸事件还没彻底定性呢。”

“公事！”童小川轻轻叹了口气，眉宇间露出了沮丧的神情，“半小时前我接到海川市局打来的电话，说他们辖区分局有一起和我们手上的这起案子手法相类似的犯案现场，还没破，1 个月前发生的，死者 19 岁，是个洗浴城的小妹，有过灰色工作史。我和邹强先过去看看。咱安平的案子是你经手的，所以我跟你说一下，顺便看看你这儿的情况。”说到这儿，他略微停顿了下，声音变得有些发涩，“说实话，凌晨的车出事，应该没多少人坐才对，来的时候我本以为这里最多就死一两个，没想到这么多人，真是太惨了。”

“是啊，目前通报是 17 个。”章桐无奈地摇摇头，“可以确定身份的是 11 个，我这边 6 个中暂时只能知道有 4 个男性和 2 个女性，女性中有一位还未成年。别的信息还需要时间搜集。”

“那小九呢？”童小川抬眼看了看，“他怎么不在这儿？”

章桐现在是刑科所的代管领导，欧阳退休后，小九的痕检部门就暂时属于她管辖。

“他在车厢现场那边，”章桐露出一丝苦笑，“他那边比我这儿好不了多少。”

听了这话，童小川站起身，心有不甘地四处张望了一下："这里的人员排查工作会由分局刑侦部门善后组处理，我短时间内是帮不上什么忙了，只能先去海川见见老郑，回头再和你沟通洗浴城那起案子的情况。"说着，他冲章桐和身旁的小实习生点点头，随即匆匆走出了帐篷。

这时候小九的处境确实有些困难，灰头土脸不说，初夏的野外到处都是蚊子。

"直径 1.5 米，深 0.1 米，塌陷炸坑呈长方形。九哥，你那边距离是多少？我记一下。"曲浩用嘴咬开了水笔帽，借着应急灯光在笔记本上飞速地记录着。

"炸坑距离内侧车门 1.45 米，右侧车体内壁 0.9 米。"小九抬头说道，"我们从客观可能的角度假设，以炸坑里的长方形为根据，那爆炸物很有可能是被置放在一个长方体的硬包装盒内。那么，第一种可能，包装盒在车厢地板上爆炸，所以才会出现这种特征的炸坑。"

曲浩听了，点点头："没错，我也是这么想的，炸点紧挨着地板，形成穿洞型炸坑。"

小九又回头扫了一眼整个出事的 2 号车厢，看着遍布的证据牌，神情疑惑地说道："可是车体炸损这么严重，车厢玻璃也几乎都被震碎了，伤亡人数这么多，爆炸物是硝铵炸药的可能性比较大，所以也不能排除是悬空爆炸。"

"你是说爆炸物携带者是拿在手里直接引爆？"曲浩的脸上露出了不可思议的神情，"那不是自杀吗？"

"我只是说人体是支撑物的可能性很大。"小九从炸坑下探出头，利索地一翻身来到车厢内，伸手拿过曲浩手中的笔记本和笔，然后在上面草草地画了张简易图："你看，这个爆炸物的体积并不小，不然的话不会有这么大的损伤力度，而这个炸坑就在车厢的连接过道附近。任何一种爆炸物的状态都是非常不稳定的，如果你不把它拿在手上或者用自己的双腿将它固定住的话，那它就很容易被周围来往的人发现。行李架上更不用说，那样的话炸坑就不会在这里出现。虽然目前为止还不能完全确定这次爆炸的性质，但是有一点是可以肯定的，那就是爆炸物是被人为带上了这趟列车，这是违法的。所以事主就必须非常小心谨慎，换了你，会大大咧咧地直接把它放在地板上挡道吗？”

“还有就是，我来的时候听海川列车机务段的人说了，这趟车的 3 节座席车厢从开出海川起点站的时候就已经客满了，其中还有好几张是无座短途票。海川的下一站就是我们安平，火车是正点到站的，安平上客 3 个，都是卧铺车票，卧铺车厢与座席车厢进入夜间行驶后，它们之间的通道门会被关闭，所以，出事的 2 号车厢的乘客都是在海川上的车，却在我们安平境内出事，也就是说他保护了炸药很长一段路，最终还是爆炸了。”

曲浩恍然大悟：“九哥，那我们就是要找出这个中心点的距离高度。”

“不止如此，我们还需要伤者的回忆，希望能找到目击者，因为毕竟是座席车厢，不确定因素太多了，如果能多几个幸存者记得这个角落里发生的事就好了，哪怕记住一张模糊的脸都行，这样就能尽早确定这家伙的身份。”小九长长地叹了口气，他心里清楚自己话说得很轻松，但是真要做起来可行性非常小，“喂，小曲，硝铵炸药对人体介质作用系数的推导公式你还记得不？”

“哥，吃这碗饭的人怎么可能忘。”曲浩露出了羡慕的表情，“九哥，咱这帮兄弟里在警校的时候属你成绩最好，出来干也就你升得最快，厉害！名师出高徒！”

“你是说老欧阳吧？”小九感到耳根子有些发烫，心中却又浮起一丝莫名的伤感，“其实我还真挺想念那老头带我下现场时候的感觉，刻薄是刻薄了点，但那也是为了我好，还有啊，至少不用像现在这样扛这么多压力。”说着，他咽了口唾沫，顺手从工具箱里拿出护目镜丢给曲浩，“赶紧干活吧，事儿多着呢，收工后我请你去吃夜宵，那家刚开，就在我们单位对面，那麻小的味道一流！”

曲浩的眼睛中瞬间充满了亮光。

李晓伟走出帐篷后忙了一圈，接近傍晚准备开车回城的时候不经意间又看到了那个站在风中的年轻女人。他便走向王佳，顺手把车钥匙揣进兜里。

“王小姐，我正好要回城，顺道送送你？”李晓伟一边说着一边环顾四周，“这荒郊野外的，不好叫出租车，你一个人也不安全。”

见对方依旧沉默不语，李晓伟便伸手掏出了兜里的工作证递了过去：“我真的是心理医生，你放心吧，我算是来现场出差的，不是浑水摸鱼的坏人，警方那边有我的备案。我只想帮帮你。”

或许是听了最后的这句话，阴影中的女人这才开了口，她声音沙哑：“李医生，谢谢你，我还不想走。”

“王小姐，你的心情我完全能理解，但留在这儿真的是于事无补。”李晓伟轻轻叹了口气，“伤者都被警方送到第三医院去了，你确信那里面就没有你的丈夫裴小刚？你真的要等的话，我这就送你去第三医院，怎么样？”

“我去过那儿，他们不让我见伤者，我没有办法……不知道自己该做什么……”王佳喃喃自语，垂着头。

“我陪你去吧。”李晓伟微微一笑，“你可以在车上告诉我你丈夫的衣着和身体特征，这样可以减少辨认时的中间环节。”

王佳没再推辞。

李晓伟却是一愣，他这时候才注意到王佳纤细的脖颈上反复缠绕并紧紧裹着一条浅灰色丝巾，不仅不美观，甚至会让看见的人都觉得很不舒服，有种窒息的感觉。回想起丁然警官生前给自己看过的相片和章桐的话，他真的希望自己只是多虑了。

两人向李晓伟的红色比亚迪走去，王佳钻进了车后座，上车后，李晓伟扫了一眼后视镜："王小姐，你就住在安平城里吗？"

"是的，安平城东月季巷，就在风雷新村旁边。"王佳的声音变得平静多了，"我就是安平人。"

李晓伟心中一怔，还没到时候，自己不能冒这个险。

02

章桐终于复位了 6 具残缺不全的尸骸，但这还只是第一步工作，剩下的，就是包括所发现的位置在内把它们整体原封不动地送到局里的实验室。

走出帐篷的时候，外面已经是星云满天，看来明天又会是个好天气。她揉了揉发酸的脖颈，然后深一脚浅一脚地穿过农田向 50 米开外的车厢残骸走去。

车厢内，所有因为爆炸而散落在四周的座椅铁架、皮革以及开水间房间壁的五层胶合板残片，甚至铁皮，都已经被尽可能地复原到了它们本来应该待的位置，小九之所以这么做，目的很明确——通过详尽的复位、测量，运用逆过程反推理，把中心炸点和周围物质的分布关系，由现在的终结状态恢复到爆炸前的原始状态。这是一项非常烦琐的工程。

"小九，进展顺利吗？"章桐通过中心炸坑旁的空洞爬上了车厢支架。

小九咧嘴一笑："姐，还行，至少现在已经确认炸坑中心右侧约 0.18 米，以及第一排 1 号、2 号双人座椅下面的铁质框架破损变形程度是这节车厢所有座椅支撑框架中最严重的。你看，靠背侧的水平铁架向下足足弯曲变形有 0.1 米左右，能够造成这种情况的只有一个可能，那就是炸点在座椅斜上方所产生的纵向力量，所以才会使铁框架这么弯曲。小曲，你那边的情况说一下。”

曲浩正钻在原来的开水间里：“好嘞，塌陷炸坑 0.36 米处开水间五层胶合板间壁上的弧形缺口为弓长 0.95 米，距离地板高度为 0.9 米。”

小九问：“那被冲击波抛出车外的位于开水间的那块锅炉体中间部位不规则凹坑的面积是多少？”

“0.78 米乘以 0.44 米。”曲浩回答。

章桐双手抱着肩膀，皱眉说道：“这么大的不规则凹陷坑，难道说中心炸点就在开水间附近？”

小九点点头：“凹陷中心距离地板高度是 0.87 米，能造成这样的缺口和凹坑的，只有水平横向冲击波才行，别的外力造成不了。”

“照你们发现的推算，锅炉体那块塌陷坑的中心点距离地面的高度就是爆炸中心距离地面的高度。”说着，她又回头看了看炸坑附近的布局，以及小九搭建的激光标尺模型，很快，心中便有了大概，“爆炸中心点看来可以确定为距离 2 号车厢列车前进方向内侧车门 1.45 米，右侧车厢内壁 0.9 米交点上方 0.87 米处。”

“是的，”小九抬头看着章桐，神情严肃，“这个点正好处于右侧前属 2 号和 4 号座椅边缘 0.18 米处过道上方的空间，上下都无明显的悬挂物和支撑物，也就是说，唯一可能支撑爆炸物的就只有紧靠炸点的人体。我们刚才根据损伤半径测量出的结果，推算出这家伙所携带的爆炸物数量不少，而且……”

小九没有继续说下去，但是章桐听懂了他的意思，她倒吸了一口冷气：“难道说你们在爆炸半径内没有找到电池雷管或者拉管之类的引爆装置？”

“目前来看是这样的，至于说那堆杂物嘛，”曲浩满脸都是汗，狼狈不堪地钻出了狭小的缝隙，“我跟九哥都找了好几遍了，还动用了所有的家伙，排除了车体设备碎片，还有死者的遗物和小孩的书包、烧焦的衣物碎片和小半张食物包装纸、半本杂志、鞋子、帽子……什么都有，都是被第一波冲击波和气浪给抛出去的，但就是没找到我们想要的东西。”

小九点点头：“那就只有一个可能了，姐——超短导火索。”

“爆炸点距离 2 号车厢地板上方 0.87 米，当时车厢是满员的，那犯罪嫌疑人就只有可能是抱着或提着爆炸物呈站立姿势。”章桐紧锁双眉，喃喃自语，脑海中飞快地搜索着自己经手过的每一处伤口形状，“也就是说，我们要找的是膝盖以上至腰部间前重后轻的创伤者或者被炸药高热烧灼最严重的人。”说到这儿，她猛地转头看向小九，目光犀利，“巧了，我那儿正好有两个人符合，两个几乎被炸碎的人。”

小九恍然大悟：“难道说就是那失联的 6 个人之一？”

“目前来看只有这个可能，因为伤口吻合。我们局里见。”既然已经找到了线索，章桐便没心思再待下去了，她匆匆跳下车厢，顺势在草地上打了个滚，爬起身，向不远处已经发动的半挂车跑去。

“唉，看来今晚又要通宵了。”看着章桐远去的背影，小九忍不住仰天长叹一声。

“九哥，要加班？夜宵可别忘啦！”曲浩急了，“我肚子还饿着呢。”

小九顺势拍拍他的肩膀说：“兄弟，忘不了。我们收工了，别落下东西啊，听到没？”

此刻，作为主要收治火车伤员的定点医院，市第三医院急诊科走廊里挤满了人。满头大汗的志愿者和护士不停地来回奔走着，时不时地高声叫喊着某某家属的名字，而听到召唤的人便立刻激动地挤进人群，眼巴巴地等着护士带自己去办手续寻找病房中的亲人。但是身边更多的人又不得不在失望与希望中不断经受着煎熬。

李晓伟和王佳挤进人群，两人的目光在白板上的名字中一个个仔细地搜索着。这些都是已经确定身份的，成排的名字后有的被打了个钩，表示伤者已经恢复神志，可以与家属进行简短的交流，他们的伤势也比较轻。剩下差不多 1/3 的名字后面则什么都没有，那就是凭借随身证件判断出的身份，而且伤者依旧处在昏迷状态。

“你丈夫裴小刚是几号车厢？”李晓伟大声地问道。声音很快就被嘈杂的人声给吞没了。

“我……我不知道他在几号车厢。”王佳有些手足无措，她神情紧张地四处张望着，“我只知道他买的是座席票。”

这时候有个护士急匆匆走了过来，手上拿着记录本，嘴里咕哝着：“让开让开，别都挤在这儿。”人群不情愿地让出了一条小通道，她快步来到白板前，拿起记号笔，一边在板上飞快地写着名字，一边时不时地扫一眼自己左手拿着的记录本。

李晓伟是在医院里待过好几年的，知道来的是护士长，便赶紧凑上前：“护士长，人都在上面了吗？”

“去世的不算，直接被殡仪馆拉走了，我们这边的反正都已经确认完了。”护士长用力写完最后一个字后，转身看着李晓伟，“你是伤者家属？”

王佳赶紧上前点点头，神情紧张地追问道：“我……我是……我丈夫裴小刚的名字怎么不在里面？”

“那我们不知道。”护士长巧妙地转换了话锋，“可能也有遗漏的吧，总之，你们要去问公安局的人。”

王佳不死心：“会不会是你们登记错了？”

护士长看了她一眼，迅速上下打量了一下后，收回目光，脸上露出奇怪的神情，没吱声，转身就走了。

王佳脸上一阵红一阵白。

李晓伟把她拉到一旁：“别急，我们再找警方问问，一个大活人不可能凭空消失的。你确定你丈夫坐了这趟车？”

王佳点点头。

“现在购票都是实名制，我帮你去查查，了解一下你丈夫是不是上了这趟车。”李晓伟从兜里摸出了手机，边朝外走边拨通了章桐的电话，把事情经过简要地说了一遍。

这时候，章桐已经从事故现场回到了单位，正好走进更衣室准备换衣服。

“没问题，我问一下分局那里，这事儿是由他们和铁路机务段的人负责的。”挂断电话后，很快，她便又打了回来，肯定地说道，“她的丈夫裴小刚确实上了出事的这趟列车，座位是 2 号车厢 7 号座……等等，他身高多少？体重多少？身上有没有什么特殊记号？有没有随身携带行李？”

李晓伟哑口无言，他转头看向身边站着的王佳，轻声问道：“你丈夫就在出事的 2 号车厢？”

“难怪我打不通电话，天呐。”

话音未落，强打精神的王佳终于支撑不住了，脸色煞白，双腿一软瘫倒在地。

和以往命案中的尸体相比，爆炸现场所发现的碎尸判断难度是最高的。章桐几乎花了整整 1 天的时间待在解剖室里。头皮、毛发、离断的肢体与支离破碎的内脏组织被整整齐齐地摆满了 3 张不锈钢解剖台，其中最大的一块残骸甚至都没有超过正常成年人的手掌大小。整个刑科所的技术人员都在为这起突发事件而忙碌着，登记归类、提取检材样本、做DNA，直至最后的数据汇总。

房间角落的白板上按照已知的失联人数划分出了 6 块区域，每次固定一个证据的归属，便在白板上做好相应的编号登记。

在这期间，邹强已经在门口朝里张望了好几次，每次都因房间里忙碌的景象而打了退堂鼓。章桐也看见了他，最初选择了无视，直到这家伙脸上的表情变得越发尴尬的时候，她这才心软了，知道事情有些严重，便跟几个技术员交代了一下后推门走出了房间。

走廊里，童小川就跟丢了魂一样来回踱着步子，直到章桐走了出来，瞬间就来了精神头："哎呀，章医生，你终于出来了。你们什么时候能结束？我这可不等人啊。"

"我没办法，人手不够，大家都没闲着。"章桐手一伸，"给我看。"

邹强赶紧把尸检报告递了过去："姐，本来我和童队想在海川就跟你联系的，但是想着你这边肯定很忙，而且电话里一时半会儿也说不清楚，就干脆回来找你当面说了。"

章桐摆摆手示意他闭嘴。

手中的尸检报告包括相片在内只有不到四面纸，但是她却看得非常慢，逐字逐句来回看了好几遍。

"章医生，怎么样？"童小川顿时感觉情况有点不妙。

"尸体呢？"

"家属领回去火化了。"邹强回答。

"尸检相片就这么多吗？"章桐紧锁双眉，转头看着童小川，"应该不止吧？能叫他们都扫描过来吗？每一张我都要。"

一旁的两人听了，不由得面面相觑。邹强连连点头："这没问题。我这就和他们联系。"

"不要发给我，直接发给技术组，我要3D建模，他们做完后结合现场的痕迹物证和我手头的这两起案件比较一下，就会有一个直观、准确的推论。"说着，她话锋一转，"但是，就目前这份尸检报告来看，只能说嫌疑非常大，因为受损的器官部位是相同的，而且下手的刀法也相同。"

童小川惊讶地说：“还真的就是？”

“用刀，人人都会，但是两个从未见过面的人，能够在两个不同的城市杀害不同的人时，在受害者身上位置相同的部位造成一模一样的伤口，你说这样的巧合，你信吗？”章桐摇摇头。

“可是，这个案发现场，死者在生前可是遭受过毒打的，而且她的体内并没有发现麻醉剂的残留成分。”童小川有些不甘心。

章桐抿嘴想了想：“这好办，涉及犯罪模式的疑问，建议你去警官学院问李晓伟，他能回答你这个问题，我这边只是就事论事。”

“好……好吧。”童小川和邹强刚想离开，章桐却一脚门里一脚门外，头也不回地说道：“童队啊，差点忘了，提醒你手下的兄弟手脚利索点，我们的时间真的不多了。”

“为什么？”童小川不解地看着她的背影，“你那边不是火车爆炸事故吗？况且我这案子……”

“我就是说花桥镇的火车爆炸事故，它没这么简单，到目前为止，所有证据结合起来已经可以判定这是一起人为事故，因为有人把爆炸物带上了车，才会造成 17 人死亡的后果，具体情况等今天我们这边工作结束后我会上报。如果真是命案的话，分局那边没这个处理资格，都得我们牵头。总之，你做好心理准备吧。”说着，她便推门走进了解剖室。

童小川的脸色瞬间变得凝重了起来。三起女性被害案已经让他感到很头疼，如今这起爆炸案的复杂程度还是优先处理级别，他突然感觉有些喘不过气来。

第三章　戒指圈里的名字

世上唯一能被彻底抹去的，是人的生命。有些人看似死了，其实还活着，而有些人明明活着，却已经死了……

01

早上 5 点，所有的证据都汇总完毕，章桐双手抱着肩膀，看着眼前密密麻麻写满数据和结论的白板，皱眉陷入了沉思。

善后组连夜从 6 名失联人员家属那里取来 DNA 比对样本，全部的比对检验工作都是加急完成的，机器一刻都没有停歇。目前 6 位死者的身份都已经得到确认，分别是 1 号死者，女，82 岁，张桂兰；2 号死者，女，12 岁，齐小雨，是张桂兰的孙女，出事的时候她们的座位正对着爆炸中心点左侧；3 号死者陈强，男，47 岁，同行的是 4 号死者，男，48 岁，房国栋，两人是机床厂的员工，去川东出差的，没有作案动机，位置是单号座位 5 号座和 6 号座，他们身上的投射物损伤位置正好与前面两位死者的相反，但是伤口基本相同。照这么推断，5 号死者裴小刚身上的伤痕也应该和 3 号、4 号死者差不多，因为他所购买的位置是单数 7 号座，靠过道，可这名死者和 6 号死者身上伤口的位置及形成分类与前面 4 位死者完全不一样，尤其是烧伤和冲击波伤。面向爆炸中心一侧的损伤是撕裂他身体的元凶，而与他处于相同位置的死者齐小雨相对的烧伤程度却要小很多。

因此在失联人员中，最有可能携带爆炸物的就是裴小刚和第 6 位死者，裴小刚是已知爆炸中心范围内死者中下身烧伤和炸裂伤最重的人。

第 6 位死者，男，29 岁，白宇，高中老师，他的座位是 102 号，在车厢尾部。他并不属于爆炸中心的乘客，虽然可以解释为死者在去车厢一侧接水的时候不幸接触到了车前方区域的爆炸物，但是怎么解释他身上的炸裂伤的严重性呢？尤其是他的腹部和双手，不只是烧伤严重，他的十指直接被炸断，腹部被炸穿，双下肢受伤的程度不亚于裴小刚。这与偶然路过被炸伤的结果完全不符合，因为后者双手会出现本能的防护伤，而不是手掌直接给炸没了，而且此种情况下，他的皮肤被撕裂的位置也应该是自身侧面或者是后背伤最严重才对，事实却与这正好相反，他分明是迎着爆炸物而去的。

"小九，6 号死者的伤是正面近距离接触爆炸物造成的，而且他的双手应该是下垂前倾的位置，你看他的双上肢前端的伤，这只有在正面近距离接触爆炸物的前提下才能形成。"章桐伸手指着白板上的模拟图，"至于成因，我觉得造成这种伤口的话，只有一个动作才有可能。"

"姐，你的意思是直接扑上去抱住？"小九恍然大悟，他伸出双手比画了一下，"我跟小曲在车上用激光标尺恢复爆炸物冲击波所经过区域的时候，虽然已经做好了心理准备，开水间这个位置极有可能会造成冲击波的转向，但是就有那么十几厘米的距离对不上号，我那时候还认为是凶手提着爆炸物引爆，那其中一个手掌被炸飞是可以理解，因为离爆炸物太近，但 17 个死者中有两具尸体的身上同时发生这样的状况，那就稀奇了。"

“而且两具尸体身上的炸裂伤和烧伤的状况是相类似的。”章桐转身看着他，“图侦组那边怎么说？查到爆炸物是怎么上的火车吗？5号和6号死者，两位谁最可疑？爆炸物必定是其中一人带上去的。”

“哦，我差点忘了，那段视频我拷贝过来了。”小九摸出手机划拉了两下，然后投影到了房间墙上挂着的显示器屏幕上。

一段视频是候车室里，熙熙攘攘的人群。

“姐，注意看，第3秒开始，开水间边上出现的这个背着牛仔双肩包，戴着棒球帽，正抬头看车站列车车次显示屏的就是6号死者白宇，5号死者裴小刚出现在第22秒的时候，穿一件深色衣服，提着个小行李箱，在8号座位上坐着，正在低头看手机。”小九说。

“两人身高、体形都差不多嘛，都在1.7到1.75米。进火车站都要刷身份证和过安检，小九，他们是怎么把爆炸物带进站的？”

小九听了，脸上露出了苦笑：“姐，你可别太天真了，大部分海川火车站和附近地铁站等公共场合安检下班的时间都是凌晨0点，上班时间是早上6点，而这趟车的发车时间是0点32分，也就是说，只要过了0点，进入站台的行李过安检都只是走走形式而已。以前都没有出过事，再加上这是一趟普通的K字头列车，不是高速动车，工作人员自然就懈怠了。”

章桐一时语塞，许久，目光中充满了诧异：“难不成这两人都是0点过后进的站？”

“是的。”

章桐竟然生平头一回有了骂人的冲动，她咬着牙一字一顿地说道：“去向童小川汇报吧，这是件性质非常恶劣的命案，并且我们现在有了两个潜在的嫌疑人。”

童小川是在电话里得知李晓伟把王佳安排进了第三医院住院的，他急着和王佳谈谈，便和邹强一起开车赶了过去。刚下车，李晓伟便迎面走了过来。

“人呢？”童小川看看李晓伟身后。

“急诊病房 302 床。”李晓伟伸手朝身后的大楼指了指，“其实也没什么大碍，就是低血糖和营养不良，刚才护士在给她做检查的时候，还发现她的肝脏有衰竭的迹象。”

两人并肩朝医院大楼内走去。

“肝衰竭？怎么造成的？”童小川问。

“做了血检，确定是酗酒和滥用药物的原因，止痛类药物成瘾。”李晓伟一声长叹，“我本以为她只是因为丈夫的去世而情绪波动，结果还查出这么一堆毛病。看来她还没走出原来的阴影。”

童小川停下了脚步：“大哥，有话直说，我现在压力可比你大，就差没把自己变成个猴儿了。”

李晓伟笑不出来：“抱歉抱歉，职业习惯。这个王佳就是丁然 9 年前接手的那起案子里的幸存者。”

“你确定？”童小川脸色变了。

“刚才帮她办理登记入院手续的时候，我看了她的身份证上的相片，和丁然警官曾经给过我的户籍相片复印件上的模样差不多，毕竟才过去 9 年，一个人的外貌变化不会太大。还有啊，”李晓伟又伸手指了指童小川的脖子，“我们心理学上有一个名词，叫主观回避行为，简单来说，就是对个人主观上极端厌恶或者恐惧的某个身体部位、某个人、某件事，进行主动的行动方向上的回避，这么做是因为要隔离的那部分会给自我个体本身带来非常不好的感觉。而女人在自己的脖子上绑丝巾，还是绕一圈打一个结，再绕一圈又打一个结，时间久了会让人呼吸困难不说，看上去更像怕人看见自己有脖子一样。要知道这种行为我只在未成年的孩子身上见过，一般发生在 7 岁以下，是一种自我保护欲望的衍生，只有在受了刺激后才会这么做，不是什么好事。”

“那她为什么会这样？”童小川隐约感到了一丝不安。

“9年前的那起案件，她差点被人掐死。现在的她应该是在刻意回避当初的那段记忆。你是为了这件事来找她的吗？”李晓伟问。

“我没那么闲。”童小川心不在焉地朝外瞅了瞅，“她老公裴小刚的身份确定了，所以我有些事情要问问她。”

这时候邹强跑了过来，来到近前先是和童小川耳语了一番，随后冲李晓伟点点头：“李医生好。”

三人来到病房区时，护士长走了过来，她递给李晓伟一张X光片问：“你确定不需要替她去挂个骨科？”

“不用了，谢谢，我们自己会看。”李晓伟笑了笑，看着邹强随手带上了病房的门，他便在走廊上用手机就着窗外的阳光把X光片扫描了下来，然后发给了章桐，并附上一句话，这才安心地向走廊尽头的自动售货机走去。

买了一瓶水，李晓伟刚拧开盖子，耳畔又响起了护士长的声音：“喂……刚才看你和警察认识，对不对？”

李晓伟一愣，随即点头：“没错，我们合作过很多次，我在警官学院当犯罪心理学讲师。”

“你真的是警察的人啊，那我就放心了。”护士长双手插在护士服兜里，左右看了看，见没人注意自己，这才低声说道，“小华的案子，也是你们负责的吧？”

“小华？”李晓伟的脑海里顿时滑过了那条社交平台上的热搜新闻——安平市第三医院急诊科护士被害，犯罪嫌疑人行为变态。他瞬间联想起昨天章桐有些不寻常的举动，便悄然点头。

护士长鼻子一酸，眼圈顿时红了：“那丫头是我徒弟，人老实，有点笨，虽然悟性不太高，但贵在踏实肯干。唉，就是太可怜了。你们一定要抓住杀害她的凶手啊！”

李晓伟默默地点点头：“你放心吧，护士长，我们都在尽力。”

这时候从护士站的方向传来了招呼护士长的声音。

“我得走了，”护士长无奈地叹了口气，“这忙起来就没个歇着的时候，对了，有件事，我不知道重不重要，里头那女的，应该不是你朋友吧？”

“不是，严格意义上来说是爆炸事故遇难者的家属，我被请去给这些人做心理辅导。”李晓伟回答。

“那好那好。”护士长松了口气。

“护士长，你有什么事吗？可以跟我说。”

“其实也没什么重要的，她才 25 岁，很年轻，比我还小了整整 5 岁呢。我知道，年轻人嘛，现在工作压力大，多多少少会有些坏癖好，抽烟喝酒啥的不分男女，但每次体检过后的亚健康状态都快超过老年人了。而这个王佳，看她的各项身体指标和PET增强检查结果又不像得过宫颈癌的人，要知道一般主刀医生不到万不得已都是不会做全切的。”

李晓伟神情凝重了起来：“那她……”

“没错，全切，一点都不留。”护士长皱眉，语速飞快，“赵主任说看恢复状况应该有 5 年以上了，但是不会超过 10 年。我问过病理科，活检样本干干净净，那可能不是身体上的事儿。既然你是心理学方面的专家，想想还是提醒你一下比较好。都是女人，我们其实也挺同情她的，因为子宫全切这种手术对于一个这么年轻的女人来说损伤真的很大，正常人绝对不会这样做，更何况她自身有肝衰竭的迹象，就像我刚才说的，除非得了宫颈癌。哦，还有啊，我看她有些眼熟，好像和小华是老乡，我记不清了，春节前后见过她一次，她来找小华，具体为了什么我不知道。以前我不管这事儿，但是现在想来，如果她真是小华的老乡的话，或许还能给你们的案件一点帮助。”

“老乡？”

“对，都有海东口音。”

护士长点点头，走了。

李晓伟有些心不在焉了，他想了想，决定去公安局找章桐问问再说。

急诊病房内除了一张供病人休息的病床和凳子外，连个床头柜都没有，窗子外侧更是加装了全包的防护栅栏，房间内一角的天花板上还装着一个高清监控探头。

童小川一脸狐疑地看了看邹强，后者则朝床头的方向努了努嘴——插着病人姓名年龄识别卡的地方加了一条深红色的防护标志。他顿时明白了，这间病房是医院专门准备的，用来应对那些有自杀倾向却又没有家属陪伴在身边的急诊病人。

“你们是谁？”身穿病号服、脸色泛黄的王佳躺在病床上，目光中充满了戒备，“你们不是医生。”

“你别紧张，我们不是医生。”童小川伸手拉开病床前的椅子坐了下来，“我们是市公安局的，我姓童，他是我的同事邹强。这是我的工作证，你看一下。”

王佳的眼神这才变得轻松了许多：“你们和上次来找我的警察不是同一个单位的？”

“他们是分局善后组的。”童小川回答，“他们的工作是确定爆炸事故中失联人员的身份，现在移交给我们了。”

一听到这儿，王佳呆了呆，眼泪无声地滚落下来：“是不是真的在里面？真的……死了？”

“恐怕是的。”

房间里变得死一般寂静，王佳的嘴唇忍不住微微颤抖。许久，她哑声说道："警察同志，你们想知道什么就尽管问吧。"

"那好，你丈夫裴小刚生前从事什么职业？"

"我们在网上开了一家服装店，我老公经常要出去进货，平均每个月都要出去一次，尤其是换季的时候，这一次就是去川东看秋装的。"她转头看向童小川，泪眼蒙眬，"他负责进货，我看店、发货和本市范围内的短途送货。都怪我，没有拦住他上这趟车。"

"出事的这趟 K3278 在本市火车站也有停靠，你丈夫为什么偏偏要舍近求远去海川上车？"童小川一边问，一边仔细打量着王佳脸上的表情，他注意到那条丝巾如李晓伟刚才所说，正诡异地绕在王佳的脖子上。

"这趟车因为时间不错，价钱便宜，所以我们这边一直都很难买到座席票，我老公舍不得买卧铺，这一站就是 10 多个钟头，他双腿有静脉曲张的毛病，受不了，就干脆坐大巴去海川，因为起点站座席票好买。"王佳的回答合情合理。

"你是本市户口对吗？"

王佳点点头："我出生在这儿，只不过中途离开了几年。结婚后又回来买了房子，还是老家好。"

童小川想了想，又问："你丈夫裴小刚也是出生在本市的吗？"

"是的，他是安平郊区河口镇人。"

"他的家人呢？"

"我公婆去年因为煤气中毒去世了，所以除了我之外他没有别的亲人了。"王佳颓然靠在了枕头上，目光呆呆地看着天花板，"他为人老实，对我又很好，什么都不要我做，现在他走了，我真的不知道以后的日子该怎么过。"

"那你丈夫裴小刚生前有没有因为生意上的事情而得罪什么人？"

王佳一听这话，强撑着又坐了起来，冲着童小川和邹强果断地摇摇头：

"他是个好人，帮别人都来不及，又怎么可能会得罪别人。"

"稍等一下。"童小川掏出手机，很快就找出了那段小九刚发过来的时长为32秒的海川车站监控，自己粗略看了一遍后便把手机递给了王佳："这是海川的站台监控，你确认一下，其中有没有你丈夫？"

因为这是当天的最后一趟车，视频中除了6号门附近排了好几百人外，大半个候车室都是空着的。

王佳急切地接过手机，而童小川犀利的目光也从来都没有离开过她的脸。

来回看了好几遍后，王佳艰难地点点头，眼泪又流了下来："有，他带了个箱子，坐在那儿看手机。"

"谢谢你协助我们工作。王女士，你好好休息。我们改日再谈。"童小川不动声色地站起身，把手机又揣回兜里，和邹强两人一前一后离开了病房。

回单位的路上，邹强把车开得不紧不慢，犹豫了好一会儿，见童小川依旧沉着脸，便小声嘀咕："童队，我瞅你眼神不对。"

"是不对，"童小川紧锁双眉，"她认识白宇。"

邹强呆了呆："头儿，你到底是怎么看出来的？"

"那段视频！我一开始还真的以为她就是想看看自己丈夫裴小刚最后的影像，我盯着她是因为我心里就是有那么点儿怀疑，或许是因为受了先前和李医生交流意见时的影响吧，我就多了个心眼去瞅着她。她看上去是真的在辨别视频里的人，翻来覆去看了好几遍，最后才回答我们认出来了。事实却是她一开始就认出了白宇，直到她确认了白宇过后，才在剩余的影像片段中去寻找裴小刚的画面。要知道，这天底下演技再高超的演员也有露马脚的时候，因为她不可能永远都在演，懂不？更何况是对自己有着特殊意义的人。"说到这儿，童小川转头看着邹强，声音也变得严肃了起来，"这段视频是由两个半段拼接起来的，前面 13 秒是白宇的，后面那部分才是裴小刚的，把手机给她之前我可是看得清清楚楚的。从第 3 秒开始，白宇出现在画面上的时候，她就在努力克制自己的情绪，而裴小刚出现后，她却只是一带而过，由此可见，她对白宇才是真感情。”

“现代版潘金莲？”邹强吃惊地问。

“杀死自己配偶的案子以前我们不是没见过，”童小川摇摇头，“事实应该没那么简单，因为再想杀了自己的丈夫，也没必要炸火车啊，你说是不是？”

“没错，小九刚才在电话中提到，说爆炸物不是遥控的，所以凶手当场被炸死的可能性非常大。”邹强顿时激动了起来，“童队，我回去后马上申请搜查裴小刚的家。”

童小川摇摇头：“在这之前马上调人，24 小时给我盯着王佳，再去搜查裴小刚和王佳在月季巷的家。”

“在医院也要跟着吗？”邹强有点意外。

“对。”童小川咕哝了一句，“9 年前那起案子拖太久了，也该结了。”

回想起李晓伟说过的话，想着那条丝巾，童小川认定了一点，如果王佳真的失忆，那么就不会刻意不分场合地系着丝巾了。那种对丝巾的强烈依赖，看上去就像是抓住了自己的救命稻草一样。

“强子，我们刚才去的是什么医院？”警车开进公安局大院的时候，童小川冷不丁地问了一句。

“第三医院呀。”邹强拉上手刹，吃惊地看着他，“童队，你怎么了？”

“没啥，你先别回来，把那两件事给我办妥了，我马上带人去查白宇，晚上单位碰头。”说着，童小川便钻出了警车。

02

一阵风吹过，公安局大院里的银杏树枝叶沙沙作响。

“你那么关心她？”章桐的神情有些古怪，“可是你了解她吗？”

李晓伟苦笑着摇摇头：“我是心理医生，你别多想，我就是觉得她或许是我们打开 9 年前那起案子的关键，毕竟她是唯一的目击证人，所以我才特别重视。再说了，虽然丁然警官不在了，但是他的委托我还是要做到的，你说是不是？”

章桐不置可否地看着他，示意他继续说下去。

“今天在急诊室检查完身体后，护士扶她回病房，我就跟在身后，这时候我才注意到她走路的姿势有点不对，尤其是右腿胫骨韧关节的位置，好像行动受限，我就出面要求医生帮她做了个X光片检查。结果出来后我就直接来找你了。”

“那片子我看了，你在医院时为什么不给她挂骨科？”

“这事儿太多人知道了不好，毕竟是别人的隐私。”李晓伟苦口婆心地解释，“所以有你这个专家在，我干嘛舍近求远去听那帮老头子的一堆废话啊，对不对？”

章桐嘴角划过一丝笑意：“好吧，听说过一个名词叫撕脱性骨折吗？”

李晓伟先是摇头，然后迅速点头：“那课我们是开卷考试。”

章桐摆摆手：“不跟你浪费时间。简单来说，就是肌肉或者韧带突然猛烈收缩，使得肌肉、肌腱和韧带附着处的骨质拉断、撕脱，形成了这样的伤害。照王佳的体形来看，不可能是过度肥胖造成的，那么就只有一种原因——人身伤害，她被人用力推倒，导致右腿受伤处肌肉保护性收缩，骨质撕脱，才会产生这种典型的横形，因为撕脱的骨片是随着肌肉牵拉方向移动的。主要表现就是疼痛和关节活动部分受损，照这个程度来看，她应该是在床上休养了很久。不过，有点奇怪。”

“什么？”李晓伟急了。

“她没有做常规的复位治疗，而是让它自然愈合，才会导致这样的陈旧性骨折，简单来说就是她现在跛脚了，平时如果不留心的话不一定能看得出来，那是因为事后她做了高强度的自我康复，但努力归努力，那毕竟不专业，所以她成了瘸子。”说到这儿，章桐难以理解地摇摇头，“她身上到底发生了什么？”

李晓伟想了想，问：“那这伤是多久前形成的？”

“上不封顶，已经有了严重的骨质增生，应该至少有 5 年了，不排除更久。”

李晓伟的脸色沉了下来：“护士长跟我说她还至少在 5 年前做了子宫全切，但从做过的增强CT筛查来看，她没有患子宫癌的迹象。”

“难道说她怀过孕？”章桐有点吃惊，“如果是 9 年前的事，她那时候还未成年，能具体到手术时间吗？”

李晓伟摇摇头：“护士长说不会超过 10 年。”

“要不，问问她？”

李晓伟赶紧出言制止：“不行，她现在这种精神状况，如果直接问这么隐私的问题，很有可能会适得其反，别开玩笑。”

章桐轻轻叹了口气：“我只是想弄明白她到底在为谁打掩护。因为当时案发现场应该不止有一个凶手。而她是目前来说唯一的知情者了。”

正在这时，小九在 2 楼窗口探出头，兴奋地招手：“姐，曲浩他们刚才打来电话，说现场有新发现，要我们马上过去。”

“好的，我这就来。”章桐应了一声，面带歉意地对李晓伟说，“今天就不能和你去吃黄鱼面了。”

李晓伟的目光中满是阳光：“去吧去吧，注意点安全，我这两天没课，打算去王佳父亲的原籍海东那边走走，找人聊聊，或许能有什么新的发现，我会和童队联系的，你记得随时给我电话，再见。”说着，便走出了公安局大院。

两人离开后，门卫室收养的一只老猫轻巧地跳过花坛，窝在银杏树下，暖暖的阳光穿过树叶照射下来，老猫很快就进入了梦乡。

白宇住在安平高铁东站附近的天白中学教师宿舍内。在这之前，当地派出所配合分局善后组，已经把白宇在爆炸案中确定身亡的事通知给了他的父母。所以，当童小川按照电话中约定的时间来到教师宿舍楼下时，他一眼就看到了两位神情悲伤并互相搀扶着的老人，正站在路口等着他们。

“那是不是白宇的父母？”童小川一边停下车一边吃惊地问，“他们为什么都在外面站着？难道不住在这儿？”

下属陈静是队里唯一的年轻女警察，做事干净利落，因为这次要见老人，所以童小川便把她带了出来。

陈静点开手机相册比对了一下相片：“没错，他们就是白宇的父母——白成海、方晓梅。他们不和儿子住在一起，家在后面一栋楼里。这上面记录白宇还没结婚，去年刚来天白中学高中部教书。”

“明白了。”童小川钻出警车，快步向两位老人走去。

“你们就是市公安局的人吧？”头发花白的老人在脸上努力挤出一丝笑容，开门见山地说道，“来吧，跟我上楼，去小宇的宿舍坐坐，这样有些东西也能给你们看，不然的话，我这个老头一时半会儿也讲不明白。”

这时，身旁的老太太却临时改变主意，执意要回家。看着自己老伴儿孤单的背影，白成海长长地叹了口气：“昨天到现在，小宇他妈一点东西都没吃，我也拿她没办法，儿子没了，唉。”

三人前后走进了宿舍楼，来到 4 楼，打开了 401 房间。屋内是简单的一室一厅的布局，进门就是一个大书柜，书柜里密密麻麻地塞满了书。旁边是一圈藤椅，围着茶几。卧室在书柜右手方向进去。房间的陈设简简单单、整整齐齐。

“小宇的宿舍总共有两把钥匙，他自己一把，我们一把，平时我们有空了就来帮他打扫一下房间，这不，他工作忙嘛。”老人有一句没一句地说着，目光中充满了悲伤。

三人在藤椅上坐了下来。

“白老先生，节哀顺变。”陈静柔声劝慰道。

“谢谢你。对了，警察同志，我什么时候可以把小宇接回来安葬？我问过分局的同志，他们说没有这个权限，我就只能麻烦你们了。其实呢，也不用太担心我们会想不开，我和小宇他妈虽然很难过，毕竟小宇走在我们前面，但是我们年纪也大了，也就没什么牵挂了，说不定很快就能见到小宇了，这样想的话，我们心里也能好受些。小宇出了这个事故，我知道，都是天灾，我们没办法的，所以只能认命。”老人絮絮叨叨地说着，目光却看着窗台上的那盆仙人掌出神，“等这事儿了了，我得赶紧替小宇去找块好地。”

童小川问：“老人家，你们家小宇是教什么学科的？”

“高中政治。”

童小川若有所思地点点头，接着又问：“老人家，你刚才说有什么东西要给我们看是吗？”

一听这话，白成海点点头：“小宇有个女朋友，我们没见过，但是听小宇说很快就会带她来见我们，因为他准备结婚了。你们要是有机会见到她的话，请告诉那姑娘，忘了小宇吧，别耽误了自己。”

“她叫什么名字？”陈静问。

老人家摇摇头：“我不知道，但是在整理遗物的时候，我发现了一张订购结婚戒指的发票，你等等，我拿给你。”说着，他从茶几下摸出一个早就准备好的牛皮纸信封，然后从里面倒出了一张购买戒指的发票，取货时间是3天后，购买人是白宇，“麻烦你们，警察同志，帮我查查这个姑娘的下落，然后把这枚戒指送给她做个纪念，如果她还愿意要的话。”

童小川有些不太明白：“这枚戒指上为什么会有女方的线索？”

白成海笑了：“今天上午的时候，我们问过隔壁的小娟老师，她下个月结婚，男方就是我们学校的生物老师，她非常肯定地说，这个牌子的戒指就是给未婚妻的结婚戒指，还说什么一辈子只能买一个，里面还会刻上女方和男方的名字。”

童小川似乎听明白了什么，他暗暗叹了口气，转而问道：“那这次白宇有没有跟你们说他为什么要去海川？”

“没详细说，他出事前一天中午坐的是火车，下午3点的时候从海川打电话回来说要去见个人，处理一点事情，还说后天，也就是今天，6号，他妈妈生日，他肯定会赶回来。小宇这孩子最心疼他妈妈了，他还说下个月就打算结婚了，说这一次从海川回来后一定会带着她来见我们，谁知道这一去……”说到伤心事，老人家再也忍不住了，想起儿子的惨死，不禁老泪纵横。

陈静一边安慰老人，一边问道：“老人家，那你知道你儿子小宇的手机号码吗？”

老人止住哭声，点点头：“知道，189******6。”

“那白宇在海川有没有朋友或者同学？”

“警察同志，小宇是地道的安平人，师范学院也是在安平念的，同学中没有被分配到海川的，只有几个去了苏川。他平时因为带的是高三，教学任务比较重，所以一年也去不了几次省城，但是这一次是例外，我也不知道他去那儿究竟是和谁见面。”

童小川点头，看着老人颤抖的双手，以及始终不离开茶几下那张全家福的目光，心里顿感一阵说不出的酸楚。

在回市局的路上，童小川拨通了市局刑侦大队内勤情报组的电话，报出白宇的手机号码后，要求查看 4 月 4 号所有从安平发车前往海川的列车购票名单并查找白宇的名字。很快，结果反馈了回来——白宇乘坐的车次是 K3277，2 车厢 102 号座。

童小川有些不太相信自己所听到的回复："你再说一遍？"

"上午 10 点 27 分，K3277，2 车厢 102 座。用本人手机号进行的网络订票。"

"出事的那趟车 K3278，白宇买的是从哪里到哪里的车票？"童小川问。

"4 月 5 号，海川到川东，同样是手机订票。没有再订回程。"

"这一个月就这两次订票记录吗？"童小川追问。

"是的。除此之外没有白宇去海川的记录。"

"那你再查查王佳这个名字，三横王，佳节的佳。"童小川一字一顿地说道，"查一下她从 4 月 1 号至今，有没有购买过从安平至海川的往返车票，包括大巴和火车票在内的相关信息，都要查。"

电话那头一阵快速地敲击电脑键盘的声音过后，结果更是令人感到诧异——王佳本月根本就没有前往海川的任何购票纪录，海川也没有以王佳名字登记的住宿记录，而她的丈夫裴小刚购买了 4 号从安平到海川的大巴车票，以及 5 号从海川到川东的 K3278 次车票，8 号从川东到安平的 K3277 次车票，并且都是座席票。

最后，内勤情报组的技术人员说道："童队，我们刚才顺带着查了王佳半年内的出行记录，她只去过一次海川，就在上个月 3 号，4 号回的安平。"

童小川的脑海里闪过海川的老郑提到的案发时间，恰好就是 3 月 4 号，便问："裴小刚呢？"

" 4 号坐大巴去的，出发时间是早晨 5 点 30 分，5 号坐大巴回，到达安平的时间是中午 12 点 15 分。”

“那白宇有没有去？”

“上个月没有。大数据显示白宇半年内都没有离开过安平市。”

童小川有些不甘心：“你再查一下裴小刚近半年来去海川的次数和时间，然后发给我。还有，帮我查一下白宇的手机号半年来的通话记录，着重查询近一个月内机主登记为异性的通话记录，一并发，别忘了。”

结束通话后，警车已经开进了安平城区，因为正值下班高峰期，车速也渐渐慢了下来，童小川陷入了沉思。

王佳对白宇有感情的可能性非常大，而如果能证实白宇所谓的未婚妻就是王佳的话，那在作案动机上似乎就有了一丝曙光。海川那起凶杀案的案发时间和王佳出现在海川的时间正好相符，这又意味着什么？王佳说过自己专门在家经营网店和发货，她为什么会突然想到要去海川？裴小刚又为什么会与妻子前后脚出现在那儿？

正想着，童小川突然心中一动，伸手指着前面路口的广告牌说：“小陈，去下苏宁百货。”

“你要买什么东西吗，童队？”陈静把车开进辅路。

“白宇父亲刚才不是说那枚戒指一辈子只能买一枚吗？这种店的顾客记录应该都很全，说不定在那儿能找出点什么有用的线索来。咱们也就不算白跑一趟了。”

锁好车后，两人走进百货商场，来到 1 楼的戒指专柜。听完童小川的简单介绍后，专柜经理很快便找到了白宇的购买记录，看着上面的女方名字，童小川的脸上这才露出了一丝笑容：“你们记得这么详细啊？真不错！”

专柜经理脸上的笑容则非常职业化：“那是当然，我们需要把未婚夫妇的名字刻在戒指里层，毕竟这是我们公司 30 年来所秉承的对顾客不变的承诺！”

“那戒指现在在你们这儿吗？”

专柜经理有点笑不出来了：“在，但是按照规定，是要——”

童小川可没耐心继续听他磨叽，他接过陈静递给自己的发票，又一次拿出自己的工作证，然后一并放在玻璃台面上：“拿记录本给我，我签字。”

“当然可以。”专柜经理尴尬地涨红了脸，赶紧抓过记录本，双手捧着戒指盒恭恭敬敬地递给了童小川。

走出商场，情报组的短信已经发了过来，童小川来回看了两遍后，脸上终于露出了欣慰的笑容：“白宇认识王佳，而且白宇出事前在海川不止一次接听过王佳的电话。”

“童队，那戒指怎么办？”陈静问。

童小川咧嘴一笑：“我当然会把它交给本来应该拥有它的人。”

第四章　透明的人

人啊，渴望着能看透自己身边的每个人，却唯独害怕自己被别人看透。

01

夕阳西下，市公安局大院外的路灯开始有序地亮了起来。

副局长办公桌上出现了一堆小山似的烟头。

“我们安平郊外的河口镇上有很多养鱼塘，当地成年男性村民大多数都会做这种硝铵类的土炸药，经济实惠，有的是偷偷拿去炸鱼的，还有很少一部分是因为后山有自己挖的小土矿，上次派出所来就查出了好几公斤。虽然好几个村都筛子一样过了几遍，但是保不齐就会有疏漏的，更何况翻过山就是和我们相邻的苏川，人往山里一躲，麻烦就大了。”说到这儿，分局政委重重地叹了口气，“老朱已经安排几个重点村落的派出所所长亲自带人下去蹲点，做群众工作。总之，第一，做到从源头上给堵死；第二，查出这次火车事故中的爆炸物是怎么来的。”

副局长点点头，神情凝重地说道：“17 条人命，我们要给群众一个交代，不然对不起咱肩头的责任和群众对咱们的信任啊。对了，老姜，那些幸存者中有没有目击者？”

“有是有，但是很少，目前为止就一个。”分局政委点燃了最后一支烟，随手便把空烟盒丢进脚边的垃圾桶，“那是个带孩子的中年妇女，去川东看孩子他爸的，她是今天早上刚醒过来后跟我们的人说的。她买的是 3 号车厢 3 号座的车票，孩子才 7 岁，因为是午夜的车，孩子没休息好，情绪一直很亢奋，上车后就吵着要吃东西，而按照铁路方面的规定，0 点过后至早上 6 点，车厢内是不会提供流动售卖车的，但是会 24 小时提供热水，这位中年妇女就去 3 号车厢和 2 号车厢之间的开水间接水给孩子泡泡面吃，就是那时候她注意到了有两个男人在车厢连接处说话。”

“火车上在车厢连接处说话很正常啊，座席车厢人来人往乱哄哄的，为什么会引起她的注意？”副局长有点意外。

“或许是直觉吧，因为那俩人说话的语气有点不太正常。”分局政委摇摇头，“可惜的是只听到一两句，因为她急着回去看孩子，没怎么仔细去听。她回忆其中一个好像是说——你根本就不了解她，我劝你放弃吧。而另一个说——没办法了，我已经陷进去了。”

“看清楚是谁说的了吗？”副局长问。

“没有，因为中间隔着一块胶合板，没顾得及看清长相，倒满水后她就端着泡面碗回自己的座位了。吃完面条，孩子总算消停了会儿，她也就抱着孩子睡着了，开车半小时后，车厢里就安静了下来，没什么人走动了，因为是夜间，连报站名都停止了，到安平的时间是 1 小时 37 分后，那趟车很少有人在安平上下车。

从安平开车后又过了大约半小时吧，具体时间也是我们推测的，火车就出事了。那位妇女因为带着孩子，所以不敢睡沉了，她回忆说，自己朦朦胧胧间好像听到了打架的声音，还有一声男人的怒吼，她被瞬间惊醒了，刚想睁开眼看看发生了什么事，因为声音的来源方向就是自己的正前方。就在这时候，车厢爆炸了，唉，她的娃娃伤得不轻。”说到这儿，分局政委重重地叹了口气。

“老姜，那监控方面怎么说？有没有什么发现？”

姜政委摇摇头：“哪有你想的那么好，广播室和监控电脑都在 7 号车厢，但是因为车辆配置太陈旧，好几节车厢的监控坏了两个月了都没有人管，不像动车，那些设备都是最好的。出事的这种车迟早都要被淘汰，资金方面自然就不会提供太多。为了节约成本，这趟车只在 1 号和 4 号车厢车门处装有两个普通监控，目的是观察座席车厢和卧铺车厢的人流量。治安方面，平常的时候就只有随车乘警多巡逻几遍了事。”

“这些都不符合规定啊！”副局长有些吃惊，“小偷才不会管你坐什么车呢。”

“车站派出所没少处理这事，唉，意见提了，整改也是需要时间的。”姜振伟又问，“你们这边现场证据查得怎么样了？”

副局长下巴朝门口扬了扬：“这不在等吗？刑科所那边正开着会呢，应该快了。”

刑科所大办公室里，小九指着白板上的示意图：“我和曲浩又查了一遍现场发现的全部来源不明的各种各样的碎片杂物，逐一过筛，发现了一块特殊的、厚度为 7 毫米左右的深棕色不规则玻璃碎片，从形状判断应该是某容器的底部，因为有个特殊的弧形。玻璃碎片内里的玻璃壁上由于有不规则的点状凸起，这样才会残留下一些内容物，事后我们确实在上面做出了爆炸物化学反应阳性。

“这个证据就能直接证明，这块碎片所在的瓶体曾经被用来装过膨化硝铵爆炸物，因为一般的民用玻璃瓶不会特制成这么厚。同时再结合碎片发现的位置和冲击波发生的方向进行计算，更加可以证实这次火车爆炸事故的爆炸物，就是被装在这个特制的深棕色玻璃容器中。为了便于大家直观理解，我画出了个大概模样以供参考。硝铵属于强氧化类的化合物，性质非常不稳定，除去专门的遥控引爆外，虽然需要一定的外部条件和引爆导线才能实施爆炸，但是自身的原因，比如说外部剧烈撞击，也有可能导致意外情况。所以……”

“并非一定要有人引爆才会发生爆炸，对吗？”章桐打断了他的话。

小九点点头：“我们最初不是这么设想的，但是后来结合分局善后组那边目击证人的走访报告，确认在爆炸前一刻两名犯罪嫌疑人曾经发生过肢体冲突，所以，不排除整场事故也有可能是这个意外行为而导致的。”说着，他伸手从桌上拿起一个塑料证据袋，“这块特制的厚玻璃碎片，就是我刚才提到在现场附近找到的那块，硝铵化学反应呈阳性。在这块碎片不规则破口处的缝隙里，还发现了一种较为粗厚的色织经面斜纹棉布纤维，靛蓝色，我们经过比对，发现其来源是一种牛仔布料。图侦组的兄弟帮我们逐帧比对了海川候车室检票处依次通过闸机的旅客衣着特征和行李，最终确认了和视频中 6 号死者白宇所背着的那款牛仔包颜色相符。

“当时案发时间段内，能够证实两位死者是处于近距离接触状态，所以按照常理玻璃碎片应该无法接触到牛仔背包布才对，比方说白宇去接水或者抽烟时把它放在行李架上了，或者依旧背在背上，这样玻璃碎片在爆炸时，就不可能撕裂牛仔背包从而发生二次接触。但现实情况并非如此，所以我们组一致认定的结论是，这个装有膨化硝铵爆炸物的容器当时是在白宇的背包内，两人有肢体冲突时，背包所在的位置就在两人中间，并且两人都同时抓着这个牛仔包，这样一来，被爆炸物冲击波炸裂的瓶体玻璃碎片上，才会携带有牛仔背包上的布料纤维。”

听完小九的陈述，章桐不由得长长出了口气："我们一直认为裴小刚可能是凶手，这么看来，携带爆炸物上车的竟然是白宇？他难道不知道这是自杀的行为吗？"

"裴小刚？王佳的丈夫？"

章桐点点头："今天李晓伟给我看了一张X光片，证实裴小刚有家暴的迹象。王佳酗酒、嗑药，还在多年前切除了子宫。一个正常的婚姻中的女人，在没有先天性重大疾病的前提下，又是那么年轻，除非流产或者患有宫颈癌，否则她是不可能对自己的身体做出这么有伤害性的决定的。对了，你们看到刑侦大队那边的人了吗？"

曲浩摆摆手："都出去了，说是去搜查裴小刚的家，我们分局痕检组有派人过去支援。"说着，他瞥了一眼手机屏幕，脸上露出了诧异的神情，"等等，刚才善后组的兄弟给我发了消息过来，说遗物清单好像对不上。九哥。"

小九一愣："具体说了哪样对不上号吗？"

"就是我们在爆炸中心点直径3.23米处发现的那个被炸剩下1/3的粉红色手机，标号为2–39号的证物，死者家属说他们家孩子没有带手机。"

"那会不会是车厢里别的乘客的？"

曲浩摇头，他一边发手机信息一边说道："已经排除这个可能了，车厢里没有别的儿童。我通知他们立刻去电信部门查一下，看能不能找到这个手机的生产厂商和具体入网号，并且尽快通知我们。"

章桐明白小九他们为什么会这么担忧，因为一旦落实，所有先前的推断可能就会被完全推翻："你们发现的手机，会不会是儿童玩具模型？"

"不可能，有一半手机电池与机子本体因为高温而融化在一起了，之所以还能有一部分剩下，我想很有可能是被车上别的设备给挡了一下，所以才没全部烧融。"小九回答。

"好吧，火车爆炸案现场这边我们也已经搞得差不多了。今天时间太晚了，大家先回去，好好休息休息，明天我们再继续讨论南江新村杀人案。”她回头看向情报组的陈洪，“老陈，海川那个案件的3D建模做得怎么样了？”

“还差一点，今晚就能收工。”

听了这话，章桐悬着的心终于放下了。虽然说海川的案子失去了一手的检验价值，但是通过3D建模，从尸体身上的伤口就能够反推凶器打击的方向和力度，综合各种数据后自然可以从另外一个角度在电脑上再现案发现场曾经发生过的一切。尽管并不能直接锁定凶手的身份，至少可以有破案的新线索。

章桐去副局长办公室汇报完当天的工作进展后，见所里的同事都已经陆续回家了，便也收拾收拾，关好办公室的门，拿上挎包，顺着长长的走廊向大楼门口走去。两天都没回家了，李晓伟去了海东也一直没有电话打来，不知道他的进展怎么样了。

章桐一边走一边在微信消息栏里漫无目的地上下翻找着。突然，一条消息跳了出来，是李晓伟发给她的——我在回市区的路上，刚下火车，有很大收获，晚上咱们见个面，就在你家小区外的天香茶楼，我想先和你谈谈，我会等你的。

章桐的嘴角露出一丝笑意。

正在这时候，路旁的阴影里走出一位身穿藏青色风衣的年轻女人：“请问，你是现场的那个法医吗？”

这沙哑的嗓音很熟悉，章桐转头看去，路灯下站着的正是王佳：“你有什么事吗？”

“我是火车事故案的死者家属，我叫王佳，我想请你帮个忙。”王佳的声音很平静，“能不能让我见见他，我知道你们还没移交给殡仪馆。”

“可是，”章桐刚要出言制止，转念一想，王佳是裴小刚的合法配偶，不管裴小刚或者白宇做过什么，王佳都是没有责任的，作为配偶，见一下自己家人的尸体也合情合理，便同意了她的请求，“那也行，但是，辨认上会有一定的困难，你确定你能承受？”

王佳点点头：“让我见见吧，求你了，我看一眼就走。”

“好吧，我带你进去。”

02

月季巷 23 号楼下停着两辆警车和一辆灰色面包车，面包车的挡风板上面有明显的警务标志。警戒带外站满了围观的群众。

“人跟丢了？”童小川冲着手机发火，“竟然连个女人都跟不住！丢人！赶紧给我找去！”

邹强站在一旁根本插不上嘴，好不容易等童小川的火气消了点，这才把手中的小本子交给他：“童队，你看看这个。”

这是一本已经作废的爆炸物品操作许可证，颁发地点是安平市郊的河口镇，许可证的所有者是裴大海。

“我知道这地方，有很多养鱼场，后面山上还有一些小煤窑。”童小川皱眉说道，“裴大海是不是裴小刚的父亲？”

“对，他们老家就在河口镇，我刚才打电话联系了情报组，查到裴大海是去年去世的，死因是煤气中毒，他老婆也没幸免。36 岁之前，裴大海在河口镇后面山上有个小煤窑，另外还承包了一个鱼塘，日子还算过得去，后来政府不让私人用爆炸物品了，煤窑上也出了事，赔得一干二净后，裴大海就干脆带着老婆孩子来到城里，进了印染厂工作，退休后就义务当了联防队员直至去年去世。”

“他们和儿子儿媳一起住吗？”童小川问。

“不，他们住在风雷新村，以前王佳他们一家的楼下，直到上个月去世。”邹强回答，“现在裴大海住的房子被儿子裴小刚挂了出售，只是还没卖出去罢了。”

“去查一下裴小刚的老家还有没有房子或者仓库，得弄清楚这些爆炸物到底是哪里来的，又怎么会被带上了K3278。速度要快！我这就回局里去开传唤证。”

童小川拉开警车门钻了进去，把车开出了月季巷。

警车开进公安局大院的时候，邹强打来了电话：“童队，落实清楚了，裴小刚家在河口镇上确实有一间小仓库，据说堆放的都是杂物。现在河口镇派出所正派人赶过去进行勘查，还有就是图侦组那边，这两天查了安平和苏川开往海川的大巴行车记录仪，4 月 4 号那天有一辆苏川到海川的过路大巴，曾经在站外高速入口处拉了一趟私活到海川汽车站，货主是个年轻女人，就一个纸箱，面积不大，包装得严严实实，当时说是颜料样品，进口的，给了两倍的车票钱，说到了海川有人会来接。”

“哦？”童小川顿时激动了起来，“给他看过相片没？”

“看过了，司机说送货的就是王佳，收货的是白宇，也是在高速路口接的货。”邹强回答，“这些大巴司机经常接这种私活儿，全凭直觉和个人经验来判断这活儿能不能接，看到漂亮女人又有钱拿的话，自然就会放松警惕了。”

“很好，我这边开传唤证，你催促他们尽快找到王佳的下落，找到后就传到局里来，别耽搁。”

结束通话后，童小川看着章桐正向自己走来：“章医生，你才下班啊？”

“裴小刚的妻子王佳刚才来了，她要求见一下自己丈夫的遗骸，我同意了。”

“她人呢？”

“走了。”章桐回答。

“你为什么不拦着她？”童小川急得转身就走。

“我为什么要这么做？她是死者家属，我没有职权扣押她。”章桐有些不满。

“她有没有告诉你她会去哪里？”站在路口，童小川左右张望了一下，早就不见了王佳的踪影，然后向门卫室跑去。

“她说她要回家。”

章桐确信童小川并没有听到自己最后的回答，便叹了口气，准备先去见李晓伟。

来到天香茶楼的时候已经是晚上 8 点，两天不见，李晓伟明显消瘦了。

要了一壶雨前茶，李晓伟取出一个厚厚的文件夹放在桌上：“这就是我此行的收获，在火车上抓紧时间做了整理。”

“我本来想直接去找童小川，但是来的时候我决定还是先找你，等一下再去找他，反正该收集的资料都已经准备好了。”李晓伟轻轻拍了拍面前的文件夹。

“你有顾虑？”章桐问。

“其实也没什么，就是心情不好。系里最近有个课题，研究有关人的犯罪基因，加上当初答应丁然警官的委托，这个案子应该也是我的心结吧，我就想着自己趁这个机会务必要去海东看看。现在看来，我有些草率了。因为我或许还没有做好足够的心理准备。”李晓伟的目光中闪过一丝忧虑，“一般刑事案件中，如果夫妻一方出事，性格迥异的另一方有嫌疑的可能性占到八成以上。当年，王志山从海东来到安平读大学，毕业后进了安平印染厂，那个年代能进印染厂这种国有企业的都十分让人眼红，而他后来做到了人人羡慕的供销科长，肥差啊。我到现在都不太明白，工作中的王志山是如此如鱼得水，但是生活中的他性格却过于内向，做事也没有主见，所以当他遇到自己在肉联厂工作的妻子赵秀荣时，对方过于强势的性格就完全压制住了王志山的本性。周围的人本以为他们俩走到一起根本是不可能的，就像两条平行线一样，没想到不到半年两人就领了结婚证。”

“等等，这些都是谁告诉你的？”

“他的妹妹王霞，也是他除了女儿王佳以外唯一的亲人。”李晓伟苦笑，“王志山自打娶了这样一个老婆后，家里很多亲戚都和他断绝了来往，他也好多年都没有回过海东了，直到他老婆去世。”

“他伤心吗？”

“别人看不出来，只知道他酗酒，就连去世也是因为酗酒，而不是车祸。周围人都认为他是因为自己的妻子被人杀害过于悲痛，但是王霞却不这么看。”

“为什么？难道说王志山恨自己的妻子？”章桐感到很奇怪。

“没这么简单。”李晓伟抬起头看着她，“王霞说王志山自打回到海东后就一天到晚喝酒，往死里喝，但奇怪的是，他从不去医院看自己的女儿王佳，醒了就喝，醉了就睡。你没觉得有点不对吗？”

“王佳在安平的时候身体就应该已经康复了，为什么还要去医院？她除了颈部的扼痕，出院病历上就没有别的情况记录了。”

李晓伟轻轻叹了口气：“你换个角度思考吧，什么样的伤你们警方一般不会去主动查？这样一想，你应该就能明白为什么王志山在安平会拒绝警方进一步检查她女儿的身体，而且在洗清了自己的嫌疑后，他似乎根本就不在乎案件的真相，甚至还躲避了起来。”

“性侵？不会啊，根据当时的法医记录，在现场发现王佳时，她的衣服是完整的，没有性侵迹象。你说她的父亲不希望抓住杀害妻子……”说到这儿，章桐突然脸色一沉，“对了，王佳怀孕了，作为监护人，王志山才会急着要把女儿带走。因为王志山来自海东农村，观念比较保守，他接受不了周围异样的眼光，所以就抛弃一切带着女儿走了，对不对？”

“能让一个步入中年的男人，完全放弃自己成功的事业和社交圈，这个理由必须足够充分。你要知道，越是本性被压抑得内向、沉闷的人就越是好面子，他能忍受一切，但面子是他最后的尊严。”李晓伟无声地点点头，“王志山爱王佳，因为那是自己的女儿，但是他又恰好知道了事情的真相——王佳被裴大海强奸并怀孕，她在安平时偷偷去了私人诊所做了流产，结果没处理好，化脓溃烂，为了保命不得不做了子宫全切，这是案发之前的事。由于伤口没恢复好，回到海东后，王佳不得不再一次进了医院，纸包不住火，本以为清净的海东也不得安宁了，海东所有认识王志山的人几乎都知道了这件事，这应该就是王志山一次也没有去医院看自己女儿的真正原因吧。王霞说这些都是王志山在喝醉酒以后告诉自己的。”

“嫌丢人？”章桐皱眉看着李晓伟。

“应该还有别的原因。王志山当时也没说，因为那起案子过去太久了。现在只有王佳和那个男人知道真相了。”李晓伟又一次为章桐面前的杯子倒满茶水，“我第一次听丁然警官说起这个案子时，不瞒你说，我当时怀疑的就是王志山，要不是他有不在现场的证据，除此之外他可是具备了犯罪嫌疑人的各种要素。但是现在看来，这个想法可以彻底推翻了。不仅他没有作案时间这个关键点，而且王志山知道的真相可能比我们想象的还要多，不然的话，他不会用酗酒和拒绝见女儿这种方式来惩罚自己。

“我认真思考过，起先王志山应该不知道他女儿到底发生了什么事，因为那段时间他总是出差，顾不了家里，只是听妻子赵秀荣说把女儿毒打了一顿并且去学校找老师算账。就此流言四起，很快王佳在学校里就待不下去了，直到彻底辍学，整天在外面厮混直至案发。而赵秀荣作为母亲，嘴巴虽然厉害，但心里还是软的，也或许真的只是为了自己的面子，她到处找女儿，找回来又是一顿毒打，恶性循环，亲情几乎荡然无存。”

“王佳第一个孩子是谁的？”

“不知道。王佳没说，王志山也没说，王志山的妹妹就更不可能知道了。王志山是个一辈子都听自己老婆话的男人，几乎从没有替自己说话的机会。他在老婆面前都是唯唯诺诺的，这种性格类似于斯德哥尔摩综合征。案发后，他也不关心案件的进展，直接就辞了工作，卖掉在安平市多年经营的家产，宁可回到老家海东这个偏僻的小县城里生活，并且彻底断绝了以前所有的人际关系，就好像凭空消失了一般。”李晓伟看着面前茶杯中清澈碧绿的茶水，喃喃说道，“所以我觉得他肯定是知道真相的，他带女儿走，应该并不只是为了让女儿能够有一个新的开始，那样做的话他不该恨自己的女儿。而且提到失忆，那么相对应的那段记忆就该完全是一片空白才对，王佳采用的却是回避的方式。王霞说王佳自从回来后一年四季脖子上都戴着一条丝巾，不愿意让人看到自己的脖子，这是我现在唯一想不通的点，我知道她在母亲被害现场被人掐过脖子，但我从没在成年人身上见过这么大的反应。”

章桐的脑海里闪过了王佳脖子上的伤口：“那她又是什么时候和裴小刚结的婚？”

“裴小刚和王佳应该算得上是青梅竹马吧，他跟父亲裴大海来安平的时候才 17 岁，上高一，后来因为没考上大学就进入了社会。裴小刚和王佳的年龄差不了几岁，又是在同一所高中读书，接触的机会自然会多一点。王佳的母亲出事后，王志山带女儿回了老家，后来王志山去世，应该是王佳通知了裴小刚，他就来到海东带走了王佳。王霞本来想阻止，但是她发觉自己根本控制不了局面，也就放弃了。没多久，传来了两人结婚的消息。所以，可以排除裴小刚对王佳的家暴，相反，我总感觉裴小刚对王佳的感情是真的，而且王佳绝对不会向裴小刚隐瞒子宫切除的事。”

章桐紧锁双眉，默默地点头。

“我差点忘了，还有件事，你们最近是不是在处理一起护士被杀案？”

"是的。"

"她是不是叫小华？"

"宁小华。"章桐有些讶异，"你是不是有什么线索？"

"第三医院的急诊科护士长对我说宁小华是海东人，有海东口音，是王佳的老乡，并且她在这之前好像在医院见过王佳一两回，就在春节前后，具体什么时候记不清了。所以护士长表示，你们可以去问问王佳有关小华的事。"

章桐脸色一变："我知道了。不过你最好也把这个消息告诉童小川，因为他们负责这个案件的走访调查。"

窗外，夜凉如水。

走出茶楼，李晓伟把章桐送回了家。站在窗台旁看着他远去的背影，章桐心绪烦乱，总觉得哪里有些不对劲。傍晚在法医解剖室里，王佳非常平静地面对丈夫裴小刚的遗骸，却对着旁边标签上写着白宇名字的冰柜沉默了很久，章桐惊愕于自己在她的眼睛里看见了泪水。

想到这儿，她摸出手机拨通了李晓伟的电话：

——有没有王佳恨裴小刚的可能性存在？

——他给了她安定的生活和一个美满的婚姻，王佳为什么要恨他？

——我感觉王佳似乎更在意另外一个男人。明天我会去查一下裴小刚父亲的尸检报告。

——你是什么时候开始怀疑的？

章桐轻轻叹了口气，回答：

——今天傍晚，她来到公安局，提出想见见自己丈夫裴小刚的遗骸，作为家属，她的要求我们必须尊重，但是我注意到她看裴小刚遗骸的时候是面无表情的，但面对一旁的白宇，她哭了。

——天呐……

李晓伟没有再说下去，章桐挂断了电话。10 多分钟后，她又一次走出了家门。

凌晨 3 点，童小川办公室的灯还没有熄灭，面前的办公桌上放着李晓伟刚送来的文件夹，左手边竖着的白板上写着一条清晰可辨的时间线。目前为止，时间线上只差一小段没办法得到合理的解释，那就是 3 月 3 号、4 号和 5 号，为什么王佳和裴小刚两人前后脚去了海川？海川案件中那位 19 岁的死者身上的伤口是非常熟悉的。王佳说过自己只负责短途市内送货和发货，裴小刚才会经常外出进货，而他走的线路就是从安平坐大巴去海川，再从海川坐火车去川东，回来的时候直接从海川坐火车到安平。这样的外出习惯似乎从未被打破过，除了上个月。而且几乎从不离开安平的王佳为什么单单在那天去了海川并停留了一天？她到海川到底做什么了？

正想着，章桐敲了敲童小川的门，然后走进了办公室。

“哦？章医生，你不是下班了吗？”童小川有点惊讶。

“我放心不下裴大海的尸检报告，还有 3D 建模的事，所以就打车来单位了。刚才我去了老陈那里，看着他在程序上同时运行了两个案发现场的模型图。第一，南江新村的案子，我一直吃不透现场的血迹，非常复杂，各种形态都有，这一点是明显反常的。”章桐紧锁双眉，分别拿出了两份现场环境模拟图的打印件，“因为死者宁小华是在非常意外的情况下被人麻醉了的，根本就不存在反抗一说，那么，凶手后来实施的犯罪行为便是处于一个平静的案发现场中，血迹种类不应该那么多。我们分析出了好几处可以抛洒甩落的血迹范围，还有擦拭的范围，在正对床头附近的血迹中确定了两枚血鞋印，这串血鞋印就是那双 39 码的女式浅黄色雨靴，之所以先前没确认，是因为覆盖了太多死者的血。就此我们可以认定，这两枚血鞋印出现在床前时，案件还没发生。

“我们还找到了第一刀下手的位置，就在这儿，你仔细看，床架这边的墙上，血迹有个特殊的弧形，就好像被什么东西挡住了一样，这是喷溅出的动脉血造成的，因为直接割断了右侧第二胸肋关节处的主动脉，凶器拔出时血液喷了出来，凶手就站在这个位置，后面正好是墙，所以才会在墙上留下自己的‘影子’。我们根据这个影子的高度，结合床的高度和死者原来的位置，推算出了凶手的身高在 165 到 167 厘米之间。”

“除了那双 41 码的鞋印，现场不是除了死者外没有发现陌生鞋印吗？”

章桐摇摇头：“我刚才就跟你说过了那双 39 码的浅黄色雨靴。”

“哦，我想起来了，小九给了我刑科所的证据汇总，当中提到了这双鞋子，39 码的女式浅黄色雨靴，后帮处有血迹，死者的血。”童小川回答。

“如果穿这双鞋的人不是死者呢？”

“你说什么？”童小川问，“那鞋底我看过，是干净的。”

章桐果断地否决了：“鲁米诺光下没有一双鞋子是完全干净的。凶手在杀死死者后对鞋底进行了清理，然后放了回去，那处血迹不排除是他手执凶器进行清洗时无意中滴落的，鞋子上的半枚指纹虽然没有比对价值，但是可以佐证这双鞋子被凶手在杀人后用手拿过。我组里的技术员仔细查过这双雨靴，显微镜下没有在后帮处发现大脚穿小鞋后所出现的凸出痕迹，所以，凶手的脚应该是 39 码左右，女性或者身材矮小的男性可能性非常大。还有一点非常重要，因为死者宁小华当时处于存活状态，所以现场出血量很大，凶手身上也会有沾染。为此，经我提醒，分局的法医去了现场，对浴室下水道进行了详细检查，发现瓷砖墙壁上有两处死者的血迹，呈现出明显的拖擦痕迹，下水管道凹槽内发现陌生女性的长发，考虑到这是出租屋，也有可能是上一任租客所留，但是可能性并不大，因为通过分析现场环境，我们可以判断出凶手要是不进行清理的话，将会是一身血污走出犯罪现场，上午那个时间点这么走在老小区里，风险太大，所以在浴室洗澡并且换上死者的衣服或者自带衣服是非常有可能的选择。”

“而这趟 39 码血鞋印最后是进入了浴室，凶手在洗澡换衣服的同时清洗了这双雨靴。”

童小川想了想，神情严肃地问道：“章医生，我们在该时间段里的监控中看到的那个男的，会不会是凶手？”

“身高不符。而且，宁小华没有男友。分局法医反映说，房间里的第一感觉非常干净，浴室里也是，东西都在原来的位置上，但浴室明显是被使用过的，并且是一个非常了解宁小华个人习惯的人。这种人除了同居男友还有闺密好友。”说到这儿，她长长地出了口气，“所以呢，我觉得凶手应该是认识宁小华并且对她很熟悉的人，宁小华也对凶手不设防。案发那天，凶手极有可能穿着 41 码的鞋子来到她家，进入房间，在玄关处没有像往常那样换了拖鞋，因为现场的拖鞋都是塑料质地，后面凶手不好伪造现场，掩盖自己的痕迹，所以穿上了那双早就注意到的雨靴，轻便而没有声音，足印也很浅，很容易被死者大量涌出的血掩盖，非常适合自己。进入房间后，趁死者不注意，凶手给死者用了准备好的麻醉药。之所以用麻醉药，我们所里也讨论了一下，前面那个案子，包括海川的案子，都没有麻醉药，这个案子里会出现，那只有一个可能，就是凶手不希望受害者反抗，并且凶手非常恨受害者，才会一刀刀捅下去。”

童小川倒吸了一口凉气：“我刚看了李晓伟给我的资料，他和我也在电话中沟通了一下，特地提到说王佳与宁小华是老乡，可是王佳并没有动机杀害宁小华啊！”

章桐摇摇头：“我不知道，小九那边还有一个实验结果没有做出来，到时候对南江新村的 41 码鞋印以及这双雨靴印做个完整的比对，报告一出来我就通知你，也能解开 41 码鞋子的谜团了。”

“比对什么？”

“同一个人无论穿哪双鞋，他固有的走路姿势和用力的方向不会改变。41码那双明显是小脚穿大鞋，但是39码的不同，而且这双鞋子质地非常软，鞋底就是一层软塑料，没有平常的硬质鞋底，只要能将床右侧的那两个可疑血鞋印用电离法分离出有效的样本，说不定就会有发现。而这一对位于死者头部附近的血鞋印是唯一能够提取下来的证据了。”

“至于说海川凶杀案，死者和凶手有过搏斗，不久前经对比发现，死者十指指甲缝隙中发现的未知男性的DNA属于裴小刚，但是现场模拟证实，最终给予她致命一击的是个女人，身高与南江新村案件中凶手的身高相仿。现场没有发现有效足印，但在死者房间里发现了男人的牙刷，上面的DNA是裴小刚的，也就是火车爆炸案中的5号死者。先前我们之所以没有办法确认，是因为火车爆炸案没发生，裴小刚的DNA没有进入系统。”

“裴小刚是海川杀人案的凶手？”童小川焦急地看着章桐。

“不一定，只能证实裴小刚与那位死者同居过，所以在死者房间里发现了裴小刚的牙刷。”章桐说，“在昨天晚上认尸的时候，王佳对着白宇的尸体流泪了，但是对裴小刚没有，我有些想不通。”

“那是因为王佳爱上了白宇。”

章桐满脸的疑惑：“既然夫妻间已经各自有了爱人，为什么不离婚？你看了李晓伟关于王志山的那段报告了吗？”

“看了，我也无法相信。”童小川果断地摇头，“如果这件事是真的，王佳真的被裴小刚的父亲侵犯过的话，那裴小刚依然要娶王佳的目的是什么？”

“为了还债吧。”章桐的心情有些沉重，“裴大海夫妇于去年12月底死于煤气中毒，但是我查了出警记录，当天老夫妇俩被邻居发现时还有气息，所以被紧急送往最近的第三医院急诊中心。老太太在路上就死了，而裴大海是在急诊室ICU病房待了48小时后因为器官衰竭去世的，其间有短暂的神志清醒，并且当天的值班护士就是宁小华。”说着，她把一张第三医院当班记录表和处置病人记录表交给童小川，“虽然没有直接证据证实老夫妇是死于王佳之手，但是如果裴大海在临终前对宁小华说了什么，那随后宁小华被害一案中凶手的犯罪动机是完全可以成立的。”

“为什么要隔这么久才下手？”童小川不解地问。

章桐站起身，苦笑：“你们走访的时候，宁小华身边的人是怎么评价她的？有时候人太善良了也会因此被害死的。”

第二天下午，一辆警车无声地在南江新村 1 栋楼门口停了下来，彻夜未眠的童小川从驾驶座上钻出了车，车后座，目光无神的王佳呆呆地看着窗外，左右身旁分别坐着陈静和邹强。

还有最后一块碎片，整个拼图就可以完工了，童小川敲响了 102 公寓的房门，面对站在门口的张阿姨，童小川在掏出工作证的同时，掏出了两张相片，一并递给了张阿姨。

答案是肯定的，老阿姨最后补充说这个相片中的女人不止一次来过这栋公寓楼，就是找 3 楼的宁小华，包括出事的那天早晨，她去拿牛奶的时候，同样见到了这个相片中的女人的背影，时间在早上 7 点左右。

至于说为什么会记住，很简单，因为这个女人长得很漂亮，走起路来的姿势却有点古怪。

回到警车里，童小川并没有马上开车，他回头看着王佳，许久，还是把到嘴边的话给吞了回去。他转身放下了手刹，车辆向前滑动着，右手边空着的副驾驶座上摆着两份手机通话清单，上面用红笔做了标注。

第五章　绝望是什么味的

活着的人能感到生的绝望，那死了的人呢？

01

预审室内，隔着不锈钢栅栏，王佳穿着橘黄色的背心坐在木凳上，还没开口就先轻轻叹了口气。

“王佳，你知道我们为什么要带你来吗？”童小川问。

“我不知道。”王佳摇摇头。

“这是你在安平汽车站外的高速路口拦住一辆从苏川经过安平到海川的大巴车时，车上的行车记录仪拍下来的，你手中的这个箱子里，装的就是导致隔天凌晨安平境内花桥镇路段K3278 次快速列车 2 号车厢被炸的爆炸物，当时你不会不知道箱子里装的是什么吧？”陈静依次展示的监控相片非常清晰，“这是 3 个小时后在海川高速路口白宇拿走箱子时的监控画面，12 分钟后他打开箱子取走了里面的深棕色玻璃瓶，然后放进了自己随身带着的牛仔背包里，剩下的包装被他随手丢进了旁边的垃圾桶，这个包装盒我们已经找到了，上面有你的指纹和白宇的指纹。这件事你不会那么快就忘了吧？需要我提醒你瓶子里装的具体是什么吗？你该清楚我们说这个话就肯定有证据。”

空气瞬间凝固得几近窒息，突然，王佳毫无征兆地尖声叫了起来，双手上下挥舞，语速飞快，情绪非常激动：“我真的不知道白宇要拿它去炸火车啊！他问我有没有硝铵炸药，我说我公公原来的河口乡下小屋里还有存货，只是不知道还能不能用，可能都已经失效了，他说没事，说自己同学承包了一个小煤窑，想偷偷扩建，就在长桥那里一个海川边上的小镇上，那里爆炸物的数量政府是严格管控的，他们申请不到了，就想请我帮帮忙。”

看着王佳的疯狂，童小川微微皱眉：“白宇是怎么知道你能弄到硝铵炸药的？”

“我……我说的，白宇虽然是高中政治老师，但是他大学学的专业是化学，我们在一起聊天，我无意中说起曾经看见公公在河口镇鼓捣过这些东西，我想，他就是那时候记住的吧。”王佳回答。

“白宇到底是怎么认识你的？”

“有一次他购买了我们店里的衣服，因为不合适，要换货，我看正好是在市区，就说我去取货吧，然后把新的送过去，我们就这么认识了，后来吃过几回饭。”说到这儿，王佳渐渐地安静了下来，“白宇是个非常单纯的大男孩，对感情也很执着，他以前没有谈过恋爱，我不想骗他，就告诉他我是有丈夫的人，结果，他对我说他爱上了我，所以他会一直等下去，等我离婚。后来，我没想到的是，有一次我们开完房出来，被小刚看到了。他当时没有说什么，回家后，小刚第一次打了我，事后我感觉不再亏欠小刚什么了，就跟他说我们离婚吧，因为我背叛了你，结果你猜小刚说了什么？”

童小川摇了摇头。

王佳嘴角扬起一丝古怪的笑意：“他说这辈子都不会离开我，因为他对我负有不可推卸的责任，所以他要照顾我一辈子。”

“照你所说，既然是裴小刚死缠着你不让你走，哪怕你出轨了都不让你走，那么，裴小刚理应对你忠贞不渝才对，可他自己为什么要在海川包养情人？而且你对他在外面有情人这件事也是心知肚明的，就是因为嫉妒，所以你才会去杀了他的情人！”童小川低沉的声音犹如一记沉重的耳光狠狠地扇在了王佳的脸上。

王佳的脸色瞬间变得灰白，下意识地伸手抚摸起了自己脖颈上紧紧缠绕着的丝巾。虽然王佳进了看守所，按照规定是不能戴丝巾的，但童小川接受了李晓伟的建议，让她暂时保留，只是加强了监护。

“上个月 3 号，你一个人去了海川，4 号离开，而那时候你丈夫裴小刚紧接着就跟去了海川，乘坐的是 4 号早上第一班大巴，与你擦肩而过，5 号才回的安平。”看着王佳脸上绝望的神情，童小川突然意识到了什么，目光变得犀利，“等等，看来你根本就不知道上个月 4 号那天你丈夫裴小刚也去了海川，对不对？你在海川杀了邱月红，你本以为神不知鬼不觉，却不知道裴小刚在得知你去了海川后，第一时间就赶过去试图阻止你，但是一切都晚了。所以，他做了一个愚蠢的举动，又一次为你掩盖了杀人的真相。”

“又一次？”王佳说。

童小川嘴角露出了一丝笑意：“应该说是第二次，对不对？说到第三次，你不会忘了南江新村的宁小华吧？第三医院的护士长也认出了你，知道你在春节前后去看过宁小华。你看看这是谁？”说着他拿出了那张裴小刚出现在南江新村的监控画面打印件，站起身来走到王佳身边，“这个背影，你应该熟悉吧？”

王佳默默地闭上了双眼，点点头，艰难地说出了一个名字：“裴小刚。”

“你同样不知道他也去了宁小华家，虽然他没有进房间。他知道你去了，或许他想制止你，不过又晚了一步，他与你出现在案发现场的时间差了将近两个小时。而你杀宁小华，理由只是因为她发现了你的秘密，对不对？裴大海临终前说出的忏悔。”

“忏悔”两个字似乎深深地扎疼了王佳的心，眼泪无声地滑过她的脸颊。她无力地抬起左手，把遮盖住半张脸的头发夹在耳后，露出了目光呆滞的右眼。

这是一只永远都无法看清楚这个世界的右眼。

02

预审室外的走廊上，章桐已经在单向玻璃前站了很久，这时，小九与李晓伟也来到了走廊上。

“章姐，情报组那边的分析报告出来了，王佳的手机号当晚的通话记录显示，就在火车爆炸案发生的那一刻，凌晨 2 点 21 分 18 秒，王佳接连拨出了两个电话，都是同一个号码，这个手机号被证实是通过假身份证购买的，而且通话时间都只有 1 秒钟，一接通就挂掉。”

“什么时候办的手机号？”章桐问。

“去年 8 月份，但是一直都没有使用过，直到案发当晚才有电话拨进。”小九神情沮丧地看着章桐，“姐，我失职了，最初我和曲浩都认为这次爆炸是短导火索，但是现在看来没这么简单。那半个儿童手机，粉红色的，我先前在会议上提到过的，通过残余的 1/3 入网号查到，它就是王佳在火车爆炸案发生时拨出的那两个电话的被叫号。我们最初以为这部手机属于那位未成年死者，但是善后组回复说，移交遗物的时候家属确认小女孩并没有手机，老人也没有，车厢里几乎所有乘客都被排除了，剩下的就只有两个人了。”

“因为儿童手机面积小，看上去像玩具，但是非常结实耐用，所以没有完全被炸毁，如果大一点的话，像我们的普通智能手机，直接就被冲击波炸碎了。小九，你马上把这个消息发给里面的童队，然后把粉红色手机的相片也传给他。我看到现在，南江新村和海川的案子基本已经被拿下了，就差火车爆炸案和当年的赵秀荣被杀案。”章桐转头看向李晓伟，“我还是不懂，既然王佳喜欢白宇，而且她也确实为白宇流泪了，她赶到爆炸现场时的表情也不是轻易能装得出来的，那是真的伤心，那么她这么做到底是为什么？明知道那个爆炸物会让很多无辜的人丧命。”

“听说过反社会型人格障碍吗？那天你来学院找我的时候，我就跟你提到过这个问题。”李晓伟回答，“只不过最初我怀疑的对象是王志山。”

“你确定王佳是反社会人格障碍？”章桐惊讶不已，“那可是 17 条人命啊，包括她爱的人在内。她怎么下得去手？”

“和自己的秘密被人知道相比，人命不算什么。”李晓伟看着预审室内坐着的王佳，冷冷地说道。

章桐怔了一下，目光中闪过一丝恐惧，她喃喃地说道：“ 9 年前的案子，我分析出现场至少有三种凶器和两个攻击方向，而且不是一个人做的，这些我都写在补充报告里了。难道说，那打在自己亲生母亲背后的一棍子，是王佳干的？那王佳脖子上的丝巾……”

李晓伟突然推开门走了进去，然后在童小川耳畔低语了一句话。童小川虽然有些不太相信，但还是站起身，走到王佳面前，目光示意王佳身后的女警按住她的双手，然后伸出左手，手掌中不知何时多了一把锋利的小剪刀，迅速剪断了王佳脖子上的丝巾，接着用力一抽，断成两截的丝巾落地，露出了她发红的脖颈与一片因为长期不正常裹着丝巾而近乎坏死的浅褐色皮肤。

他伸手一指，愤怒地说道：“你母亲当年差点掐死你，你因为恨她，在她死后还破坏了她的身体，可她最后一刻都放过你了，为什么你不能放过你母亲？”

王佳脸上的表情迅速变化着，最终脸色铁青，近乎崩溃地吼道：“因为她骂我是婊子，她让全校的同学都瞧不起我，她就该死！”

虽然早就对这个可怕的现实有了心理准备，但是当真相最终从王佳嘴里说出来的时候，听到这句回答的所有人还是被惊呆了。

“那白宇呢？他也瞧不起你吗？你自己都说他对你动了真感情，他想和你结婚。”童小川竭力克制着自己的愤怒，从桌上拿起那枚戒指，“这枚戒指里面有你的名字，还有白宇的名字，象征着戴上这枚特殊戒指的人，一辈子只能爱一个人，白宇把它送给你，你呢？你却给了他父母这辈子都走不出来的噩梦！

“你知道吗？白宇的父母还对你心存愧疚，因为他们的儿子最后所打的那个电话里说得很清楚，他要跟你结婚。你却干了些什么？”

王佳没有看戒指，只是低下了头，她弯腰捡起了地上的半截丝巾，轻轻披在脖子上，过了很久，她的情绪奇迹般地平静了下来，语气平缓，就像在说着别人的故事：“白宇很相信我说的每一句话，他为了能和我结婚，愿意付出任何代价。而我不可能和他结婚的，因为我手上有人命，而他最终也会在知道真相后抛弃我，在 9 年前，其实我就已经死了。我恨裴小刚，也恨他父亲，那是一个虚伪又恶心的老混蛋，我知道如果我说出真相，没有人会相信我的。我本想自己把这噩梦吞下去算了，我用自己偷偷攒的钱找了私人诊所，我想着接下来能考上好的高中，然后离开安平，重新生活。

“但是这事被我妈知道了，因为我始终都不愿意也不敢说出是谁干的，我妈就逼着我去学校找老师算账。这种丑事是不需要有人刻意去传的，很快整个学校就都会知道，我第二次被毁了。这次，是彻彻底底的社会性死亡。我妈骂我是婊子，她极尽所能地讽刺我，有时候我真的觉得我不是她亲生的，因为她对我没有亲情，有的只是强烈的控制欲，我就像她养的小狗，她绝对不允许自己的小狗丢脸，丢她的脸。我害怕了，离开学校后，我变得自暴自弃，整天在外面混，我想着能逃离家庭，但还是被我妈找到了。

“9年前，那天晚上，她又一次抓住了我，狠狠地打我，拖着我朝家走，在经过老文化宫那边的时候，我跑进了没有锁门的店面房，我妈追了进来，她要我回去，我不愿意，她最后说，如果我能说出那人是谁，她就放我走。我到现在都不明白，当时她脸上的表情为什么会是笑，我不骗你，她真的笑了，我也昏了头，当场就用裴大海给我买的手机打了个电话。

“后来的事情，你们也知道了，刀，是我妈一直带着的，她从肉联厂出来后就带着它，是剔骨头专用的，很长，也很锋利，我还被这把刀割破过手。我妈教过我怎么剔骨头，怎么分割肉，她说女孩子将来是要做家务的，不会做家务的女孩子会被夫家瞧不起。但我想不通，我妈为什么来找我的时候要时时刻刻带着刀，或许，她是想防身用吧。没多久，那老头来了，我只要给他打电话他都会来。

“我妈疯了，他们两人厮打在了一起，因为时间太晚了，那地方又比较偏，所以没有人看到，也没有人打110。我本想偷偷溜走，谁知我妈逮住了我，她疯了一般掐我，她说掐死我算了，就当没生我这个女儿。我做梦都忘不了她的眼神，我知道她是真的想杀了我，而我，要么认命，要么就杀了她，因为她已经不把我当女儿了，所以，趁她分神的时候，我拿起了地上的棍子。后面的事情，你们都知道了。

“现场是那老头安排的，他是联防队的，懂这一套。至于说我为什么要用刀捅我妈那儿，因为她骂我是个婊子，一个不要脸的娼妇，只配勾引老头，还骂我丢尽了我爸爸的脸。”说到这儿，王佳“哼”了一声，脸上满是鄙夷的神情。

“那裴小刚呢？”一旁的李晓伟忍不住问道，“你对他难道就没有感情吗？”

王佳冷笑：“这次裴小刚临离开家的时候，对我说希望我去自首，就因为我杀了那个骚货，他还说我现在自首不会被判死刑，他会等我出来，好好过下半辈子。骗谁呢，我知道他心疼自己的情人，我跟你说啊，你们男人就是甘蔗，开头的时候啃上两口可甜了，后面呢，靠不住不说，再啃几口的话，吐出来的可就都是渣了。裴小刚找上那个小婊子不就是这个道理吗？他们一家子都欠我的，我才是真正的受害者。”

童小川简直不敢相信自己的耳朵：“你就为了这个？那可是 17 条人命啊！”

“我本来也不想这样的，就是想把全部事情了结，可是后来白宇在海川怎么都找不到裴小刚，也就没法把手里的东西交给他，所以我就只能用最后一个计划了。但是我没想到，白宇竟然没有在安平站下车，他本来是可以躲过一劫的，那么点药量，那老头教过我计算方法，最多也就炸两平方米的鱼塘，所以除了能炸死裴小刚之外，就是伤几个人罢了，没多少的，那药面儿早就过了保质期了。”王佳慢条斯理地说道，“我也不知道会死那么多人。你说说看，这午夜的车都有那么多人坐，真是邪门儿。”

听到这话，门外的章桐默默地闭上了双眼：“天呐，她就是魔鬼。”

“最后问你一个问题。”童小川若有所思地看着王佳，“白宇知道你交给他的是什么吗？”

王佳耸耸肩：“谁知道他怎么想的。我叫他买在安平下车的车票，只是觉得他还没那么坏，不值得陪那个家伙死罢了。”

童小川感到揪心般的疼痛，他想起目击者的话和那两具尸体最后永远在爆炸中定格的姿态，他突然觉得，自己已经没有必要把那一幕的真相告诉眼前这个可怕的女人了，就让死去的人带着秘密，永远活在真正爱自己的人的记忆中吧。

夕阳西下，章桐和李晓伟两人在海边散步。

“你说，王佳会有机会上法庭受到审判吗？”

李晓伟摇摇头："我不知道。昨天省里来专家了，先给她做了精神评估，结果出来后才能确定。"

"我有个问题，"章桐停下脚步看着他，"白宇为什么没有及时下车？"

李晓伟的目光中满是温柔："我想，应该是'良知'，是做人最起码的良知，让他最终没有按照王佳的吩咐去做。虽然已经不可能知道他最后的决定到底是什么，但至少有一点我们可以肯定，那就是白宇努力地想去提醒裴小刚，而且那时候的他已经彻底看清楚了王佳的可怕，也知道这一次如果裴小刚没死，那下一次王佳还是会杀死他。"

可惜的是，白宇做梦都没有想到，王佳那么早就拨通了那个死亡电话，离火车出事地点 2.8 千米处就是花桥，桥下是奔向大海的汹涌的江水……

这，或许就是命运吧，否则死的人会更多。

看着远处布满晚霞的天空，章桐轻轻闭上了双眼。

故事二　猎杀者

黑夜给了他黑色的眼睛，他却借助光明走向深渊……

楔　子

白天是属于正常人的，晚上才属于他。

因为干他这一行的，根本就见不了光。只有到了晚上，运管和交警都下班的时候，才是他一天之中最忙的时候。

临近午夜的火车站，站前广场上依旧人头攒动，就要过年了，火车站正是最忙的时候。每隔一段时间，出站口的大栅栏杆子就会高高地抬起，紧接着呼啦啦地走出来一群人，他们神情疲惫，或提或扛着大包小包的行李，走向标有“出租车”字样的等候区域。

那根被高高抬起的杆子就是他开工干活的标志。

他是个精明透顶的黑车司机，本着“花最少的钱办最实在的事”的原则，亲手把那辆已经报废的出租车翻修一新，除了那盏高仿的顶灯是花了 50 块钱在汽配市场上买的，别的零件能偷就偷。“天道酬勤”嘛，赚钱最重要。

“小姐，坐车吧，这么晚了，没有公交车了……”“先生，出租车要吗……”他热情地向走过身边的每一个人打招呼，脸上尽量保持着友善的笑容，可惜，没有一个人搭理他。他有点失望了，依依不舍地看着最后一个旅客费劲地拖着行李箱从身边走过，这才沮丧地朝地上吐了口痰，随即裹紧了外套，顶着寒风，转身向不远处停车的地方走去。

突然，眼前的一幕让他迅速转忧为喜，那根赚钱的神经绷紧的同时，他也加快了脚步——一个年轻女人正站在他的“出租车”旁。

这是个非常漂亮的女人！披肩长发，戴着墨镜，肩上挎着一只小巧的坤包，深色的风衣很好地勾勒出了她苗条诱人的身材。唯一美中不足的是，她用围巾包住了大半张脸。

按照以往的经验，他得出结论，但凡穿着时髦的漂亮女人多半不会在车费上斤斤计较。

“小姐，坐车吗？”这个问题问得有些多余，他直接边问边殷勤地为年轻女人拉开了后车门，然后一溜小跑绕到前面驾驶座的位置，打开了后备厢，因为她的身旁还放着一只形状怪异的大箱子。

女人看出了他的用意，微微点点头，退后了一小步，算是默许了他的殷勤。

大箱子非常重，具体多少分量他不知道，唯一可以肯定的是，和自己家厨房里那袋子 50 斤装的大米比的话，还要重不少。

最终，行李箱被成功塞进了后备厢，放好后，他才重新回到驾驶座上，发动了汽车引擎。在开出几米后，他还装模作样地摁下了所谓的“计价器”。

他一边打着方向盘，一边随口问道：“小姐，你去哪里？”

“光华路。”女人的声音有些沙哑。

透过后视镜，可以看到女人的脸裹得严严实实的，他决定试探一下：“小姐，光华路很远啊，在市区的另一头。你这是第一次来吗？”

“嗯。”女人的回答非常简单。这下他放心了，开始琢磨着一会儿走哪一条路可以尽可能多算一点路费。

车渐渐驶离了火车站，街头的行人逐渐稀少。当车驶入内环高架路口时，他把方向盘一转，车子就轻盈地拐上了高架。这市区内环高架绕一圈下来，至少多跑好几千米。他从后视镜中扫了一眼后座上的女人，见对方并没有发觉自己的小算盘，嘴角不由得露出了得意的笑容。

正当他开始盘算刨去油钱自己能到手多少钱的时候，女人开始说话了："师傅，麻烦你在前面路口下去，开回去，我有东西落在火车站了。"

他心中顿生不满："小姐啊，你刚才怎么不早说呢？要知道这上了高架可不是随便就能下的，交警一张罚单我半个月白跑了啊。"抱怨归抱怨，他还是不敢得罪眼前这位财神爷，只好乖乖把车开下了高架，重新驶上了通往火车站的大路口。

很快，灯火通明的火车站广场又一次出现在了车子的正前方。"到北站台的广场就可以了。"年轻女人淡淡地说了一句，视线依旧投向窗外。北站台广场是火车站的入口处，他一边把车靠边停下，一边不放心地回头提醒："小姐，麻烦快一点，这里车子不让停太久的。"女人没吱声，拉开车门快速钻了出去，接着步履轻盈地径直走向入口处。那里进门左拐处有个储物柜区，专供过往旅客自助存放小件行李。

不得不承认女人的背影是迷人的，光是那左右扭动的腰肢就能勾掉他一半的魂魄，更别提那沙哑、性感的嗓音。一时之间，这空空的车厢里的气氛顿时变得不一样了起来。

最要紧的，她还是个有钱的主儿。

可是等了许久女人还没回来，没多久他就开始懊悔了，为什么自己不要点定金当车费呢？最起码不能让刚才的汽油费没着落呀。

有了这个念头，他脸上的笑容瞬间变得僵硬了起来。可是转念一琢磨，后备厢里那死沉死沉的大行李箱不是还在吗，他多少是见过点世面的人，很清楚光是那箱子就已经很值钱了，因为地摊货的把手绝对不会是真皮的。既然箱子都价格不菲，那里面的宝贝就更不用说了，这女人不回来反而更好。想到这儿，他嘿嘿笑出了声，瞥了一眼仪表盘上的时间，最后望了望人来人往的入口处，心一横，猛踩油门，一溜烟把车子驶离了站前广场。

这叫人无外财不富！

第一章　箱里的尸体

清晨的薄雾仍然徘徊在城市上空，阳光透过云层，将斑驳的光影倾泻到城市的各个角落。在冬天，这是一个难得的好天气。至少，在阳光的照耀下，人不会感到那么冷。

可是，城市太大，总会有阳光照不到的地方。

在戴上医用乳胶手套之前，章桐先活动了一下十指，尽可能地让每一个指关节到指肚的区域，不会因为寒冷而僵硬。她随即戴上一次性口罩，穿上鞋套。等这一切准备工作都就绪后，章桐转头看了看身边站着的助手小潘，说："可以打开了。"

此刻，章桐面前平放着的是一个外形类似大提琴的行李箱，长约1米5，最宽的地方不到1米。箱子表面包着一层厚厚的黑色皮质，明显经过了防水处理。箱体表面厚度超过了5厘米，皮质柔软暂且不说，就连最不起眼的把手处的搭扣上，也被小心翼翼地包上了真皮革面。显然，这是一个很豪华并且价值不菲的大行李箱，让人不禁猜想，箱子的主人之所以购买它，肯定是因为箱子里面的东西更加宝贝。道理很简单，好马要有好的马鞍相配。

可惜的是，此刻箱子里装的并不是与之相配的一把音质优美、做工精细的大提琴，而是一具尸体。确切来说，是一具已经腐烂的女尸。

女尸浑身赤裸，侧躺着，保持着貌似母体中胎儿的姿势。

章桐皱了皱眉，无法把女尸和这么精致的大行李箱联系在一起。

这本来就是属于两个世界里的东西，一个太过于美好，而另一个却是冰冷的死亡。

她弯下腰，用半蹲半坐的姿势，把手伸向了大行李箱里的尸体，在尸体没被移动之前，她必须先对尸体表面做一次初步检查。

死者是女性，尽管尸体已经严重变形，但是，仍然能通过一些明显的体表特征辨认出性别。章桐用戴着手套的手，轻轻地抹去死者面部的蛆虫，她失望了，这是一张已经严重变黑肿胀的脸，别说长相，就连大致年龄也很难辨认。

突然，她的目光被死者的双手吸引住了，于是她轻轻地抬起死者的手腕，略微活动了一下，心里顿时一沉，随即抬头对小潘说："帮我把尸体往侧面转一下。"

当大行李箱的衬里显露出来时，章桐伸手摸了摸，不出她所料，手套表面并没有任何油脂状物质。"章医生，怎么样？死因能确定吗？"说话的是童小川的助手老李。

章桐摇了摇头，站起身："我在箱子底部没找到尸体腐烂期所产生的尸油痕迹，而死者的双手手腕是在死后被人为折断的，我判断，死者应该是在死后过了最初的腐烂期，才被人塞进了这个大行李箱，以便于最终的抛尸处理。尸体在这里停留的时间不超过两天。"她环顾了一下四周，"老李，这里充其量只是个抛尸现场。"

"能肯定是谋杀吗？"老李问。

“等解剖后我才能够告诉你，尸体腐烂的程度太严重了。”说着，章桐和小潘一起把大行李箱重新合上锁好，“今天怎么没有见到你们头儿？”

“童队一大早就去省城开会了。”

章桐在现场记录本上签名之后，收好工具箱，转身向停在不远处的勘查车走去。

回到单位，章桐立刻让小潘打开了解剖室里所有的通风口，空调也被调到了极低的温度。在现场的时候，由于处于露天的环境中，尸臭的味道并不明显。但是此刻，就连最浓烈的来苏水的味道都无法掩盖那股特殊的臭味，虽然章桐已经对这种气味有了些免疫，却还是感到有点冲鼻子。

装尸体用的大行李箱，被另一位新来的工作人员送去了痕迹鉴定组。

刑科所法医处本来就人手短缺，作为新人，彭佳飞自打进来后便少言寡语，默默做事。在特招进局里之前，年近三十的他，履历表上职业那一栏填写的是外科医生，工作于三甲医院，后来因为出了重大医疗事故才辞职的。虽然院方并没有吊销他的行医执照，也算给他留足了面子，但彭佳飞还是改行了，去公安局当了法医处编外辅助人员。

此刻，从现场搬运回来的尸体被平放在解剖室正中央的不锈钢解剖台上，双手摆放在身体两侧，双脚靠近解剖台边缘的水槽。尸体肿胀，蛆虫在明亮的不锈钢表面滚动着，密密麻麻的犹如沸腾的水蒸气一般。

在清洁尸表之前，章桐用镊子和试管分别取下了尸体不同部位的蛆虫，其中包括一些虫蛹的空壳，这表明已经有一些丽蝇被成功孵化了出来。

检查到尸体的下体部位时，她心里一沉，丽蝇在这里所产下的卵的数量要明显多于其他部位，而丽蝇是很少在尸体的生殖器附近产卵的，除非死者在临死前遭受过暴力侵害。

“彭佳飞，我需要你尽快给死者做一个性侵害检查。”她头也不抬地说。

“可是，章医生，尸体都腐烂成这样了，检查结果还可靠吗？”彭佳飞明显有些迟疑。

“只要有一丝可能，我们就必须去做。”章桐严肃地说，“一般来说，丽蝇只会在尸体的开放性创面和脸部产卵，但是在这具尸体的下体部位，丽蝇卵的数量明显不正常，我得证实死者在死亡前后是否遭到过性侵害。”

彭佳飞点点头，走向了屋角的工具台。

“章姐，说实在的，你也不用对老彭这么严厉吧，他和我不一样。”小潘凑近章桐小声嘀咕着。

章桐目光严厉：“做事吧。”她知道小潘担心什么，毕竟那成堆的文书工作可不是开玩笑的。

等所有的标本都取样完备后，章桐把试管一一放回医用托盘里。虽然温度是确认死亡时间的重要证据之一，但由于尸体在先前已经不止一次被转移，所以目前只能依靠托盘里这些让人感到头皮发麻的小虫子来判断具体的死亡时间。

她重新把视线转移到了尸体上，抓起水管开始认真清洗尸体的里里外外。

这时候，她注意到了一个细节——尸表虽然鼓胀，并且呈现出皮革状态，这样也完全符合尸体腐败的外表形状，但是体表皮肤的裂隙却产生得很不自然，尤其是胸口部位，在第三和第四节肋骨之间的几道裂隙，明显是因外部作用产生的，因为其伤口创面由外部向体内逐渐扩大。

人的死亡需要一个过程，生命体征消失后，尸体内部的肠内细菌会随着时间的增加而疯狂地呈几何倍数状繁殖。尽管体表此刻看上去并没有多大的变化，但是在体内，细菌再也找不到容身之地，会撑破肠体对尸体表面进行攻击，所产生的气体最终会把尸体撑破，从而造成尸体表面的裂隙。但是眼前的裂隙分明是由利器造成的，伤口附近的皮肤也没有发白脱落的迹象。

“把这几道伤口拍下来。”章桐对站在对面的小潘说。正在这时，身后解剖室的门被推开了，童小川急匆匆地走了进来：“怎么样了，有结果吗？”

“没那么快。”章桐干脆地回答，“有结果我会第一时间通知你。”

童小川满脸的失望，一屁股在门边的椅子上坐了下来，皱起了眉头：“上面在催，报告不出来，我就只能在这边等了。”

章桐头也不抬，伸手接过小潘递给自己的手术刀：“你要是不嫌臭的话，我倒是没意见。”

不说臭还好，一提到这股特殊的味道，童小川的脸色顿时变得很难看。他低着头，双手交叉抱着肩膀，两眼则死死地瞪着解剖台：“什么味儿？”

章桐抬头瞥了他一眼：“臭味。”

小潘忍住笑，伸手指了指身边工作台上的托盘：“童队，里面有口罩，还有薄荷膏，你抹一点在鼻子下面的人中位置上，味道就不会那么难闻了。”

童小川感激地看了他一眼，尽管薄荷膏辛辣的味道让人眼泪鼻涕直流，但是比起浓烈的尸臭味可要好太多了。

“听老李说，出现场的时候，尸体好像没有这么臭。”童小川边说边迅速抹上薄荷膏，戴上口罩，这才放心地深吸了一口气，却又马上被呛得直咳嗽，眼泪也流了出来。

“你涂多了！”章桐无奈地摇摇头，继续滑动手里锋利的刀刃，“现场是露天的，而这里就跟个罐子似的。”她伸手从工具托盘里抓起了二号手术刀，“童队，我建议你真要等的话，还是去我的办公室吧，不然等一下情况会更糟。”

童小川二话不说，赶紧站起身，推门走了出去。

章桐微微一笑，摇摇头，毫不迟疑地把手术刀插进了尸体的肩胛骨部位。

1 个多小时后，章桐回到了法医办公室，不过并没有见到童小川，这也不奇怪，这家伙基本上就没有闲下来的时候。她伸手拿起桌上的话机听筒，拨通了刑侦大队办公室的电话。

“先通知你们一下，死者是女性，年龄在 20 到 25 岁，他杀。胃部是空的，表明死者在死前至少 6 个小时之内没有进食。”

“那死亡方式呢？”专案内勤邹强急切地问，同时冲身边的人喊了一句，“快给我支笔，法医那边出结果了。”

“因为尸体已经严重腐烂，所以我还要做进一步的毒化检验。体表没有明显的致死伤痕，只在尸体胸口左边肋骨第三和第四根的部位发现了一些外部硬物所导致的伤口，等匹配报告出来后才能最终确定是哪一类硬物造成的，我现在只能说这些伤口不是致命伤。”章桐想了想，继续说道，“但是，毒物报告做出来有点奇怪，同时在死者血液内发现了肾上腺素和阿托品。而这两种东西是不应该在同一个人的体内出现的。”

“为什么？”笔尖接触纸张的摩擦声停止了。

“阿托品是从颠茄和其他茄科植物中提取出的一种有毒的白色结晶状生物碱，主要用其内部含有的特殊硫酸盐来解除病人的痉挛，减少分泌，起到缓解疼痛和散大瞳孔的作用。临床适用于抢救中毒的病人，这种药可使病人的呼吸速度和深度明显增加。但如果用量控制不好的话，反而会导致病人心跳减慢，甚至心律失常并发室颤，那就不好办了。而这个死者体内阿托品的含量是严重超标的。”章桐再次核对了面前速记本上的数据，“超标 8 倍以上！”

“那肾上腺素呢？”

“那是由人体肾上腺髓质分泌的一种儿茶酚胺激素。在应激状态、内脏神经刺激和低血糖等情况下，释放入血液循环，促进糖原分解并升高血糖，促进脂肪分解，引起心跳加快。一般用于医疗急救，当病人出现心跳停止、瞳孔散大时，这种药物才被普遍使用。因为人类的心脏一旦停跳超过一段时间，就会对人体的死亡产生不可逆转的严重后果。肾上腺素和阿托品是两种相互抵触的药物，水火不相容。”

“章医生，那你有什么看法？”

“死者体内这两种药物同时存在，对此我找不到一个合理的医学上的解释。从药理学角度来讲，肾上腺素能使人体心肌收缩力加强、兴奋性增高，传导加速，心排血量增多。对全身各部分血管产生的作用，不仅有作用强弱的不同，还有收缩或舒张的不同。它能直接作用于冠状血管，引起血管扩张，改善心脏供血，因此是一种作用快而强的强心药。而阿托品，则正好与其效果相抵消。死者体内的情况，说明她几乎是在同一时期被注射了这两种药物。而这个世界上没有一个医生会同时给病人开超剂量的阿托品和肾上腺素，那会出人命的。”

“那具体死亡时间呢？出来了没有？”

“等尸体表面的虫卵培养实验出来后，我才能确切地告诉你。”

结束通话后，章桐在办公桌旁坐了下来，伸手打开了桌面上的电脑，开始记录蛆虫样本和生长期限。

这时，身后传来了彭佳飞的声音：“章医生，能让我看看这些样本吗？”

章桐起身把屏幕前的位置让了出来：“你怎么看？属于第几期？”履历表上标明过彭佳飞擅长的方向是生物学，所以她很愿意随时征求一下自己这个新组员相关方面的意见。

“一般的昆虫会在尸体死亡后的 2 天左右产卵，虽然现在是冬季，室外温度不高，但是最多也不会超过 72 小时，看这个虫体，应该是属于第三期，我想那应该在 6 天以上。”彭佳飞吸了吸鼻子，补充说道，“章医生，这应该是丽蝇的幼虫，对吗？”

章桐点点头，伸手指了指屏幕上的另外几个培养皿：“还有日蝇，这表明尸体最初所处的环境应该比较潮湿。”

看着这些，彭佳飞的脸上流露出了兴奋的神情。

“对了，章医生，我差点忘了跟你说了，痕迹鉴定组那边通知——现场取回的装尸体的箱子的检验报告在下午 5 点之前出来，我还没来得及过去拿。”

“没事，我来处理。”看着手机上通知开会的消息，章桐走出了办公室，“我去参加案情分析会，这边交给你了。”

第二章　尸虫的暗示

市公安局会议室里，童小川在接到通知后，早早地来到了会议室，很快，各个参与案件侦破的部门负责人也相继赶到了，大家各自落座后，议论纷纷。

这时，局里的唐政委推门走了进来，身后跟着一个个子很高、身形很瘦弱的中年男子，他穿着略微有些短的黑色夹克外套，头上戴着一顶没有任何标记的普通棒球帽。和唐政委一脸的焦灼相比，后者面容平静，很是沉着。

“大家静一静！”唐政委清了清嗓子，“这位是新来的副局长，张景涛，张副局长。张副局长以前在安阳主持刑侦工作，从现在开始，我们单位的刑侦工作都由他负责。”说着，唐政委转身，心事重重地离开了会议室。

一时之间，整个会议室里鸦雀无声。张局一边环顾四周一边说：“案子紧急，客套话我就不多说了，你们各部门以前是怎么干的，现在还是照样子干，不要有顾虑，明白吗？现在谈谈案情吧。”说着，他一屁股坐在椅子上，满脸严肃。

童小川点点头，随即示意身边坐着的老李打开幻灯机，屋里的日光灯也同时被关闭了。随着幻灯片一张张被展示，童小川解说道："今天早晨 6 点 37 分，市局 110 接到群众报案，说在城东垃圾处理场发现了一个箱子，里面装着一具尸体。经过我们查证，这是一种专门用来装大提琴的箱子，市面上有售，我已经派人去查了。大家看到的这第一张相片，展示的就是案发现场周围的环境，相片右下角是用来装尸体所用的大提琴箱，箱子很新。我们询问过报案人，他除了打开过箱子以外，并没有移动箱子的位置。为了以防万一，报案人强调自己是戴着手套打开的箱子，没有直接接触。"

说着，他挥手示意放下一张："大家现在所看到的，是我们到现场打开大提琴箱盖子后的尸体特写。根据法医的描述，尸体是在死后被放进这个箱子的，并且被刻意摆成了这种姿势，尸体在现场停留时间不会超过 48 小时，也就是说，我们所看到的这个大箱子应该是凶手抛尸用的。"

"那谁会想到用大提琴箱来抛尸呢？"有人小声嘀咕。

"这也正是目前要调查的问题之一。在拿到检验报告后，我们已经派人和这款大提琴箱的销售代理商取得了联络，他们正在整理最近 1 年以来的所有销售记录。拿到记录后，我们会继续派人走访排查。还好，用这种箱子的人并不多，我想调查起来的难度应该不会很大。所以本案的性质是他杀，只是尸源的调查还是会有一定的难度。"

他接着点开了自己面前的电脑屏幕上的一个小窗口，会议室投影屏幕上便出现了一段现场视频。由于拍摄时间是晚上，背景很是昏暗。

"这是一段刚刚从交警部门调来的监控录像，时间是案发之前 4 个小时左右，地点就在垃圾处理场附近不到两千米的岔道口。因为是凌晨 3 点不到，所以路面上的车辆并不多，即使有过路的，也基本上都是那种跨省运输的大型集装箱车辆。"说着，他摁下了暂停键，静止的画面上出现的是一辆桑塔纳车，但是由于灯光昏暗，监控录像的画面是黑白色的，也不是很清楚，车辆颜色和车牌号无从得知。

“那你怎么确定这辆车子比较可疑呢？”张局问。

童小川把鼠标移动到了车子顶端：“这一块很像一种车辆的顶灯。”

“有没有办法把录像的画面再处理得清楚一点儿？”

一旁的邹强摇摇头，说：“没办法了，摄像头不是高清的。”

听了这话，张副局长更好奇了：“那你们为什么会认为这辆车子很可疑？”

“因为这个时间段，这种小型车辆是很少出现在这个路口的。要知道这个岔路口附近都是偏僻的荒郊地带，几乎没有居民区，而出城的话司机也不会从这里走。”说着，童小川又移动鼠标点击屏幕下方的快进按钮，“10多分钟后，这辆车又出现了，按照这个距离和通过监控时它的平均时速来计算，如果它是往来于垃圾处理场抛尸的话，时间刚好。”

“这应该是一辆出租车吧，你看那顶灯！”说话的是三队的卢浩天，他伸手指着屏幕中那辆桑塔纳黑乎乎的顶端，“我想这应该就是我们在街上经常见到的那种出租车的顶灯。”

一直默不作声的章桐突然站了起来，向前凑近电脑屏幕，仔细看了一会儿后肯定地说：“这确实是一辆出租车，但不是正规的出租，应该是一辆‘黑车’。”

“‘黑车’？你说它是‘李鬼’？”卢浩天愣住了。

“我对这种车非常熟悉，因为法医处经常下班没个准点，我离家又远，没公交可坐的时候，就经常坐这种车回家。你别看它的外表和真的出租车非常相似，几乎看不出差别，但是，只要仔细看，还是能够分辨出来的。”章桐伸手指了指车子的尾灯，“我从前几天的晚报上看到，从这个月15号开始，所有本市的挂牌出租车都统一换成了桑塔纳3000的最新车型，相比起以前所用的桑塔纳2000来说，要好得多，因为新款使用天然气，所以运行起来比较经济实惠，也环保。而一些黑车司机因为不想承担这笔改装换车的费用，上街挣钱又怕被运管抓，所以选择了私自改装以前的报废车辆，企图蒙混过关。但是百密必有一疏。你们看这个车尾灯，3000 车型的尾灯呈环状，这个根本就不是。”

“那我们岂不是要找一个黑车司机？这上哪儿去找？”

老李想了想，说：“我或许有办法，我的老邻居，听说现在就在干这一行，我这就去找他打听一下情况。”说着，他站起身朝办公室门口走去，同时掏出了兜里的手机。

童小川有些犹豫：“他会帮我们吗？这些干黑出租的，见了我们可是跑都来不及的。”

老李笑了笑：“头儿，咱是警察不错，但咱又不是运输管理部门的，没管理权限，而他们这种人精明得很，不用我们刻意提醒。”两人边说边朝外走去。

关上门后，房间里出现了片刻的安静。

房间里的灯亮了起来，张副局长探身对章桐说：“章医生，那接下来就由你来说说尸体方面的情况吧。”

章桐打开面前的工作记录本说：“经检验，装尸体所用的箱子中并没有提取到有效的指纹，这表明两点：第一，箱子是用来抛尸的，在这之前没有别的用处；第二，凶手把尸体装入大提琴箱中时有意掩藏了自己的指纹，从这一点看来，凶手具有一定的反侦察意识。”

“那死者的指纹呢？有没有顺利提取到？”

章桐摇摇头：“死者的指纹被抹平了，我们在死者的指尖上提取到了残留的浓硫酸痕迹。显然凶手不希望我们确定死者的真实身份。DNA 方面更不用提，库里没她的数据。

“大提琴箱里有效的生物证据，应该只有那些尸体上的丽蝇和日蝇的蛹壳了。由于死者的尸体曾经被搬动过，为了能够把尸体顺利放入大提琴箱，凶手甚至不惜折断了死者的手腕，而在搬动的过程中，一些本来在尸体内部的蛹壳就滑落了下来。经过检验证实，死者死亡的时间应该是在 1 周左右。”

“1 周？现在是大冬天，室外气温最起码在零下十五六摄氏度，1 周就腐烂成这个样子，可能性大不大？”邹强一边问一边迅速做着记录。

“当然可以。”章桐点点头，“尸体上发现的日蝇蛹壳就是一个很好的证据。要知道，日蝇平常生活的环境就是非常潮湿阴暗的，而丽蝇，人类死亡 24 小时之内，只要环境温度允许，它们就会在尸体上找到合适的地方产卵繁育后代，目前在尸体上只找到了这两种昆虫的痕迹。综合一下可以得出这样的结论：死者死亡时间在 1 周左右，死亡环境是一个阴暗潮湿的地方，温度应该是在 25℃～30℃，这个温度很适合昆虫生存，直到案发 72 小时之前，尸体才被转移进了那个特殊的大提琴箱中。而大提琴箱的密封性能非常好，表皮材质又是皮革，这对尸体的腐烂过程又有了一定的保障，使得尸体腐烂不会因为外部的寒冷环境而受到影响。”

“现在这样的天气，能一直保持这样温度的地方应该就只有开着暖气的室内了。”卢浩天嘀咕了一句，“究竟什么样的人，杀了人之后，还要把尸体放在屋里这么多天？心理承受能力真是强大。”

张局说：“一般的犯罪嫌疑人，在杀人后都会急着抛尸来掩盖真相，而眼前这件案子的凶手，却不紧不慢地把尸体放在开了暖气的屋里 3 天以上，我认为他的心理素质极好。那么，凶手为什么不马上抛尸？还有，就是那个大提琴箱，他为什么要选择大提琴箱来抛尸？这又意味着什么？我见过很多种抛尸现场，总结起来犯罪嫌疑人无非出于两种心理：要么图快和省事；要么就是对死者充满了愧疚，想着尽量弥补一点，所以在包裹尸体的物证上，会尽量奢侈，以谋求自己内心的平衡。可是，谁会特地去找个大提琴箱来装尸体呢？方便运输吗？大号航空行李箱不就行了？何必这么费事儿呢？在价格上，一个真皮质地的大提琴箱可比相等容量的大行李箱要贵很多啊。你们说是不是？”

会议室的门被推开了，童小川走了进来：“章医生，痕迹鉴定组那边有没有查出大提琴箱的确切使用程度？有没有使用者的个人习惯？”

章桐摇摇头：“箱子是全新的，里面没有任何存放过除尸体以外物品的痕迹。不止如此，我还在尸体内发现了一定含量的阿托品和肾上腺素，都是被注射进死者体内的。可是我现在从药理学的角度还找不到一个合理的答案解释这种现象，除非……”

“除非什么？”张局长连忙问道。

“大胆推测一下，这样大的剂量，除非是凶手用阿托品把死者弄晕后，在死者即将死亡之前，又立即用肾上腺素让她清醒过来。一次又一次地重复。”章桐皱眉说道，“阿托品是一种麻醉药剂，我检查过死者的眼睛，她残留的玻璃晶体上，所存在的阿托品的剂量明显呈现出异常状态。稍微有点药理学常识的人都知道，超剂量的阿托品会使病人心脏逐渐停跳最终导致死亡，而肾上腺素属于一种强效的强心针剂，在临床急救时，医生一般都会在病人的心脏部位实行注射，以达到使停跳的心脏恢复跳动的效果。可是，我们往往只看到这种强心针挽救生命的作用，却不知道在另一方面它对心脏来说是一种折磨，病人是在极度痛苦中恢复生命体征的。如果反复使用阿托品和肾上腺素的话，对方会因为难以承受的痛苦而感觉生不如死！

“所以我才会说，凶手有可能是在折磨死者。”说完这句话后，章桐默默地合上了手中的检验报告。

散会后，童小川刚走出电梯，迎面就撞上了老李。老李兴冲冲地朝他挥了挥手机，说：“头儿，有消息了，我正要给你打电话呢，那个黑车司机！走，我们这就去找那小子！”

第三章　溺水而死

若要人不知，除非己莫为。

这回，王伟算是把自己的肠子都悔青了，真不该贪那点小便宜啊，搞得这两天晚上睡觉都不敢关灯，洗脸的时候更不敢看洗脸池上方吊着的那块污渍斑斑的小玻璃镜子。总是担心那让人头皮发麻的玩意儿会再次出现在面前，把自己吓得够呛。恐怖片里不都是那么演的吗？

王伟做梦都没有想到这样的倒霉事如今会落到自己的头上。他怎么也想不通，为什么同样干黑出租这一行的，别人偶尔都能顺一点值钱的玩意儿回家，然后在同行面前乐呵显摆上几天，自己就偏偏顺了一具尸体回家呢？要命的是，居然还是一具高度腐烂的尸体。味道那个臭啊，逼得他天不亮就去敲洗车店的大门，哀求着对方彻彻底底地把这辆车每个角落都仔细地清洗一遍，生怕哪里会遗漏。王伟都顾不上心疼钱了，活该自己倒霉啊！

看来，人就不能随随便便起贪念，否则肯定会有报应的。王伟叨叨咕咕地拉开车门，扑面而来的刺鼻的香水味让他几乎作呕，都已经两天了，这味道还是散不去。他强忍住胃里一阵阵的翻腾，心里琢磨着今天再去火车站北站台广场那边看看，一方面是为了生意，另一方面，当然是想要找到那个女人，那个把自己坑惨了的谜一般的女人。

想到这儿，他狠狠地一咬牙，刚要转动车钥匙，头顶突然传来砰砰的敲击声，王伟刚要发火，转头一看，车窗上出现了一张熟悉的脸，他随即摇下了车窗玻璃，问："丁叔，找我有事儿吗？"

"我有两个朋友要找你聊聊！"说话的是一个年过四十的中年男子，由于长年在外开车奔波，中年男子的脸上布满了皱纹，皮肤黑里透红。他转过身朝自己后面招了招手，"李哥，你们快过来吧。"

王伟心里一阵莫名的恐慌，他略微镇定了一下，心想，那事儿应该没有那么快找到自己，难道是运管的？自己也没有那么不小心啊，再说了，面前的老丁也是干这一行的，如果是运管他为什么就像没事儿人一样呢？

正胡思乱想着，王伟的后车门就被人拉开了，钻进车里来的正是童小川和老李。王伟一愣，面露惊慌之色。老李微微一笑，顺手摸了摸他的头："兄弟，放心，我们不是运管的，我们是市局刑警大队的。"说着，他出示了相关的证件，右手大拇指同时朝身后指了指，"我们找你，是为了你车子后备厢里曾经放过的那个东西。"

一听这话，王伟就像泄了气的皮球一样，身体几乎瘫倒在驾驶座上。

刑警大队办公室，童小川特地选择了在这里对黑出租司机王伟进行询问，而王伟的桑塔纳，则被拉到了位于地下停车库的刑科所痕迹鉴定组的车辆鉴定实验室里。

此刻的王伟，一改先前垂头丧气的样子，涕泪纵横地拼命辩解着："警察同志，我没有杀人，我真的没有杀人，老天有眼，抓住那个挨千刀的女的，是她害了我呀，要是早知道那里面是那玩意儿，把刀架在我的脖子上我都不会起这个贪念啊……”

见此情景，老李知道这家伙是真的认㞞了，他只能强忍住笑，倒了一杯水放在王伟的面前，接着在他身边坐下说：“兄弟，别慌，说说这个大提琴箱到底是怎么到你车上的。”

王伟顿时面露喜色：“警察同志，那么说，你们知道人不是我杀的？”

老李瞥了他一眼：“问你什么你就回答什么，你把事情的前前后后详细地跟我们说一遍，一个细节都不要漏掉，明白吗？”

“明白！明白！我肯定说……”王伟就像抓住了一根救命稻草，竹筒倒豆子似的把那天凌晨所发生的奇怪经历都一五一十地讲了出来，生怕表现不好，又添油加醋地形容了一遍那个女乘客的外貌打扮，到最后，他双手一摊，仰天长叹，“警察同志，我这辈子都不敢再干这种缺德事儿了，我向你保证，我一定天天做好事。”

老李没再搭理喋喋不休的王伟，看了看身边默不作声的童小川。

“头儿，你看怎么办？”

“你先带他去正式录个口供，等楼下那边报告出来后，我们再对他进行处理。”

听说还要处理自己，王伟急了：“警察同志，我把知道的全说了，警察同志，死人真的和我一点儿关系都没有啊……”

“你以为事情这么容易就过去了？这个案子中，你发现尸体时没有及时报警，反而一丢了事，所以现在你涉嫌抛尸，知道吗？在案子没有彻底查清之前，你身上的嫌疑是没有办法洗清的！”童小川严肃地说道，“你给我听着，现在你能做的，就是在接下来的时间里好好配合我们的工作，尽快找到那个女人，将功补过，争取宽大处理！”

王伟忙不迭地点着头，灰溜溜地跟在老李的身后走了。

童小川一边收拾桌上的笔记本，一边抬头对一队副队长于强说：“于强，你马上调一张火车站北站台广场的地形图出来，然后给刚才的目击证人辨认，以确定那个女嫌疑人最后消失的具体位置，同时带上案发当天午夜 0 点到 5 点北广场监控探头的监控录像资料，让这家伙在其中找出那个女嫌疑人。一有结果就通知我。”

“好的。”于强草草地记下要点后，起身向办公室外走去。

正在这时，童小川兜里的手机响了起来，他接起来问：“章医生，有什么新发现？”

“你过来一趟，死因出来了，只是……我觉得有点奇怪。”

当童小川和邹强推门进入法医解剖室时，房间里就章桐一个人，她伸手拉开了标着 32 号的冷冻柜门，然后用力拖出了那具在大提琴箱中发现的腐败女尸，揭开白布说：“是溺死。”

“溺死？”童小川和邹强对视了一眼。

“别开玩笑，我见过浮尸，章医生，你对‘溺死’的结果确定吗？”

章桐点点头：“确切点来说，应该是‘干性溺死’，也就是指，溺水者落水后死亡，但在尸检过程中未见呼吸道和肺泡中有较多的溺死液体，死亡机制可能为落水后冷水进入呼吸道而刺激声门，引起反射性痉挛，从而发生急性窒息所导致的死亡。还有一种可能是，冷水刺激皮肤、咽喉部位以及气管黏膜，引起反射性迷走神经抑制作用，紧接着导致心搏骤停或者原发性心脏休克而死亡，在此期间会有一定的时间间隔，但是不会很长。这和我们平时所见到的一般性溺死是完全不同的两个概念，有时候干性溺死者在出水时还有存活的表现，但是她的体内已经出现了致命性的变化，所以只要不及时进行呼吸道插管救治的话，病患会在几分钟内出现不可逆转的死亡。”

“那你是怎么确定她是溺死的呢？”童小川疑惑不解地问道。

“共有两个地方：第一，她的齿根和牙床，”说到这儿，章桐伸手掰开了尸体的嘴巴，指着口腔内部，“你注意看，牙齿都呈现出明显的粉红色，尤其是齿根部位，这在我们行话中被称为‘粉齿’，是死亡时死者体内严重缺乏氧气供应的表现。刚开始的时候还差点被我忽视了。第二，死者鼻腔内部有微量蕈样泡沫，这是由于冷水刺激呼吸道黏膜分泌出大量黏液，黏液、溺液及空气三者经剧烈的呼吸运动而相互混合搅拌，最终所产生的大量细小、均匀的白色泡沫，因富含黏液而极为稳定，不易破灭消失。蕈样泡沫对确认溺死有一定意义，但是也可偶见于因其他原因死亡的尸体，比如说中毒、勒死等。而后两种死因在这具尸体上，找不到任何可以用来佐证的证据。所以，我暂时只能用它来证明有关溺死的推论。”

邹强小声问道：“章医生，现在室外的温度这么低，死者被发现时全身赤裸，身上的衣服又找不到，你说两者之间会不会有相应的联系？”

“你说的也有道理，寒冷突然对我们人类的皮肤产生刺激的话，也能够对心脏起到连带影响的作用，只是，我在尸体表面并没有发现突然降温所导致的皮肤血管收缩的主要表现，比如说表皮变白发皱，而尸体的结膜部位也并没有明显的淤血，这也是最初我一直没有办法确定她死亡的具体原因所在，直到我发现了‘粉齿’。”

说着，章桐把女尸重新推回了冷冻柜，然后熟练地关上了柜门，锁好后，摘下手套丢进了脚边的医用废弃物回收桶里。

“章医生，我还是不明白你的意思，既然死者是溺死的，为什么在我来这边之前的电话中，你会说‘奇怪’两个字呢？”童小川还是一脸的疑惑。

“在我们以往的解剖案例中，一般的溺死，都可以通过死者体内溺死水源的微生物含量来判定死亡第一现场，比方说海边还是沟渠河流之类，但是我在死者的体内怎么也找不到这些特殊的藻类微生物。当然了，尸体腐败有可能对结果产生一定的影响，但是这也太干净了，难道死者是被纯净水淹死的？”章桐看着他。

“也就是说，你没有办法确定第一案发现场！”童小川终于听明白了，脸上的神情也变得严肃了起来。

“没错。至少目前如此。”章桐伸手从工作台上拿过一张电脑画像递给童小川，“这是死者的模拟画像。你结合验尸报告上的尸体特征，就可以发‘认尸启事’了。”

手中攥着画像，童小川欲言又止。

“对了，还有一点，死者在生前曾经有过性行为。但是我们并没有在尸体的某些特殊部位，找到相应的凶手所留下的生物学上的证据。”章桐若有所思地说道。

童小川轻轻咒骂了一句，和邹强两人走出了法医处。

第四章　同心酒吧

傍晚，天很快就黑了，下起了小雪，阴沉沉的天空中雪花飞舞，触地即化，迅速消失得无影无踪，只剩下地面上湿漉漉的一片。空气中越发透露着刺骨的寒意，潮湿阴冷的感觉似乎占据了现实和虚幻中的每一个角落。

突然，一个女人发出的撕心裂肺的尖叫声划破了这死气沉沉的夜空，紧接着又是一阵令人心悸的尖叫，虽然短促了许多，但仍然可以让听到的人感到头皮一阵阵发麻。

市区城北东林花园小区 45 栋A单元楼的居民纷纷走了出来，几个热心的居民沿着方才传来尖叫声的方向，向 3 楼快步走去。很快，302 室的房门被猛地推开了，一个中年妇女跌跌撞撞地冲了出来，面如死灰，还没有站稳，便倚着墙角一阵干呕。

“出什么事了？要打 120 吗？”

“是不是家里进小偷了？”

“要不要紧？”

……

邻居们议论纷纷。见 302 的房门还开着，不等中年妇女回应，两个胆大的邻居就推门走了进去。

这是典型的两居室套房。此刻，两个卧室的门都紧锁着，客厅里没有人，地面上孤零零地放着一只打开的拉杆旅行箱。两个邻居好奇地上前探头一看，旅行箱里被一个怪异的塑料袋给塞得满满的，塑料袋里面的东西黑乎乎的，空气中隐约弥漫着一种怪异的焦煳味。他们不由得互相对视了一眼，其中一人稍加迟疑后，便伸手拉开了旅行箱中已经被打开口子的塑料袋，眼前出现的一幕顿时把他吓得手脚冰凉，没反应过来就一屁股坐在了大理石砖铺成的地面上，嘴巴哆嗦着，半天都说不出一个字。在同来的邻居吃惊的目光的注视下，他努力了半天，只能勉强伸出一根手指，指着塑料袋，另外一人惴惴不安地探头，打开袋子朝里一看，脸色顿时变了，紧接着就头也不回地跑出了房间，边跑边玩儿命似的哀号："它在笑！那袋子里的死人在笑……"

塑料袋中是一具焦炭状的小小的人类尸体，头部残缺不全，嘴裂开了，露出了几颗惨白的牙齿。

只要符合一定的温度条件，所有的东西都可以燃烧。这种由外至内所产生的死亡过程，缓慢而又痛苦。皮肤在火舌的舔舐之下，迅速起泡，随即变黑变脆，就如同一张薄薄的纸片，被硬生生地从人体的表面剥离。失去保护层的皮下脂肪本身就有足够的油脂存在，在这突然到来的高温的侵袭之下，迅速液化，就如同一锅沸腾着的滚烫的热油，使人体的燃烧更加剧烈。四肢着火，头发早就无影无踪，全身上下没有一个地方可以幸免。远远地看过去，此刻燃烧着的人体就如同一个巨大无比的人形火柴，唯一不同的是，这根特殊的火柴会不停地滚动、惨叫和挣扎。可是，这时候的火已经没有办法熄灭了，随着人体四肢的肌腱和肌纤维因为失去水分而猛烈收缩，燃烧着的四肢开始怪异地四处滑动，就如一尾在海洋中迷失了方向的鱼，毫无目的却又拼命地想寻找出路，猛地看去，犹如一种让人心悸的死亡之舞。舞蹈结束的时候，人体内部的器官早就被燃烧殆尽。生命在这个时候已经终止。还在燃烧着的，只不过是蛋白质和脂肪的混合物而已，因为它占据了我们人体80%的重量。

当火焰从这根特殊的人形火柴上最终熄灭的时候，原本 167 厘米的人或许最终只会剩下 1 米不到的面目全非的躯体。

眼前是一具燃烧并不完全的尸体，但就表面看上去，也已经漆黑一片、面目全非，根本就辨别不出死者生前的相貌。再加上曾经被装在塑料袋里，又被用力地塞进了一个并不太大的拉杆旅行箱中，这番折腾使得尸体的形状显得更加怪异。而令章桐感到奇怪的却是另一点。

尸体面部表情竟然如此平静，眼前的这张被大火烧过的脸上，除了因为面部颌骨肌腱收缩所留下的特殊痕迹外，根本找不到一丝死者最后挣扎时的痛苦神情。

“难道是死后被焚尸？”小潘站在解剖台的另一边问。

章桐摇摇头，她用手术刀指着被切开的死者的气管，“气管壁上明显有被熏黑的迹象，说明死者是在活着的时候被投入火中的。而且每百毫升血液中的碳氧血红蛋白浓度高达40% ~60%，肺部和其他器官中也有明显的燃烧烟尘和炭粉。尸体呈现出典型的‘骑马状’，手脚蜷缩收紧。烧伤截面的检查也显示，在起火燃烧的那一刻，血液是流动的，这些都说明死者在那个时候还活着。”

说着，她退后一步，回头问右手边拿着相机的彭佳飞：“包裹尸体的塑料袋上的残留物检验得怎么样了？”

彭佳飞赶紧放下相机，转身从文件筐中找到了那份刚送来的检验报告：

“章医生，这上面说发现了人体组织残留物。还有……”

“还有什么？”章桐皱眉，解剖刀停在了尸体的上方。

“还有……还有微量的排泄物。”彭佳飞的声音中充满了疑惑不解，“怎么会有这个？”

“说明她是被活活烧死的。只有在那样的前提之下，搬动尸体时，淤积在下体器官中的排泄物才会有少量外流的迹象。看来我们的麻烦大了。”

章桐把解剖刀伸向了死者的腹腔部位，很快，取下了缩小到只有原来1/3大小的肝脏，把它放在不锈钢托盘里，这才抬头对小潘说：“马上做毒物残留检验，尤其是要关注药品的残留。越快越好。”

小潘点点头，接过托盘，转身向隔壁的实验室走去。

身后，彭佳飞默默地看着解剖台，脸上露出了疑惑的表情。

刑侦大队办公室，老李手里拿着一个小小的U盘，最多只有3厘米大小。他利索地把U盘插在童小川电脑的USB接口上，然后一声不吭地拿过鼠标，点击，打开了一个视频文件夹，这才回头对他说：“我们找到那个女人了。”

监控镜头是高清的，不过因为时间是晚上，视频的背景有些昏暗，屏幕左上方是火车站北站台广场的入口处，在一个背着孩子的中年妇女走过后没多久，就出现了一个修长的身影，此时，屏幕的背景时间显示是凌晨1点07分。而这个修长的身影中最引人注意的就是那条长长的围脖，正如那个黑车司机所说的，几乎围住了女人大半张脸，在她微微侧过脸的那一刻，童小川一眼就看到了那副墨镜，不由得脱口而出道：“那家伙没瞎说，果然戴着墨镜。”

“是啊，头儿，你说这大半夜黑灯瞎火的，戴着墨镜干啥？除了盲人，谁会在晚上戴墨镜？难不成是怕我们看到她的长相？”老李嘀咕。

“我想这不是普通墨镜，应该是特殊的偏光镜之类的东西，外表看上去和普通墨镜没什么两样，主要是司机晚上开车用的，不然的话，你看她怎么行动自如？再说了，现在是大冬天，更加没有必要戴着墨镜，所以，她真正目的是掩盖自己长相的可能性非常大。”童小川肯定地点点头。视频继续看下去没多久，屏幕上出现了一个酒吧门口的景象。

“监控录像一路追踪到这里，她进去后就再也没有出来过。”

“这是什么地方？”童小川问。

“离火车站不到 3 千米，是个酒吧，同心酒吧。监控录像中显示嫌疑人是步行过去的。”

“她手上有拿什么行李吗？”

老李摇摇头说：“除了肩上的一个挎包外，别的什么都没有。我们本来以为，她是去车站北站台广场的小件行李寄存处领取行李的，结果她只是去转了一圈，就从旁边小门出去了，并没有出去寻找那辆黑出租，也没有报警，直接就走了。”

听了这话，童小川一声冷笑：“她能不走吗？那个大提琴箱里装着的又不是什么好东西。酒吧那边你派人去了没有？”

“去了，可惜根本就没有人注意到有这么一个女人进去过。门口对面的监控录像查到今天早上 8 点，还是没有见到她出来。对了，头儿，这是一家 24 小时营业的酒吧。要不，我们现在再去那里看看……”老李欲言又止。

“咋了？”

“有点小麻烦。”

“什么意思？”童小川被老李的眼神看得有些发毛。

老李咬了咬嘴唇：“头儿，咱队里就属你长得最帅，身材又好，皮肤也白。”

“你啥意思？”

老李一咧嘴：“头儿，你也别怨我，谁叫你长得那么好看。不瞒你说，我那帮兄弟们去过酒吧，啥都问不出来，向那个吧台女经理要监控也没要到。陈静那小丫头是内勤，又没这种卧底经验，去了容易出岔子，我们寻思着就得你去了。”

“啥意思？”童小川嘀咕，“你们没去过酒吧？”

老李面容一正，向后退了一步，然后严肃地说：“你就别问我了，等你去看了，就什么都知道了，但是在这之前，你得化妆成卧底，因为那地方太特殊了。”

童小川似乎明白了点什么：“我在禁毒队的时候倒是干过卧底，难不成你要我换女装？”

老李拼命点头，伸手一指对面椅子上的一个大塑料袋：“行头都给你备齐了。”

在旁人眼中，同心酒吧和那些矗立在闹市街头的形形色色的酒吧没什么两样，广告牌、霓虹灯、必要的装饰品……应有尽有，典型的巴洛克式风格的棕色小木门仅仅能够容一个人通过，木门上面挂着一块手工绘制的小木牌，小木牌的衬底是淡蓝色的，上面用橘黄色的荧光笔写着：24 小时，请进！

可是，直到最终进入这间位于地下一层的小酒吧，童小川依旧没弄明白老李就像被蝎子蜇了一样，死活都不愿意走进这个酒吧的原因。他甚至宁肯窝在没有空调的车里冻得瑟瑟发抖，也不愿意走进酒吧的空调房里来暖和一下。

虽然时间才是下午 4 点多，夜生活还没有真正开始，但是小小的酒吧里早已经聚集了不少人，伴随着节奏柔和的背景音乐，人们时而轻声低语、时而放声大笑。

身上的外套有些紧，应该是小了一号，童小川暗自咒骂了一句，然后深吸一口气，抬头挺胸走向吧台，向正在吧台后面忙碌的服务生打起了招呼：“你好，能和你们经理谈谈吗？”

童小川话刚说完，眼前这个画着浓浓眼妆的女孩嫣然一笑，她并没有停下手中上下翻飞的调酒瓶，反而仔细打量起了童小川，眼神中充满了欣赏的味道。随后，沙哑着嗓子说道：“我就是经理，姓汪，有什么事吗？”

年轻女孩直勾勾的目光让童小川感到浑身不自在，为了掩饰自己的尴尬，他取出一张视频放大截图打印件递给对方：“我想请你看看认不认识上面这个女人。”

听了这话，年轻女孩的脸上露出了笑容，欣然接过了视频截图打印件，伸手打开吧台上方的照明灯，仔细看了看，然后递给了童小川，说：“我认得这身打扮，至于她叫什么，我记不太清了，那时候有很多人过来，我这个酒吧的生意，承蒙好多朋友照顾，所以还算不错的。”

“那她是什么时候离开的，你有印象吗？”

年轻女孩摇了摇头说：“我只知道她来过好几次，但都是一个人。”说着，她伸手指了指左手边墙角的小包间，“每次来都坐那个位置，只要马提尼加黑橄榄。不过我很忙，不可能老盯着她看，你说是不是？当然了，我也不会主动去打听她的底细。来这里的人，心里或多或少都隐藏着不为人知的秘密。这也是现代人的通病。你说对不对？”

“来的都是熟客吗？”童小川指了指自己的周围。

“那是当然。”年轻女孩脸上的笑容突然变得妩媚又迷离，“但是这也要看你如何界定这个‘熟客’的概念了，熟悉这张脸并不等于我们就知道她是谁。虽然在我们这个圈子里，大家都是互相介绍着来的，原因很简单，这里是我们‘取暖’的地方。但是真要让别人彻底了解自己的话，我估计这房间里是没有一个人会愿意的。”

“取暖？”童小川感到一丝诧异。

“你也可以来啊，”说着，女孩停下了手中的调酒壶，利索地拧开盖子，然后倒了一杯混合马提尼，轻轻推到童小川面前，神情异常专注，“其实同样的道理，我们活在世上，不都是需要‘互相取暖’的吗？这杯，我请客。”

年轻女孩的话越来越离题了，童小川赶紧借口不会喝酒推开了酒杯，四处环顾了一下酒吧，注意到吧台上方有一个监控探头，便伸手指了指：“能让我看看吗？”

女孩耸耸肩，表示无所谓。

十多分钟后，童小川一脸懊恼地推门走出了酒吧，扑面而来的寒风夹杂着细小的雪花，钻进了他敞开的女式风衣领子里，冻得他直哆嗦。

童小川快步来到车前，一头钻进车里，关上车门后，车子迅速启动，驶离了酒吧门前的街道。

“东西拿到了吗？”老李边开车边问道。

童小川一把摘下假发，解开外套领子，这才长长地出了口气，顺手从怀里掏出一个U盘朝他晃了晃：“总算拿到了。”

老李瞥了一眼后视镜，不由得笑出了声：“我就说非得你出面才行，头儿，你看这不立马就见效了？”

“你这话是什么意思？”

“头儿，你怎么这么天真？这个酒吧名字叫什么？”

“同心。怎么了，有什么不对劲吗？”童小川回答。

“同心？同性啊！这分明就是一个同性恋酒吧，你进去的时候，有没有感觉人家看你的眼神跟平时有些不一样？”

经这么一提醒，童小川顿时恍然大悟：“是有那么一点，尤其是那个姓汪的年轻女经理，总是用那种怪怪的眼神看着我，让我有些不舒服。”

“那她有没有和你说什么？”

“有，她提到那个女的去过几次，但都是一个人，有着固定的座位。看来是个熟客。可是她们这儿似乎有个规矩，就是不互相打听对方的底细。老李，难道说这个女的也是个……”

“不排除这样的可能，我手下的那几个人虽然在酒吧里没有问出什么有用的线索来，但是走访周边时，不止一次地听周围的居民说，去这个酒吧的，都是女同，异性取向的，要是知道了这间酒吧的底细，都绝对不会进去。”

童小川一瞪眼：“所以你就把我叫去了？也亏你想得出来！”

老李哈哈大笑，一边打方向盘，一边挥了挥右手，表示投降：“头儿，我们这不也是没有办法吗，那个女经理肯定只会对女人说实话，我们不找你出面找谁？再说了，队里除了你以外还真没谁更合适的了。”

“下次记得提前和我说清楚！”童小川涨红了脸，“难怪那女经理说话的口气不对，以前做卧底就没这么别扭过。”

警车拐出了光华路，快要上高架的时候，童小川又一次掏出了那张特殊的打印件，借着车里的灯光看了起来。这个谜一般的女人太会掩藏自己了，那长长的围脖，还有黑黑的镜片，一切的一切都在表明，她原本就不想让周围的人知道自己真正的长相。而北站台广场上的那一幕，现在想来，也肯定是凶手借此机会脱身而已。至于那个黑出租车司机，估计做梦也不会想到自以为捡了个大便宜，其实是钻进了别人设下的陷阱里，当了替罪羊。而凶手也料到了，黑出租车司机绝对不会就这么扛着个装尸体的大提琴箱去公安局报案的，他一旦发现后，肯定巴不得立刻把后备厢里的那个“烫手山芋”给丢得远远的。没有谁会愿意和这种倒霉事挂钩的。

凶手显然是个非常聪明的人，她借别人的手除去了自己的麻烦，那么，她肯定也能预料到，警方找到同心酒吧也只是时间问题。那为什么监控录像中，她是那么镇定自若呢？一点都没有作案过后那种惊慌失措的样子。还有就是，她为什么选择在火车站搭车？难道不怕警察顺着同心酒吧找到她吗？

回到局里，童小川在更衣室换好衣服后刚走出电梯，迎面就撞上了值班的小邓。

“童队啊，你们可回来了，我已经把‘东林小区焦尸案’的相关人员带到审讯室了，于队正在那边。证物也被送去了痕迹鉴定组，报告估计要晚上才能出来，我现在正在等法医那边的尸检报告。一有情况我就通知你。”

童小川点点头，转身对老李说：“先把酒吧那事儿放一下，我们听听这边的情况再说。”

“没问题。”老李跟在童小川身后向审讯室走去。

审讯室里，办公桌对面的椅子上坐着一个年近五旬的中年妇女，穿着打扮有些邋遢，上身穿的一件红色的棉衣上沾满了星星点点的油渍，尤其是两个袖口处，磨得可以看出里面棕色的衬里。裤子是那种深蓝色的老式大棉裤，有前门襟，裤脚沾满了泥巴。中年妇女局促不安地偷偷瞅着进来的人，眼神中流露出明显的慌乱和恐惧。

童小川在办公桌后面左边的椅子上坐了下来。这是本周的第二个报案人，这次他虽然没直接去现场，但是从现场报告中得知，尸体也是在一个箱子中被发现的，只不过这一次是一个拉杆旅行箱。

在核实过姓名和家庭住址等相关资料后，老李看了看案卷，抬头问：“田秀芳，在你家中发现的这个拉杆旅行箱是你的物品吗？”

这个被叫作“田秀芳”的中年妇女顿时神情紧张，赶紧摆手否认：“不！不！不！警察同志，不是我的！真的不是我的！”

“和你一点关系都没有吗？”

“没有关系，一点关系都没有，我怎么会有这种东西，太可怕了！”田秀芳惊魂未定地瞪着老李，“要早知道里面是这个玩意儿，打死我都不会贪小便宜往家里拿啊！”

“你说什么？这箱子也是你从外面捡的？”童小川忍不住打断了田秀芳的陈述，继续追问道，“你把详细情况说一下。你是怎么捡到的？知道是谁丢弃的吗？”

田秀芳委屈地点点头，擤了擤鼻涕，这才一脸沮丧地说：“警察同志，箱子真的是我捡的。我在城南菜市场早市上班，上班时间是晚上 10 点到第二天早上 5 点 30 分，主要工作是负责分发鲜鱼，5 点 30 分下班后，我再乘坐 105 路公交车返回所住的东林小区。今天早上人不是很多，我就坐在了后面那几排，在我前面坐了个女的，打扮很时髦，就带着这个箱子，看样子像是去赶火车。因为这趟 105 路的终点站就是火车站。后来，因为上夜班，我就睡着了。等我醒来的时候，差点坐过了站，我赶紧站起来准备下车，正在这个时候，我就看到了这个箱子，而那个女的早就不见了踪影，我见没有人注意，心里一动，就……就带着箱子下了车。后面的事情，你们也都知道了。”

童小川和老李不由得面面相觑，摇了摇头，轻轻叹了口气。

老李低头看了看手里的案件资料问：“那个女的，你有什么印象吗？”

“她脖子上围着很长的围巾，还戴着一副遮了大半张脸的墨镜。再加上公交车里光线不是很好，我也看不清她的长相，就感觉她很时髦，身上香喷喷的。那香味，比雅霜还要浓好几倍。”说着，田秀芳的脸上流露出不屑一顾的神态，转而恨恨地抱怨，“这种女人，我早就应该知道她不是好人！”

“为什么？”听了这话，老李不由得啼笑皆非，他一边整理问询笔录，一边头也不抬地问，“说说看，你到底是怎么看出对方不是好人的？”

“好人不会涂得这么香喷喷的！”田秀芳认真地回答。

对于这种简单的逻辑，童小川不好多说什么，于是站起身，走出了审讯室。关上门后，他对一直站在审讯室门外的于强说：“这里交给你了，你派人去公交公司调看一下当时的车载监控录像，确认目击者看到的这个女人和火车站北站台广场监控录像中的那个女人是不是同一个人，你可以去找章医生，她或许能帮助你辨认。”

正在这时，童小川的手机响了起来，一看是章桐的号码，随即朝于强点点头，快步向楼梯口走去，边走边接听电话。

章桐脸色阴沉地查看着手里的这份毒物检验报告，难以理解这个世界上为什么会有对死亡和折磨如此着迷的人存在。自己以往学到的所有知识，工作中积累起来的所有经验，都没有办法用来解释眼前这份报告的字里行间中所透露出来的那颗黑暗的心灵。

童小川走进法医办公室，接过章桐递过来的报告，在上面看到了两个熟悉的字眼——阿托品、肾上腺素，不禁一愣：“怎么，又是那个混蛋干的？”

章桐点点头，说：“手法应该一样，只不过这回又多了点东西——奎宁！”

“奎宁？”

“俗称金鸡纳碱，就是茜草科植物金鸡纳树及其同属植物的树皮中的主要生物碱。一般用来治疗疟疾，但是如果使用过量的话，一般在 8 克以上，就会导致急性中毒，常见的致死原因是呼吸停止，伴随肾脏衰竭。而这一过程，常常要持续几个小时乃至几天。因为尸体已经经过了火烧，所以别的检验就没有办法进行，这些都是通过肝脏和肾脏检验得到的结果。我们真得感谢这场火灾并不很彻底，要是再烧半个小时的话，就什么证据都没有了。”章桐耐心地解释道。

“那再加上死者体内发现的阿托品和肾上腺素，章医生，你能否解释，凶手为什么要这么大费周折地对待这个死者呢？”

“折磨！”章桐叹了口气，“凶手用不同的药物来折磨死者。奎宁，让人呼吸停止；阿托品，使人麻痹，在死亡的过程中感受不到痛苦，没错，人死了自然也就感受不到痛苦了；可是，随之而来的大剂量的肾上腺素，却是让死者在惨叫声中恢复神智。童队，这是药理学上的酷刑！”

“还有，章医生，我记得你在第一份尸检报告中，对第一个死者胸口利器的检查结果还没有办法确定，现在怎么样了？”童小川的目光落在了章桐办公桌旁的那盆无名植物上。

“第一个死者前胸部、第三和第四节肋骨之间的几处硬物伤，已经被证实，均是锋利锐器刺入右心房而形成的刺入创伤。我用探针测量过创道，最浅处3厘米左右，可以造成大量内出血，但不会马上致命。”

“那这个凶器究竟是什么？”童小川问。

章桐摇摇头：“我比对过很多种，但是没有办法确定具体的凶器，只能肯定凶器是由坚硬材质制造，长度在5～8厘米，非常锋利。而且这几处刺创没有在伤口的边缘造成任何锯痕，所以说我没有办法最终确定凶器是否有齿边。”

“这样查找起来范围就很大了，能再缩小一点范围吗？”

章桐想了想，走到工作台边，戴上手套，在等待整理的一堆不锈钢解剖工具中翻找了一下，取出一把类似于手术剪之类的特殊解剖用刀具，说：“只有这个，长度和弯度都大致吻合。”

“这是什么？”童小川问道。

“脑刀。”

“只有你们法医才用吗？”

章桐微微一笑：“那倒没有，医学院、医院的病理科、外科，反正只要是做手术的，特别是脑部手术，都会用到它。”

“刚才你所说的差点让我以为凶手是个法医，你以后说话可得把话说完整了。”童小川皱眉嘀咕，“那第二个死者的年龄大概是多少？”

“25 岁不到，和上一个大提琴箱里发现的死者的年龄差不多。身高、体形也是差不多的。从肺页状况来判断，健康状况良好。小潘那边很快就会有模拟画像出来。”章桐回答。

第五章　不可能的自杀

一个年轻女孩仰面朝天躺在冻得坚硬如磐石的地面上，虽然赤身裸体，却感觉不到一丝寒冷。她的双手静静地放在胸口上，皮肤已经苍白得可怕。

抬头看去，灰蒙蒙的天空中偶尔划过小小的飞机的影子。这并不奇怪，离她不到 5 千米的地方，就是一个机场。那里一年到头都不会有冷清的时候，人来人往，人们忙碌得实在无暇留心身边发生的一切，她更不会指望别人能留意到 5 千米以外自己的存在。周围是冬季的荒野，渺无人烟，枯萎的草根被刚下过的厚厚的积雪覆盖，她的耳畔静悄悄的，只有呼呼的风声。

女孩也不会再有任何感觉，就这样在野外躺了足足 3 天。彻骨的寒冷减缓了尸体腐烂的进程，使她还能拥有一张可以勉强看得清的脸。可是，死亡是没有办法被人为美化的，哪怕竭尽全力。尽管可以很清楚地看出她生前一定是个美人，可是如今，在露天环境下躺了整整 3 天的她最终还是瘦得皮包骨头，一头已经失去光泽的长发默默地被枕在颅骨后面，她面无表情，用空洞的眼窝直愣愣地凝视着灰色的天空。

市公安局会议室，气氛显得有些紧张。

有人对童小川刚刚做出的推论提出了异议：“你既然说嫌疑人是个女的，那么，法医报告中分明提到的第一个死者在死前曾经有过性行为要怎么解释？这样看来嫌疑人应该有两个才对。”

童小川没法正面去回答这个问题。因为目前手头的证据实在是少得可怜。除了目击者的证词和现场的那两段监控录像以外，自己找不到能证实第三个人存在的有力线索。而认尸启事发出去整整 3 天了，一点回音都没有。沉重的压力让他几乎喘不过气来。

会议结束后，童小川拖着机械般的脚步慢慢地走着，心中苦苦思索着那个谜一般的女人，她就如同人间蒸发了一般，一点线索也没留下。长长的围脖，黑黑的墨镜，修长的身材，她究竟是谁？

这时候手机上传来了章桐发出的信息，童小川便直接来到底楼法医处。

“我正好有事要找你，跟我来。”说着，章桐伸手推开了办公室的门，径直来到靠墙的文件柜边，拿出两张X光片，然后直奔灯箱旁，打开灯箱后面的灯，利索地把两张X光片插了上去，回头问道，“你看出什么了没有？”

童小川急得跟热锅上的蚂蚁一样：“老姐啊，我跟你说过不止一遍了，我不是法医，哪看得懂X光片？别得意了，快说吧。”

“我不是那个意思。好吧，”章桐伸手指着左边那张X光片，“这是第一个死者的盆骨，右边这一张是一个 23 岁男性死者的盆骨，你仔细对比一下，看看有没有什么不同？”

童小川皱眉，上半身靠近灯箱，左右两张仔细地对比着，半天没有回过神来，最后神情诧异地转头看着章桐，说：“这两张差不多。就是左边这张好像小一点儿。”

“你找不出差异那就对了。”章桐又拿出了第三张X光片，换下了右边那张，“这一张，你再仔细看看。尤其是髋骨和骶骨的弯度和厚度，还有角度。”

经过章桐这么一提醒，童小川顿时来了精神，犀利的目光在两张X光片中来回穿梭着，终于，他大声嚷嚷了起来，伸手指着左手边的X光片："不一样！左边这张的盆骨宽度明显比较窄，尤其是在尾骨和骶骨这边。"

"连你都能看出来，我一开始却忽略了。"章桐一脸的挫败感，她长长地叹了口气，伸手关了灯箱后面的照明灯，转过身，表情复杂地看着童小川。

"我被先入为主的表面现象给彻底迷惑了双眼。"章桐神情严肃，"童队，你知道吗？你要找的不是两个女死者，而是两个男死者。"

"男的？"大提琴箱中的那具高度腐败的尸体虽然已经面目全非，但是女性特征相当明显，童小川震惊不已，"你确定了吗？"

章桐点点头，说："我做过染色体测试，虽然他们所做的变性手术非常成功，但染色体变不了，我仔细核对过检验结果，两人一致，22对常染色体加一对性染色体XY，这是男性所特有的标志。我们可以通过后天的手段改变自己的外貌乃至性特征，但是一个人的染色体是从母体中带出来的，是没有办法改变的。所以说，童队，你仔细听好，你要找的，是两个身材本身就很瘦小，并且做过变性手术的年轻男子，而且，这种变性手术不是一般的整容医院能够做的。"

说到这儿，她似乎想到了什么，走到办公桌旁，拉开抽屉，拿出一份报告，转身递给了童小川："第二个死者，我在他胸部没有找到假胸填充物。由于他的身体已经被大火破坏了，外部表皮已经被烧毁，内部真皮层和脂肪组织也遭到了破坏，所以提取证据也就有了一定的难度。但是在第一具尸体中，我在死者的胸部乳腺部位提取到了属于他自身的脂肪组织，我想，他所进行的隆胸手术应该是一种自体脂肪隆胸，这种手术价格相对便宜，只需要将自己身体的某些部位，如腹部、臀部、大腿等处的脂肪组织，通过机械或注射器抽取出来，经过清洗，获得相对纯净的脂肪颗粒，随后将其注入乳房内取得丰乳的效果。但是这种手术也有一定的弊病，那就是注入乳房内的脂肪颗粒，不能百分之百地建立起血液循环而成活，大概有40%~60%的脂肪颗粒被吸收和纤维化，所以隆胸效果不会持久，一段时间后，隆胸者就必须回去重新注射，这周期大概在3~4个月吧。”

“这简直是活受罪！”

“追求美当然无可厚非，但是在我看来，这些变性的人确实都是在没事找罪受。”章桐长叹一声，“其实，私底下讲，我还是挺同情他们的。因为对于他们，精神上的痛苦往往高于肉体上的痛苦，所以为了精神上的彻底解脱，肉体上受点折磨，那又算得了什么呢？童队你说对不对？”

童小川脸色铁青地转身走了。

入夜，街头冷冷清清，昏暗的路灯下，几乎见不到行人的影子。寒冷的北风呼啸而过，夹杂着几片凌乱的雪花，落在客厅的玻璃窗上。很快，雪花就像飞蛾扑火般化作了一道长长的水痕，顺着玻璃窗无声地滑落，最终消失得无影无踪。

章桐抱着毛毯蜷缩在沙发里。她感到彻骨的冰冷，不管身上盖多少条毛毯，或是已经把房间里的暖气片开到最高挡，她都还是止不住地浑身瑟瑟发抖。

夜深了，星星点点的雪花最终变成了鹅毛般的大雪，无声无息地在漆黑的夜空中飞舞。呼啸的北风总算停止了，天地之间似乎只留下了死一般的寂静。很快，地面上积起了一层厚厚的雪花。

郊外，一声声沉重的脚步声在雪地里响起，由远至近，伴随着刺啦刺啦的拖拽声。不久，脚步声停止了，一个人影在那具早就被大雪覆盖了的冰冷的躯体旁蹲了下来，细微的手电光随即照亮了那一块小小的区域。这个人的目光紧随着手电光在尸体上无声地移动着，很快，手电被夹在了脖颈下，来人脱下厚厚的手套，塞在口袋里，然后利索地从裤兜里摸出了一个笔记本，用牙齿咬开了笔记本上夹着的钢笔的笔帽，紧接着在笔记本上迅速地写着什么，一边写，一边还时不时地看一眼尸体，目光中流露出兴奋不已的神情。微弱的手电光随着他不停移动的手臂而变得有些摇曳不定。

雪越下越大，直到最后，天地间都变成了一片白茫茫。来人的身上和肩膀上也落满了积雪，但是，他一点都不在意，当写完最后一个字后，他得意地敲了敲手中的钢笔，似乎对自己的工作很满意。然后他站起身，略微活动了一下有些僵硬的肩膀，接着戴上手套，在一番收拾过后，迅速地把尸体塞进了先前带来的那个拉杆式旅行箱里，拉上拉链的那一刻，他无声地笑了。他根本就不用去担心自己此刻的所作所为会被人发现，因为这里，除了他以外，根本就不会有别的人过来，尤其是在这么寒冷的冬夜里。

第六章　聪明的人

办公桌上的电话铃声响起来，童小川接起听筒，目光却并未离开过桌上的卷宗，对着话筒说：“刑侦大队童小川。”

对方有些意外，愣了几秒钟后竟然笑出了声：“你果然是警察，我没猜错，你不记得我了吗？”沙哑的声音中透着温柔。

口吻中明显透露出一丝挑衅，童小川就像被蝎子蜇了一下，猛地合上了面前的卷宗，顺势坐直了上身：“你是哪位？有什么事吗？”

“哦，对不起，我刚才跟你开玩笑呢，”对方是个精明的人，“童警官，我姓汪，同心酒吧的经理。”

“同心酒吧？”童小川抬头看了一眼老李，同时按下了电话录音键，“说吧，汪经理，找我有什么事吗？”

“童警官，看来你是贵人多忘事啊，上次你来我们酒吧，临走的时候曾经说过，如果我有关于那个女人的消息的话，就尽快打电话通知你。这个座机号码，还有那个手机号码，不都是你留给我的吗？我想你现在应该是在上班，所以就先打这个电话试试喽。”

“好吧，你发现了什么？请详细告诉我。”童小川把左手边的拍纸簿和铅笔抓了过来。

“你到酒吧来找我吧，我在酒吧的办公室等你。”说着，汪经理立刻就把电话挂了。童小川呆了呆，冲对面办公桌旁的老李打了个手势，意思是说怎么办？

老李站起身，抓起羽绒外套：“有什么大不了的，那就去呗。”

老李开车，童小川一脸愁容地坐在副驾驶座上，看着窗外阴沉的天空，半天没有吱声。车子刚到同心酒吧的门口，还没等车停稳，他就推开车门走了下去，这回他没有换装。

“头儿，要我跟你进去吗？”

童小川头也不回地摆摆手：“我很快就出来了，你在车里等我就是了。”说话间他已经来到酒吧门口，推开门低头走了进去，酒吧厚重的橡树门在他身后缓缓关上了。

老李本以为会等很长时间，结果 5 分钟不到，右车门突然就被用力拉开了，童小川裹着一阵寒风钻进了冰窖一般的警车：“赶紧的，开车，冻死我了！”

“头儿，出什么事了？你怎么这么快就出来了？人不在吗？”老李一头雾水。

童小川悻悻然说道：“真要命，叫我来偏偏人还不在，听调酒师说，她十多分钟前接了个电话，然后就出去了，留下话说会和我联络，约定下一次见面的时间。”

老李小声嘀咕：“这案子和她根本就没关系，她应该没有必要骗你吧。”

童小川没吱声，沉吟了一会儿后，又开始用手机拨打起了这位汪经理的电话，一遍又一遍，电话响了好多声，却始终都无人接听。他的心顿时悬了起来，脸色也变得凝重了许多：“把灯拉起来，前面紧急掉头，我们回同心酒吧去，速度要快，我感觉酒吧经理可能出事了！”一听这话，老李立刻打开左边车窗，一边把着方向盘，一边快速地把警灯按在了车顶上。瞬间，警车呼啸着逆向冲上了立交桥。

盯着手中的尸检报告已经足足有半个多小时了，章桐却一个字的批注都写不出来，抬头看了一眼工作台边放着的那盆小小的墨绿色的仙人掌，这是彭佳飞今天早上特地带来送给自己的，说是要给这个房间增加一点生气。

是啊，印象中已经不止一个人说过这个法医室阴气森森了。章桐不迷信，嘴角划过一丝苦笑。

正在这时，办公桌上的电话铃声响了起来，她顺手接起了电话：“法医室章桐，找哪位？”

对方是一家国内知名的法医学杂志社总编，等他说明来意后，章桐颇感意外，连连推辞：“对不起，王总编，我不知道能不能胜任这份工作。我虽然是法医人类学的博士，也在工作中带过学生，但是局里的工作相对比较忙，一有案子的时候我就不知道什么时候有空了，所以，我可能没有办法按时完成审稿的工作。到时候如果耽误你们的出版进程，那就麻烦了。”

电话那头传来了一阵爽朗的笑声：“章医生，在国内的法医人类学和犯罪学领域，以及具有丰富现场实际探查经验的人里，你已经是年轻一辈中的专家了，希望你不要推辞。再说了，我们这次大赛也是旨在激励新一代立志从事法医工作的年轻人。其实呀，工作很简单，你只需要对我发过来的学术方面的论文做一下评判就可以了。如果能再写上几句评语，署一下名，就更好了。至于费用方面，我们这边是大杂志社，你放心，不会拖欠的，提前支付。我们给的评审费用也是国内同档次水平中最高的。”

章桐见对方显然是误会了自己的意思，赶紧解释："王总编，你误会了，我不是说钱的事，我只是不想参与这种商业性活动。"

"不！不！不！不是商业性活动。"看样子对方应该是不想再和章桐继续理论，于是换了一种口吻，迫不及待地亮出了撒手锏，"还有啊，我给你打这个电话之前，就已经和你们局里的唐政委预先沟通过了，他表示完全同意你以个人评审的身份参与这次大赛。"

章桐一时语塞。

"那就这样吧，我马上通知下属尽快把论文、合同和支票给你送过去。"临了，王总编又不慌不忙地打了句哈哈，"章医生啊，我代表这次大赛评委会谢谢你的支持！"

章桐实在没有话可以应对了，她只能嗯嗯啊啊地挂上了电话。

一个多小时后，章桐来到6楼唐政委的办公室，见门开着，她伸手敲了敲门，然后走上前，把那张刚刚送来的盖着鲜红印章的现金支票递给了唐政委，说："捐给局里的警属基金会吧。"

唐政委一愣，看了看支票上的出款方和金额，顿时心中有了数，点点头问："你决定了吗？"

"是的。"章桐微微一笑，在捐助本上签了字后，转身抱着文件夹离开了办公室。

局里的警属基金会刚成立不久，主要是用来捐助那些因公殉职或者因病离世的警员的遗属，还有在出外勤时因公致残的警员。刑警本就是一个高危职业，虽然也有政府下发的抚恤金，但是基金会的援助多少也能算作大家的一点心意。

"什么？章姐，你竟然把刚到手的稿费全给捐出去了？"小潘激动得站了起来，"那可是好几万呐！我们一个月的工资才多少？加班还总不算数。"

章桐微微皱眉："干我们这行的，本来就不是为了钱。"说着，她把手里装着一沓厚厚论文的文件夹放在了工作台上，准备今晚带回去看。

就在这时，彭佳飞走了过来，指着文件夹问："章医生，这是什么？"

"论文。法医学杂志社举办了一次比赛，听说规模挺大的，在国际法医界也有一定的影响力，请了很多业内著名的专家，这不，他们让我帮忙看一下学术论文，我呢，只能算是最后充个数罢了，和专家一点边都挂不上的。"

听了这话，彭佳飞若有所思地点了点头，脸上露出了笑容："章医生，不瞒你说，在来这边工作之前，我就听说过你的名字了。你以实际经验丰富著称，破了很多大案。不然的话，法医学杂志社也不会想尽办法找你来当评审了。"

"我也是被逼上梁山的，唐政委那边亲自下达的任务。"章桐晃了晃自己手里的文件夹，"时间不早了，难得今天比较清闲。你们忙完手里的工作后也赶紧下班吧，好好放松一下。明天上班可别迟到了。"

章桐走后，小潘开始有点心神不宁，他不断地查看着兜里的手机。见此情景，彭佳飞会心一笑："潘医生，你也走吧，今天的报告我来完成就可以了。"

"那可太谢谢你了！"小潘迅速脱下外套，边往外走，边笑眯眯地回头，向仍然坐在自己工位上的彭佳飞抱拳作揖，"兄弟，我明天一定请你吃肯德基，最新产品！一定啊。"话音未落，他急促的脚步声就消失在了门外的走廊里。

当周围的一切都逐渐恢复平静的时候，彭佳飞脸上的笑容慢慢消失了，他注视着面前不断跳动着的电脑屏幕，久久没有说话。

童小川感到身心俱疲，他又一次伸手用力推开了同心酒吧沉重的大门，门上挂着的老式铜铃发出了清脆的叮当声。站在冷风呼啸的大街上，他不得不裹紧了身上厚厚的风衣外套。抬眼看去，身边的行人急匆匆地低头擦肩而过，就连彼此抬头看一眼的工夫都没有。

站在熙熙攘攘的人群中，童小川苦苦地思索着，汪经理，也就是那个叫汪少卿的女孩子，仿佛人间蒸发了一般，再也没有了任何消息。因为距离她失踪还不到 48 小时，也没有哪怕一丁点儿发生危险的迹象，所以，除了向几个朋友寻求帮助外，童小川也没有权利动用局里的警力来为自己找到这个特殊的女孩。

在过去的将近一个小时的时间里，自己一遍又一遍地仔细查看了酒吧门口和酒吧里的监控录像，可是，在那短短不到 10 分钟时间的视频里，根本就找不出任何有用的线索。视频中，自己所要寻找的女孩和平时一样用手机接了个电话，紧接着和店员交代了几句，然后就匆匆忙忙抓起包出了门，上了一辆早就等候在店门口的银灰色的桑塔纳 2000 。有了火车站抛尸案的前车之鉴，童小川知道像视频中这样的车子在天长市的街头随处可见，更别提是一辆套牌车了。局里老李打来电话证实了这个情况，并且说交警那边的监控录像显示，车子过了几个红绿灯后就消失了。

又或者汪少卿根本就是在愚弄自己？想到这儿，懊恼的情绪在童小川的心中逐渐升腾，这个一年前从外地来本市打工的女孩子，从最初的一文不名，到一夜之间就开起了这个特殊的酒吧，汪少卿的经历本身就是一个看不透的谜。酒吧后面小小的经理室里装满了她全部的家当。而熟知汪少卿的店员一再坚定地表示，汪经理平时的社会关系非常简单，社交圈几乎就和这个小小的酒吧紧密地联系在一起。而对于自己的过去，汪经理从来都是只字不提。

童小川掏出手机，拨通了局里户籍科老郑的电话，请他帮忙调查汪少卿的背景。没过多久，自己的怀疑得到了证实——这个汪经理的来历被证实是费心编造的，随后，老郑把暂住证上的相片也传了过来，看着眼前完全不同的两张脸，童小川感觉自己仿佛被人狠狠地扇了一巴掌。

那么，接下来究竟该怎么办？他双眉紧锁，没有立案通知书，自己就没有办法去移动公司调取汪少卿的手机通话记录。看着身边不断擦肩而过的人群，没有人会相信，一个活生生的人就这么在人的眼皮子底下轻轻松松地消失了。

看来，由人的自身主观忽视所造成的“视觉盲区”，真的是无所不在啊。

第七章　被遗忘的孩子

人类遗骸的鉴定？遗骸是否属于人类？遗骸是否是近期形成的？遗骸属于何人？估算的年龄、身高是多少？鉴定的性别、种族是什么？死亡形式和死因是什么？死亡方式是什么？与死亡相关的事实是什么……

这是法医人类学家在鉴定无名尸骨样本时必须回答的问题。章桐对此再熟悉不过了，她继续往下看。

……看似简单的问题，其中却包含了很多复杂和深奥的学科知识。比如说尸体腐烂和昆虫学，人体有 206 块骨骼，国内男性骨骼的平均重量为 8.0 公斤，女性则是 5.4 公斤……法医昆虫学，是用昆虫分析应用来帮助执法破案，最早起源于 1850 年的法国韦斯特法院……人的尸体的腐烂分为几个阶段，早期阶段的腐烂迹象是肿胀，时间约为 7 个小时，随后皮肤滑脱以及皮下生出细菌斑点，尸体会散发出恶臭，随着身体组织中积聚的气体不断逸出，眼睛和舌头会鼓出来，体内器官和脂肪开始液化，指标为 2.3……

看到这儿，章桐不由得心里一怔，她重新翻到论文最初的作者介绍那一栏，惊讶地发现栏里除了一个作者的署名以外，其余的简介都是一片空白。而另外 3 篇论文的作者却都背景深厚，毕业于知名学府，有着丰富的基层锻炼经验，在同行中也有着很好的口碑。可是细读起他们的文字来，章桐感觉不到一丁点儿的专业灵感，很多显然都是直接借鉴抄袭了事。而手中的这篇论文，内容非常详尽，知识面也很广，涉及法医埋葬学、法医昆虫学、人类学、病理学等很多冷门学科以及植物学、地理学和气候学，而这些，都是彻底调查腐烂的尸体和其周围环境所必需的。最让章桐印象深刻的是，作者竟然对于自己的论据有着很充足的实践数据和独特的视角阐述观点，而在结尾时，作者甚至用不小的篇幅提到，为了更好地弥补国内法医研究领域实践数据方面的空缺，应该尽快建立类似于美国田纳西州的“尸体农场”。

章桐虽然没有当过老师，但在仔细看完手中的这篇论文后，很清楚地意识到一点，那就是这个无名作者对法医这一行有着一种近乎痴迷的热爱。这究竟会是一个什么样的人？想到这儿，她抓过书桌上的话机，按照论文上方所提供的杂志社联络编辑的手机号码拨了过去。

编辑的回复非常简单，说在报名时，也曾经就这位作者过于苍白的履历感到疑惑不解，并且试图联络对方，但是对方只留下了一个邮箱地址，别的什么都没有。考虑到以往所举行的相类似的比赛中，有很多基层法医因为种种职业上的顾虑，并不希望自己的参赛经历在没有任何结果的前提之下就被曝光，而这位作者的论文在初筛选时又非常有特点，所以本着重视和挖掘人才的初衷，编辑选择了保留这位特殊的参赛者的论文。

“那，李编辑，关于这个署名为‘王星’的作者，你能把我的意见和建议转告给对方吗？”章桐试探着问，按照合同书上的规定，出于公平起见，评审者是不允许和参赛者直接联络的。

“没问题，我可以通过邮箱发给她。我们都是通过邮箱联络的。”说着，编辑又补充了一句，“这也是她留下的唯一的联络方式，我也没有办法，但还好，她回复很及时。”

章桐刚想挂电话，心里忽然闪过一个念头：“对了，你能告诉我该论文的作者的性别吗？”

编辑愣了一下，随即礼貌地说道：“我们这次大赛的报名并不强制性要求对方告知性别，不过，依我个人之见，她应该是女性。因为在与她为数不多的几次邮件交流中，我发觉她非常细心，观察事物很细致入微，讲话也不莽撞，很文雅，做事很低调。”

“那，好吧，打扰你了，我会尽快交稿的，再见。”章桐心中有些失望。

结束通话后，屋里的光线已经不足以继续工作了，她伸手拧亮了书桌上的台灯。为了谨慎起见，章桐再一次从头至尾仔细看了这篇特殊的论文，略微构思了一下，就拿起笔，在论文最下方的批语一栏中认真写着：“作者在埋葬学的阐述中还缺乏一定的理论依据。但是总体来看，作者的能力还是尚佳的，请作者对相关的理论依据进行进一步补充，谢谢。”

最后，章桐利索地签下了自己的名字。在合上论文稿件的那一刻，她的心里百感交集。本来自己是完全可以对这篇论文留下最高的评价的，因为和别的滥竽充数的作品相比，手中的这篇明显是下了很大功夫的。作者的知识面非常广，也很认真负责，可是，自己所从事和面对的毕竟是一门科学，容不得半点人情世故的左右，既然作者提到了一些论点，那么，其就必须用一些论据来证实，而不是简单地一笔带过。她同时也希望自己严谨的工作态度能够被作者所理解。

电话铃声打破了她的沉思，章桐拿起手机，顺便扫了一眼书桌上的闹钟说：“童队，都快 10 点了，找我有事吗？”

“我想我们能够确定那两个死者的具体身份了。”电话那头的童小川显得有些焦急，“你方便的话来趟局里吧，我在办公室等你，因为辨认工作上还需要你做一些鉴定，来进行进一步的确认。”

“我这就来。”章桐挂断电话，迅速抓起门后挂着的厚厚的防寒服，拿起挎包，推开门走了出去。

今天运气还可以，至少小区门外等客的出租车没有因为寒潮来袭而跑得无影无踪。

在这之前，章桐总觉得这个世界是公平的，人与人之间没有什么差别，唯一不同的，只是每个人在这一辈子中所选择的人生轨迹罢了。

此刻，站在自己面前的，是一个哭得上气不接下气的年轻女孩，她身上穿着一件黑色的羊绒大衣，精心打理过的披肩长发染了时下最流行的棕红色，高挑的身材比章桐足足高出了一头，下身穿着一条修长的黑色铅笔裤，脚上蹬着一双高跟过膝黑色长筒皮靴。年轻女孩的泪水就像断了线的珠子一样不断地滚落，把原先精心化好的妆容抹得一塌糊涂，她满身扑鼻的香味几乎盖过了存尸房里本来充盈着的来苏水的味道。这样一来，弄得章桐反而有些不习惯了，她吸了吸鼻子，双手插在工作服外套里不知所措，但出于礼貌，章桐并没有出声阻止年轻女孩痛哭。

“好了好了，别哭了，光哭有什么用？”童小川显然没耐心等女孩哭完，伸手从兜里拽出一包纸巾，抽出一张后，用力塞进了年轻女孩的手中，“都哭了一个多钟头了，哭能解决问题吗？时间不等人，你再哭，凶手早就跑了！”

一听这话，年轻女孩顿时止住了哭声，用“熊猫眼”瞅着章桐，小心翼翼地开口问道：“你……你能让我再看看她们吗？”

章桐心里一动，她终于察觉出了异样，刚才由于面前这个打扮时髦的女孩总是不停地哭，弄得都没有工夫去辨认女孩的声线。现在，这沙哑的声音，分明就是由较宽的声带所发出的男人的声音。尽管年轻女孩刻意把讲话的声音变得低柔，但是仍然掩盖不了男性声带所具有的独特音质。她的目光顺着对方的颌骨向下看去，心中顿时有了答案。

“你还没有做声带手术对吗？”章桐突然问道。

年轻“女孩”一愣，目光中闪过一丝惊慌。

“尽管你的喉结并不是很明显，但是我注意看了你的甲状软骨，明显向前突出，前后直径依旧很大，所以我才会这么问，你的变性手术应该还没有完全做完。要想创造出一个完美的女性声带的话，就必须彻底改造你的喉部声带结构。”章桐微微一笑，“你别紧张，我可以这么说，要么，是你的主治医生忽略了，要么，就是你还处在治疗的过程中。我没有说错吧？”

年轻“女孩”点点头，说：“真没有想到，我这么费尽心思，还是会被人看出来。没错，我的手术要到明年 1 月份才正式结束，目前为止我还差两期手术。”

童小川向章桐投来了赞赏的目光，小声嘀咕：“还是你厉害，我都没看出他是男儿身，那声音我还以为是感冒引起的呢。”

章桐把确认报告递给了面前的年轻“女孩”：“你签字吧，我建议你还是不要去看（尸体）了。对了，死者的直系亲属呢，和你一起来了没有？”

年轻“女孩”一边在确认报告上潦草地签上自己的名字，一边头也不抬地说道：“我们都没有亲属，自从我们打算做那个手术开始，就不再有家人了。彼此之间都只是互相帮助而已。”

“‘取暖’，对吗？”童小川若有所思地问道。

年轻“女孩”点点头，伸手把圆珠笔和报告递还给了章桐：“没错，是‘取暖’，这是我们群里特有的词。我们这些被老天爷遗忘的孩子就把互相之间的关爱叫作‘取暖’。对了，警官，你是怎么知道这两个字的？难道你……”说着，他尴尬地伸手指了指童小川，面露征询的神情。

童小川赶紧从椅子上站起身：“我不是，别搞错。快走吧，我们等一下还要去做个口供。”临走到门口的时候，他突然回头对章桐说：“等会儿餐厅见吧，我有事想和你谈谈。”

章桐点头，算是默许了。

童小川口中所说的餐厅其实就是警局的大食堂，只不过是换了一个比较文雅的称呼而已。由于三班倒，大食堂里加了一顿夜宵的供应，至于吃什么，大家都不会过多地去计较，匆匆忙忙来，胡乱塞饱了肚子，往往还没有品出什么味道，就被手机铃声给催着回去工作了。

警察的手机是24小时不准关机的。

推开食堂厚厚的塑料挡风挂帘的时候，一股温暖的食物的味道扑面而来，章桐的心情顿时变得舒畅多了。她搓了搓几乎冻僵的双手，四处寻找童小川的身影。

很快，章桐就在靠窗的老位子上找到了童小川，他正一脸愁容地瞪着面前的碗筷发呆。

“怎么了，发什么愁呢？”章桐上前，和他面对面坐下。

“被老天爷遗忘的孩子？”童小川轻轻叹了口气，“抛开这个案子不讲，他们为什么会把自己叫作‘被老天爷遗忘的孩子’？”

章桐立刻就明白了童小川话中的含义：“简单来讲，就是无法被社会接受，被人另类化、边缘化。从心理角度来讲，我不擅长，也就不方便多说什么；从病理生理角度来讲，只要遵纪守法，尊重自己生活中的另一半，作为读了好几年医学的人，我对此并不觉得有多怪异。”说着，她话锋一转，“除我之外，我就不知道了，要知道我们中国人都是比较传统的，有些观念的转变还是需要耐心沟通才行，不过，这已经不是我专业范围内的事了。李晓伟下个月学习回来，你有空可以向他咨询一下。另外，退一步说，做手术都是他们自愿的选择，他们也自愿去接受一切后果，这也不是你我现有的力量能够去改变和挽回的。”

童小川点点头："我以前从来都没有去关注这个问题，现在我才明白了他们的心情。今天这个目击证人只有 18 岁，在'埃及舞娘'夜总会里当陪酒女。他是拿着那两张认尸启事直接来找我的。我问他什么时候开始有做手术的想法，他说自从童年开始，就总觉得自己应该是个女孩子，为此被家人不知责打过多少次。9 岁那年，他离家出走了，因为嫌丢人，家人也没有去找过他，就当他死了，他做手术的钱都是出卖自己换来的。"

章桐看着他："你不该陷进去的，童队。从人的生理学角度来看，其实这种性别紊乱在我们每个人的童年时期都多多少少会有一点，最主要的就是，要看我们自己的父母和家人如何去正确引导，有时候错过了引导的机会，可能就是一辈子的憾事了。"

"我案子中的一个嫌疑人，也是这样的人。"童小川轻声说道，眼前浮现出了汪少卿姣好的面容和不羁的眼神，

"他在火车站附近开了一家同心酒吧。就在半小时前，我在搜查他在同心酒吧的住处时，发现了大量的雌性荷尔蒙口服药物和注射用药物。而他本人已经失踪整整 30 个小时了。"

"这种人每天必须定时定量地口服和注射这类药物，不然的话，体内荷尔蒙一旦失衡，就会有难以想象的危险。"章桐问，"那现场究竟发现了多少雌性荷尔蒙注射药物？"

童小川从兜里拿出了一张搜查物品清单复印件："东西都在上面。"

才看了几个字，章桐就双眉紧锁，轻声默念道："己烯雌酚……'环家乐'，没错，就是这个。"她抬起头，伸手指着纸上的那一行，"己烯雌酚是口服类的雌激素类药物，而'环家乐'是最新的一种注射类激素用药，它是雌激素与孕激素相结合所产生的，能更好地让患者改变自己的生理特征，然后起到很好的巩固作用，并且这种药物的副作用是同一类药物中最小的。但只要是药，就是双刃剑，会存在一定的副作用，我们人类还没有聪明到能彻

底解决问题的地步。凡是注射‘环家乐’的人，如果是为了彻底改变性别，那么，他们必须每天注射 4 支的用量，一支都不能少。不然的话，心肺功能就有可能受到损害。”

“那岂不是跟那些吸毒上瘾的人差不多了？”

章桐点点头：“所以我就很奇怪，现在市场上这么难弄到的激素类药物，而且如果是他在使用的话，那他一天也不能停用，那为什么会在消失的时候，偏偏忘了把这些重要的药物带上呢？”

童小川的心不由得一沉，联想到监控视频中汪少卿匆匆忙忙地抓了一个随身小包就离开酒吧，难道她的失踪真的有问题？

“那关于这些‘环家乐’，你这边能查到它们的具体来源吗？这些药在市场上既然难以买到，那么，在购买时是不是需要做一些相关登记？”童小川问。

“这是一种英国进口的药物，应该有详细的销售登记。”章桐回答，“去药品管理局查就行。”

回到办公室后，童小川赶紧安排老李跟进“环家乐”的相关情况。转头又把邹强叫了过来：“现在同心酒吧肯定还开着，你带人去一趟，再仔细询问一下有关经理的情况，无论什么线索，都要一字不落地给我记下来。”

邹强点点头，转身走了。

童小川打开电脑，看着刚上传的大提琴盒的销售记录，皱着眉陷入了沉思。

第八章　拉杆箱里的尸体

早上 5 点 47 分，第一辆公交车开过来了，车上除了司机以外，空无一人。公交车和以往一样驶向加油站旁边的站台，由于这里离市中心比较远，时间还早，在这个站台上等车的人并不多。司机是一个染着黄头发的年轻小伙子，穿着油腻腻的工作服，这是他今天的第一趟跑车。年轻司机斜斜地扫了一眼空荡荡的站台，刚想踩下加速器，转念一想，今天是周三，又是单号，于是，他一踩刹车，公交车就稳稳当当地停在了站台边缘。车门哗啦一开，司机拉下手刹，哼着小曲儿就走出了车门。他不紧不慢地来到加油站窗口，探头进去，咋咋呼呼地吼了一声："阿彩呢？"

"早就走啦，怎么，你没看见她吗？要不她可能上厕所去了。可是都这个时候了，她也该出来了呀！"说话的是一个中年妇女，身着加油站员工制服，手里拿着一个鸡毛掸子，一边清理着货架一边打着哈欠，"你可别指望我出去找她，外面这么冷，我来接班的时候都快被冻死了。"

年轻司机撇了撇嘴，无奈地从窗口钻了出来，冲着不远处公共厕所的方向冷不丁仰脖子大声吼了一句："阿彩，好了没有，车子要走啦！"话音刚落，公共厕所里突然传来了一声撕心裂肺的女人的尖叫声："啊……"

年轻司机吓了一跳，定定神，立刻向公共厕所跑了过去。

那是阿彩的声音。

发出叫声的位置是公共厕所的女厕所内，刚进门，他看见阿彩软软地靠在墙边，她脚边的水泥地上放着一个黑色的已被打开的箱子，箱子盖搭在了厕所蹲坑的坑沿上。因为厕所里的灯泡坏了，所以一时之间看不清箱子中具体放了什么东西，会把阿彩吓成这个样子。年轻司机赶紧弯腰抓起箱子的把手，用力把箱子拖到了女厕所外。随后赶到的加油站职工也打开了手中的应急灯，嘴里嚷嚷道："出啥事儿了？阿彩没事儿吧？伤着没有……"

年轻司机刚想转身回女厕所去找人，可是借着摇晃不定的应急灯的灯光，他不经意地往箱子中一瞥，顿时惊呆了，整个人就像撞见了鬼，半天没有回过神来。

"哎，小子，你没事吧？傻愣着干什么？"一下子挤进来七八个人，厕所间里顿时水泄不通，后面的人不满地追问，"我什么都看不到啊！阿彩呢？人没事吧？"

"快，快打电话报警！"年轻司机哆嗦着连连后退，声音也变得异常刺耳。

"报警？"阿彩的同事一脸狐疑，他把应急灯下意识地对着打开的箱子照了进去，顿时寒意顺着他的脊梁骨猛地上蹿，他顺势打了个哆嗦，应急灯也失手掉在了冰冷的地面上——那是一双恐怖如同鬼魅的眼睛，空洞的目光，惨白无神的眼珠正直勾勾地注视着每一个试图窥探箱子中的秘密的人。

围观的人群鸦雀无声，寒冷让大多数人裸露在外的面部神经变得麻木，但是那一双双眼睛中所流露出的惊恐的目光，分明把自己内心的不安展露无遗。

章桐也被冻得浑身发抖。昨天晚上温度降到了零下 6℃，地面已经结冰，而在这种天气下，薄薄的医用橡胶手套根本抵御不了如此彻骨的寒冷。

“章医生，都快半个钟头了，还没有结果吗？要不要先把尸体带回局里？”老李尴尬地弯腰向章桐招呼道。

“你们童队呢？”章桐并没有正面回答老李的问题，她正专注地凝视着手中的死者头颅，头也不抬地问。

“昨天看了一晚上的监控资料，我走的时候还没有出过办公室的门。”

“哦？”章桐心里一动，“有线索了？”

“目前还不清楚，”老李微微一笑，“要不这样，章医生，您这边尽快，我怕待久了，要是有哪些好事的人通知了媒体的话，那麻烦就大了，我这就安排手下几个兄弟在这边盯着。”

章桐挥了挥手，表示没有意见，重新把注意力集中到了手中的死者头颅上面。

在案发现场，只要有尸体的存在，法医就有绝对的话语权，而对尸体的任何处理方式，都必须在经过法医点头认可后，才可以施行。章桐知道这种有关凶杀案和无名尸体的负面新闻的传播速度，更别提现在每个人的手里都有一部可以随时录像或者拍照的智能联网手机，说不准此刻身后就有一个镜头正对准自己。这样的经历对于章桐来讲也不是第一次了，她已经记不清在报纸上，究竟看到过多少案发现场有自己狼狈不堪地趴在地上检查尸体的相片了。对此，她只能一笑了之。

眼前的场景似曾相识，一个崭新的拉杆式旅行箱，宽约 80 厘米，长 120 厘米左右。表皮是黑色的，尽管隔着医用橡胶手套，章桐还是能够很清晰地触摸到表皮上明显的环状纹路。箱子内部是藏青色的衬里，尸体表皮呈现出典型的木乃伊状，浑身上下硬邦邦的，几乎摸不到水分的存在，就好像被硬生生地塞进烤箱里烤干了一样，尸体的整个形态则被刻意弯曲成了腹中胎儿的姿态。或许是因为旅行箱储藏空间的限制，死者的头颅被凶手用不知名的利器切割了下来，斜斜地插在了脖颈与手腕之间，面容朝外，冷不丁地看过去，死者的脖颈和头颅之间呈现出了一个怪异的三角形。

“章医生，现在要取出尸体吗？”彭佳飞站在一旁问道，他的手中拿着一只黑色的装尸袋，身边是不锈钢的简易轮床。由于寒冷，彭佳飞的脸也被冻得通红。

章桐摇摇头，站起身指着旅行箱说：“不，就这样原封不动地抬回去，你去后备厢再拿一个一号塑料袋过来，把旅行箱的外面全都套上，这样一来就可以尽量不破坏表面的证据。”

在等待的间隙，章桐脱下手套，把冰冷的右手塞进防寒服的口袋里，掏出手机，拨通了童小川的电话。

“抛尸方式几乎一模一样，加油站公厕这里刚刚发现的尸体，应该是这起案件中的第三具尸体。”

电话那头传来一声重重的叹息：“你尽快把尸检报告交给我，我现在在5楼会议室开会。”

5楼会议室里，童小川示意靠门站着的下属关上了屋里的照明灯，打开投影机后，指着屏幕上出现的年轻“女孩”，说道：“他对外公开的名字叫‘汪少卿’，经查实，他所有的身份资料都是伪造的。我们根据他在暂住地所遗留下来的雌激素类注射用药物‘环家乐’，和我市的进出口药品管理局联系后，查到了该批次药物的购买人，是一家叫‘天使爱美丽’的整容机构，该机构的营业性质属于中外合资。我也派人把前两个受害者的相片交给了他们机构的负责人辨认，确认这两名受害者的手术也是在这家整容机构中进行的。”

他按动手里的遥控器，屏幕上出现了一家整容机构的大门正面图：“就是这家整容机构，我们由此可以推断，这个化名汪少卿的人，很有可能也属于这个特殊人群。为了证实他的身份，分局法医在同心酒吧后面的经理室提取了一些汪少卿的DNA，现在正在和数据库做比对，今天下午应该会有结果出来。但是有一点我有必要在这里向各位说明，如果这个汪少卿在以前没有任何案底的话，那么法医那边是确定不了他的身份的。”

“那有关汪少卿的背景资料还有其他吗？”副局长皱眉问道。

童小川点点头，又一次摁下了遥控器，投影屏幕上出现了一张暂住证的登记资料页面，说：“他虽然成功地伪造了自己的原籍资料，包括姓名和详细住址，但是剩下的，我想就是真实的了。他于 2011 年来到本市，起初在一家叫小天鹅的火锅店打工，后来离职，去了哪里，没办法确定。但是半年后，他又回到了本市，出人意料的是，他变得大方了起来，盘下了位于火车站附近龙开路上的那家酒吧，将之改名为‘同心酒吧’。因为某些特殊的原因，这家实际为特殊人群服务的酒吧，在很短的时间内生意变得非常红火。慕名而来猎奇的人越来越多，久而久之，这个群体的人几乎都知道了这家特殊的同心酒吧和酒吧的老板——汪少卿。只是汪少卿从来都不会提起自己的过去，包括自己的身世和家人。”

“透明人？”黑暗中，有人小声地嘀咕了一句。

“没错，用‘透明人’这三个字来比喻这个神秘的老板，我想是最贴切不过的了。因为他的过去一片空白。在开店的这段时间内，店里的工作人员也确认印象中并没有什么老家的亲戚来拜访过老板。”

“照这么看，这个人非常小心谨慎，社交圈子也很小。”

“对！”童小川肯定了同事的推断，“由于酒吧的特殊性，来这里的客人也很少互相交流和打听彼此的过去，这似乎已经成了一种心照不宣的默契。所以，联系起前面找到的特殊的雌激素类药物，我认为，汪少卿也是这种特殊人群中的成员，他来到本市，就是为了不让以前认识自己的人知道自己的下落，而他离开的半年，很有可能就是回去继续做那最后几期手术的。直到手术结束，他才能够放心地以一个新的漂亮女人的形象出现在公众面前。可是，正因为做了手术，他就必须终身服用和注射雌激素类药物来保持自己的外貌正常。而这两种特殊的药物经证实，就是整容医生开给该类手术完成后的患者最常见的药物。接下来，我要请大家看一段监控录像，拍摄的时间就是第一具尸体被发现的那天凌晨。”

投影屏幕上很快就出现了酒吧进门处的景象，虽然是午夜，室外气温也很低，但是显然根本打消不了人们前来同心酒吧消遣的浓厚兴趣。人们来来往往，小小的酒吧里人影绰绰。因为监控录像是黑白无声的，所以没有办法听到当时现场的声音。

“我询问过当晚值班的酒吧调酒员，她证实汪少卿并没有当班，很早就出去了。至于什么时候回来的，没有人知道。由于这个监控摄像头的角度问题，我们没有办法锁定进入酒吧的人的正面图像，但是，根据另一组马路对面的监控录像，也就是我的下属追踪黑出租司机所描述的那个神秘女子进入酒吧的具体时间来看，这个人是最可疑的。”

童小川指着画面上那个模糊的女人背影：“披肩长发，修长的身材，最主要的是那条长长的围脖。她在进入酒吧间以后就向左边拐了过去，并没有像别的客人那样直接走向吧台点单。当时第一次看这个录像的时候，我并没有在意，只是认为这个女的肯定是上洗手间或者寻找同伴之类的。直到汪少卿突然失踪，我才意识到自己犯了一个多么大的错误！”

“什么意思？”副局长问。

“左边有一条通道，直接通向吧台后面的经理室。几分钟后，汪少卿就出现了，她在吧台的收银机旁边，按照酒吧的规定，每天的营业货款都必须由经理直接清点收取。汪少卿在员工的印象中，是一个非常认真的人，无论自己是否休息，他每天都会在凌晨 3 点左右的时候，准时出现在酒吧收银台前，把一天的营业额清点登记，然后再回到后面的经理室，自己逐笔对账入库。

“所以说，我认为犯罪嫌疑人就是这个汪少卿。无论他的身形还是头发样式，都和凶案现场的目击证人所描述的十分相近。只不过他刻意打扮了自己，围了围脖，戴了特殊的墨镜，几乎把自己的脸都遮盖了起来。这样一来，也就可以解释，为什么酒吧对面的监控录像显示犯罪嫌疑人进入了酒吧，却怎么也找不到他出来的影像记录。答案其实就摆在我们的面前，那就是他本来就生活在这个酒吧里，他也就没有必要再走出门去了。”

“那他为什么要杀害和自己有着同样命运的特殊群体呢？还有，最初案件中所用到的大提琴箱到底意味着什么？凶手为什么要拿它来抛尸呢？”

此时，童小川示意下属打开了会议室里的照明灯，抬头说道：“经查证，案件中的大提琴箱是一个叫‘鳄梨’的牌子，根据‘鳄梨’牌大提琴箱在本市的销售记录来看，再结合现场所发现的大提琴箱的新旧程度和生产批号，这种品牌和规格的大提琴箱在去年，本市总共卖出了 4 个。其中两个，我们根据店员的回忆，已经分别找到了买主，也在买主家中亲眼看到了箱子，还有另外两个，至今仍然下落不明。店员只记得来提货的是一个年轻女人，大约 20 多岁的年纪，很漂亮，戴着墨镜，话不多。之所以给店员留下了深刻的印象，是因为她付的是现金，就放在她随身带的坤包里。后来，两个大提琴箱就被她用出租车拉走了。在搜查同心酒吧后面的经理室的过程中，我们找到了一本陈旧的大提琴乐谱，在乐谱的扉页上，用钢笔写着‘辰辰留念’4 个字。根据鉴定，字迹是 5 年前留下的。”

“难道汪少卿本来的名字中有一个‘辰’字？”

“不排除这个可能。但是也有可能是别人转赠给她的，不过由此可以看出，汪少卿是一个懂音乐的人，会拉大提琴的可能性非常大。但是我有一点至今还搞不明白，如果这个箱子是他买的，那么，他为什么要买两个？一个用来装了尸体，那另外一个呢？痕迹鉴定组那边的报告中说，这个大行李箱里没有装过大提琴，也就是没有使用过，是新的。所以，我认为凶手很有可能是临时想到了用它来装尸体。而后面 105 路公交车上的抛尸案所用到的拉杆式旅行箱，相对来说价位就比较大众化了，在大卖场里七八十块钱就可以买到。凶手为了抛尸而专门购买这一类箱子的可能性非常大。可是，我已经派人找遍了本市所有卖拉杆式旅行箱的售货点，因为正值年终，这类箱子又价廉物美，所以每天的出货量十分惊人，也就没有人记得到底是谁买了旅行箱，买了几个和买主究竟长什么样了。”说完这句话，童小川的脸上露出了无奈的神情。很显然，从抛尸工具去找嫌疑人的这条线已经走不通了。

正在这时，会议室的门被轻轻地推开了，法医处小潘侧身走了进来，朝大家点点头，然后把手里的一份厚厚的卷宗递给站在门边的人，耳语几句后，就转身出去了。

看着小潘刚送来的这份检验报告，童小川皱起了眉头，说：“法医的DNA数据库中，并没有找到可以和我们所送交的样本相匹配的数据，也就是说，这个人以前没有犯过案，即使犯了，也还没有被我们处理过。而且就在今天早上 6 点 27 分，城郊加油站的女厕所里又发现了一个装有尸体的拉杆旅行箱。我手中的这份由章医生亲自签署的现场简报上说得很清楚，虽然尸体的死亡方式和前面两具有本质上的差别，但是，尸体的摆放姿势、拉杆旅行箱等这些证物，不得不让我们怀疑这很有可能是凶手犯下的第三起凶杀案。我们必须在他对下一个受害者下手之前尽可能快地抓住他，不然的话，不排除会有更多的受害者。”

章桐抬头看了一眼墙上悬挂着的时钟，又瞄了瞄解剖室的门口，5 楼上的会议应该早就开完了。不知道结果怎么样。

她把视线又转回到了面前的X光片上，对着灯光仔细比对着两张 X光片中死者骶骨和髋骨的状态。由于有了先前的经验教训，这一次，等全身X光扫描结束后，她直接做了骨骼性别检查。结果是毋庸置疑的。

可是死者全身的皮肤状态仍然让她感到迷惑不解，根据肝脏的温度和死者眼球的浑浊及萎缩程度来判断，死者的死亡时间应该是在 3 天或 4 天前，但对于死者表皮所呈现出的木乃伊状态，章桐找不到任何可以用科学理论来解释的依据。一般木乃伊状尸体自然形成的时间是 70 天左右，并且在此期间要用到一种特殊的干燥剂，来使尸体脱水而避免腐败。眼前这一幕显然完全违背了事物的发展过程，除非尸体奇怪的外部形态是有人刻意造成的！

发现死者的时候，尸体同样全身赤裸，也是在尸僵期过了以后才被装进拉杆箱中的。全身上下没有任何明显的外伤痕迹，但是这也并不排除死者表皮褶皱变形收缩后，有些痕迹被消除了。只是，具体死因呢？颈部的伤口表明，死者的头颅是在死后被切除下来的，X光片显示，死者的全身骨骼也并没有断裂的痕迹，这就自然排除了暴力所造成的死亡结果。剩下的，目前看来，也就只有毒性反应了。

“小潘，阿托品和肾上腺素的检验有没有结果？”章桐注视着解剖台上用白布盖着的尸体，头也不回地问道。

“姐，肝脏检验结果呈现阳性反应。”

但是死者显然并不是死于这两种药物。章桐心中一动，先是打开白布仔细地查看了一下尸体的左胸口，接着来到一旁的工作台。死者的内脏器官按照程序已经被逐个取出，准备进行更深一步的检验。她注视着那颗泛白并且有些肿胀的心脏，戴上了手套，然后拿着放大镜，仔细地审视着这颗不再跳动的心脏。

半晌，她的目光中流露出了激动的神情：“我想我终于找到了！”

“你找到什么了？”童小川风风火火地冲进了解剖室。

章桐顺手把心脏朝他面前一推，好让他看得更加清楚一点，解释道：“答案就在这颗心脏里面，我刚才一直怀疑，死者的心脏这么肿胀发白，应该不是简单的心脏病死后所呈现出来的样子。果然，我在左心室的静脉血管上发现了一处细小的针孔。现在要做的，就是对心脏进行检验，确定死者的心脏是被注射了哪一种药物才引起心脏停搏，导致最后的死亡。”

童小川脸上的笑容消失了，沮丧地咕哝道：“那不是又得等啊？”

“其实呢，我已经对凶手所使用的药物有了一定的答案，但是为了证实这个答案，还是要做化验。”说着，章桐把装着心脏标本的托盘放回了身后的工作台上，一边示意小潘拿走，一边继续说道，“我们这里和你们刑警队办案的工作性质可是完全不一样的，在所有的推论被证实之前，都只是猜测而已，不能算数。”

“我以前见过一个案子，死者最初呈现出来的死因也是心脏病发，可是，主刀法医怎么也没办法接受死者不是他杀的这个结论，因为死者在世时身体很好，根本就没有得过心脏病，每年还按时做体检。后来，经过给家属做工作，他终于得到了家属同意，可以做第二次解剖。很快，他就在心脏静脉血管上找到了一个直径为 0.1 毫米的针孔，而心脏病理检验的结果也显示，其中钾离子的浓度严重超标，达到了每百毫升血液 3‰ 的浓度，血清钾浓度一旦超过 45 毫摩尔/升的话，就是致死的剂量。童队，注射过量超浓度氯化钾，可以迅速让我们的心脏停止跳动，所以，一般医疗机构都是禁止用静推的方式来补充氯化钾的，因为速度过快，就会致命！在心脏上静推，太难了。”

童队回头看了看工作台上的尸检样本，满脸疑惑，问，“为什么要在心脏静脉血管上用这个呢？一般的静脉不是更好找？”

“一般的静脉注射，都是在我们的手臂臂弯处，而这很容易被我们这些法医在验尸时发现，那么，凶手所苦心经营的自然死亡也就成了泡影。所以，如果选择注射死亡的话，凶手都会选择比较隐秘的部位，比如说头发根、口腔内部或者生殖器官部位等不容易暴露的地方。”说着，章桐利索地摘下手套，随手扔到脚边的黄色垃圾桶里，然后找出最先拍下的尸检相片，指着其中一张死者的正面胸口照片说道，“你注意到没有，死者的表皮经过了凶手的特殊处理，所以呈现出了皮肤缩水褶皱的状态，这样一来，表皮的针孔就很难被找到，这种缩水的状态是在死后处理的，胸口部位尤为明显，而死者臂弯等地方由于原先肌肉韧带就是弯曲的状态，所以处理后的褶皱可能不会很明显，凶手因此担心若是在臂弯处扎针，还是会有很快被看穿的危险，所以选择直接在心脏静脉血管快速静推，而且在心脏处静推只需要几秒钟的时间，就可以令死者的心脏停止跳动。”

童小川皱了皱眉，说：“心脏血管多细啊，怎么找？”

章桐合上了照片，淡淡一笑，说：“这个对于你们来说，可能很难，但是对于一个经常做神经外科手术的主刀医师来说，那就如同探囊取物了。”

“我记得你有个助手，好像以前就是干这一行的，对吗？”或许是职业的敏感，童小川四处环顾了一下，随即好奇地问道，“说到他，章医生，他怎么会放弃原来的工作，心甘情愿地来我们这个地方呢？”

彭佳飞此时并不在解剖室。

“他可是个非常认真的人，童队，我说的就是刚来没多久的彭佳飞，据说他原来待的医院是市里的三甲医院，而他在行内的口碑也挺不错的。但是，因为一次手术失败，造成了病人死亡的重大医疗事故，所以他就再也上不了手术台了。上级念着他是无心犯下的过错，再说以前他也确实做出了不少贡献，所以，就破例答应了彭佳飞改行，来我们这里当了辅助人员。”章桐若有所思地说道，“他选择来我们这边，其实也好，因为人死了，就不会再有任何痛苦的感觉了，即使再犯错误，也不会再有人为此而流眼泪了。其实，私底下，我也能够理解彭佳飞的心情，毕竟一个人在受到最沉重的打击的情况下，如果再无事可做的话，会更可怕！”

解剖室隔壁，彭佳飞刚做完登记工作，抱着文件夹正要推门进来，屋内传出的章桐的话让他不由得愣住了，一时之间百感交集，扶着门边的右手不停地颤抖着，泪水也随之滚落了下来。

第九章　无缘由的恨

童小川双手抱着肩膀，倚在门边，看着老李和那个在厕所发现尸体的女人说话。

他不喜欢和没办法控制情绪的人交流，尤其是事情过去都整整 1 天了，还动不动就歇斯底里地吼上两句的人。在他看来，要想从这种人的嘴里问出有用的东西来，那可真要费上不少工夫，所以，当眼前这个留着一头“春哥”式发型的年轻女人再三要求和面相忠厚老实的老李谈话时，童小川乐得来个顺水推舟，靠在门边静观其变。

“你说你进厕所的时候就已经看见那个箱子了？”老李皱眉问道，这已经是同一个问题在一个小时内问的第三遍了。女孩不停地摇头，又不停地点头，最后，干脆双手捂着脸扯着嗓子号啕大哭了起来。老李无奈地看向门边站着的童小川，双手一摊。每次问到这里就会卡壳。童小川叹了口气，走出办公室，来到走廊上，把那个坐在长椅上焦急等待女朋友的年轻司机招手叫了过来。一番耳语过后，那个染了一头黄毛的小伙子乖乖地跟在童小川的身后走进了办公室，一屁股坐在了女孩的身边。

见到自己的男朋友，女孩总算回过神来了，一把鼻涕一把眼泪地拍着大腿嚷嚷了起来："都是你，叫我来，我什么都没有看见，你叫我说什么好啊，又不是我杀的人……"

"我们没说人是你杀的，只是想问问你情况，你究竟是怎么发现这只拉杆旅行箱的？"老李把手中的签字笔往桌上重重地一放，"你们加油站里的监控录像只是个摆设，根本不起任何作用，我只能来问你了。因为是你打开的那只箱子，对不对？如果连你都说不清的话，那么……"

老李没有继续说下去，但是显然这一番"激将"起到了很显著的作用。女孩顿时停止了啜泣，瞪大了惊恐的眼睛。老李严肃的表情让她感觉到了这不是在开玩笑。

"我……我……警察同志，你能不能保证不处罚我？"

听了这话，童小川忍不住和老李对视了一下，嘴角轻轻一笑："只要你如实告诉我们你是在哪里偷的这个箱子，以及这个箱子的原主人的外貌特征，我们就可以考虑让你将功补过。"

一听这话，女孩顿时放松了，再也不闹腾了。

身边的年轻司机可忍不住了，转身冲着女孩骂骂咧咧地说："阿彩，你怎么就改不了那偷鸡摸狗的臭毛病呢，老子不是把每个月挣的钱都交给你了吗？难道还不够你花啊！再说了，偷什么不好，朝家里偷死人，你就不怕有报应啊……"

童小川皱起了眉，冷冷说道："够啦，以为这里是什么地方？再折腾的话，我就以扰乱警方办案为由拘留你！"

公交司机吓了一跳，赶紧闭上了嘴。

此时，阿彩吞吞吐吐地把发现箱子的过程一五一十地讲了出来："大约凌晨两点半的时候，我正在柜台边打瞌睡，突然听到外面加油泵那里传来了汽车的喇叭声，我探头一看，是一辆小车，桑塔纳。车主没有下车，见到我出来，就摇下车窗大声喊‘加油’。”

“为什么车主没有下车？”童小川问。

阿彩翻了个白眼说：“冷啊，那晚贼冷的，哈口气都能起个冰柱子！来加油的人很多都不愿意自己动手了，反正钱都是一样的。”

“你就别添油加醋了，赶紧挑重点的说吧。”老李催促道。

阿彩点点头，说：“我帮她加油的时候，她问我公共厕所在哪里。我就指了指站里厕所的位置，她拔下车钥匙打开车门就去了。就在这个时候，我注意到她车子的后备厢没有锁严实，所以，我就起了贪念了。趁她没注意，我打开汽车后备厢，就发现了这个箱子。我掂了一下，还挺沉的，看那女的打扮很时髦，我就寻思着这个箱子里的东西肯定很值钱，我看她没回来，我就……我就顺手把它塞到加油泵旁边的工具柜里了。”

“你不担心她知道你偷东西吗？”

阿彩的脸上竟然露出了一点小小的得意：“公共厕所和她停车的地方是一个死角，她根本就看不到我。再说了，我的手脚可没有你想的那么慢。”

童小川皱起了眉头：“你没有考虑过她发现后会回来找你吗？”

“我不担心。加油站本身就在省道旁，很多来往加油的车子都是长途车，再说了，一看她的样子，也是跑长途的，等到她发觉后备厢里的东西丢了，指不定已经在哪儿了。”

“她什么样的打扮？”老李向前凑了凑身体，神情严肃地问道，“有没有系围脖、戴墨镜？”

阿彩一愣，接着面露惊愕：“你怎么知道？没错，系了围脖，还戴着墨镜，我当时看着感觉还挺不顺眼的呢。这大黑天的，还戴个墨镜，就不怕撞车啊。还有围脖，车里又不冷，开着暖气，还系着围脖干嘛？这不是吃饱了撑的吗？不过这女的很有钱，那香水味儿我很熟悉，是香奈儿 5 号！”

“你怎么能确定是这款香水？”老李有点发愣，看着面前穿着打扮很中性化的年轻女孩，他怎么也没有办法把两者联系起来。

一提到心中中意已久的香水，阿彩顿时像变了个人，就像所有爱美的女人一样，双眼放光，举手投足之间，神情也变得有些微微亢奋了起来：“我早就想买这款香水了，可惜买不起啊，一丁点儿就要好几百。所以，每次经过天虹商厦那边的专柜，我虽然买不起，可是还可以看、可以闻，那也是种享受。所以呢，那种味道，我一闻就能闻得出来，不管隔多远。”

“她加了多少钱的油？车型是什么？”童小川严肃地问道。

“她说加满，93 号的汽油，也就是 300 多，我想想，应该是 320 块左右，零头我就记不得了。车型嘛，是桑塔纳 2000，最老的那种！”

“颜色呢？”

“看不太清楚，灰色的吧，那晚上灯光特别不好，我也没有太注意。”

“你确定车里就只有她一个人吗？”

“那是当然。”

“那她的车出了加油站后，是往哪个方向去的？”

“左边。”阿彩毫不犹豫地回答。

童小川的心里一凉，脑仁儿开始抽疼了起来——左边是出城的方向，再过去就是省道 213 交叉口……

站在窗口，童小川看着老李把那对年轻冤家给送出了大门，心里一直在纠结着一个问题，难道汪少卿已经离开了本市？如果真是那样的话，人海茫茫，中国那么大，再要找到她，那可比登天还难了。童小川可不愿意看到任何一个案子经过自己的手后，最终却变成了悬案。

可是，300 多块钱的油，那样的车子，足够跑 600 多千米，路况好的话就更不用说了。而出了加油站，前面向左拐上省道 213 的话，她明摆着就是要远离本市。难道她知道自己已经被盯上了？

童小川的脑海中闪过一幅画面，那就是汪少卿失踪当天，在同心酒吧门口等待的那辆车，也正是桑塔纳 2000 ，银灰色的。从当时的监控视频可以看出，车里应该还有人。那么，车里另外一个人究竟去了哪里？

正在这时，门口响起了一阵敲门声。

“门开着，进来吧。”童小川转过身，见面前站着一个陌生的中年男子，身穿一件黑色的皮夹克，藏青色的灯芯绒长裤，胸前的灰色羊毛围巾上别着一张标注着“访客”字样的卡片。中年男人头顶微秃，神情惴惴不安，时不时地用眼角的余光关注周围的情况。童小川忽然有种感觉，面前站着的人像极了一只受了惊的兔子。

“你是哪位？找我有什么事吗？”

“我是天使爱美丽整容医院的整容医师，我叫卓佳鑫。”看童小川并没有什么进一步的举动，中年男人清了清嗓子，又补充了一句，“院里所有特殊人群的手术都是由我负责的。”

说着，卓医生从口袋里摸出了一个小小的笔记本，放在桌上，然后轻轻地推到童小川面前，说：“我想，我能够帮你们找到汪少卿。”

童小川接过笔记本，却并不急着打开，抬头问：“那请问卓医生，上次我的人去你们医院询问情况，为什么你没有这么做呢？偏偏到现在才来找我们？”

“因为……因为我……”卓医生咬了咬牙，犹豫了好一会儿，才仿佛下了一个重大的决定。他的目光躲开了童小川，嘴里则轻轻地说道，“我想……我爱上了她。”

虽然早就听说过，有些整形医生会爱上自己的病人，但童小川还是难以掩饰内心的惊讶，伸手指了指自己面前的椅子，说：“坐下吧，卓医生，我们好好谈谈。”

“你是什么时候爱上她的？”

卓佳鑫不敢直视童小川犀利的目光，他向前倾着身子，半坐在椅子上，双手局促不安地交叉着，说：“他刚来我们医院的时候，我就觉得他与众不同。他神情忧郁，好像受了很大的伤害。后来，他通过了心理测试，可以接受手术，由我主刀。手术持续了好几个月，在此期间，他和别的特殊人群一样，身边没有亲属。后来，当我看到他手术完成后的那一刻，虽然说他的美貌是我亲手创造出来的，但是我还是被他深深地迷住了，那张完美无缺的脸庞……警察同志，我不是怪物，我是一个很正常的男人，在我心目中，他已经是一个女人，一个让人疼、让人怜爱的女人。当然了，我们这一行中，爱上自己的‘作品’的医生不在少数，但是很多人都不会像我这样，今天勇敢地站在你的面前。警察同志，我知道他失踪了，我很担心，怕他像我以前那几个病人那样，失踪后很快就被害了。所以，我违背了医患之间保密的条例，今天来找你，正式寻求你们警方的帮助。”说到最后，卓医生的眼角竟然出现了泪花，“请你们一定要找到他。”

童小川沉默了，眼前这个卓医生，显然正经受着难以名状的道德和情感的折磨。

“那么，你的这个病人，他是什么地方的人，本名叫什么？”

“川东市，本名姓王，叫王辰。”

“你看过他的身份证了？”

卓医生点点头，肯定地说道：“这是规定程序，还要到病患原住地进行核实后，立下公证书，才可以最终进行手术。这种手术毕竟不同于那些简单的隆鼻隆胸之类的手术，是整个换了一个人，我们必须排除一定的法律隐患。当然了，遵照病患的意愿，我们的查访证实是暗地里进行的，毕竟来做这种手术的人，自己本来的生活肯定也是一团糟。

“至于说公证书，我目前拿不出来，在院长办公室里锁着，因为涉及我们这一行的信誉，要是同行知道我随便把病人的信息透露给别人的话，我以后就别吃这碗饭了。”卓医生掏出手帕擦了擦眼角的泪痕，然后抬头看着童小川，“所以，我把他的身份证号码、住址，还有原来的相片、整容后的相片，身高、血型等一些资料都带过来了，都在这个笔记本里，请你们一定要帮帮我，尽快找到他。”

“好的，我们一定尽力。”

等卓医生走后，童小川打开了笔记本，一张年轻男人的相片掉了下来，在弯腰捡起相片的同时，童小川试图把他和印象中同心酒吧的老板联系在一起。可惜，努力最终还是失败了。相片中是一个忧郁、瘦弱和满身穿着灰色衣服的男人，而汪少卿风姿绰约、性感撩人，举手投足之间，充满了游刃有余的老练。两人的气质有着根本性的不同。

章桐看着摆在自己面前的两张相片，尺寸大小完全一样，但是相片中的人，却很难让人认为是同一个人。

章桐点点头：“不得不承认，这个整形医师的手术技巧确实非常高超，完全变了一个人一样，脸形、额角、颌骨、颧骨……他都做了精心修饰，尽量做到完美，这也难怪他最终会爱上自己亲手创造出来的这个人。”

说着，章桐伸手从办公桌上的文件栏里，找出了前面两起案件中死者生前的相片，递给了童小川：“同样是自己的病人，做出来的效果却完全不一样，我相信这位整容医师爱这个嫌疑人，就如同一个艺术家痴爱自己的作品一样，他完全陷进去了。我曾经听李晓伟说过，当一个人是因为爱而去做某件事的时候，他就会创造奇迹。”

童小川忽然皱起了眉头：“听你这么说，我想我应该再和这个卓医生好好谈谈。他既然深爱着汪少卿，而汪少卿这么聪明，他应该也会看出来。我记得第一个案件中，你曾经提到过，死者在被害前曾经遭受过性侵害，对吗？”

“没错，但是嫌疑人很小心，没有留下任何可以作为证据的足够的生物样本。”章桐靠在椅背上，回头看着童小川。

“我想这个汪少卿是绝对不可能做这件事的，因为下午卓医生曾经跟我提起过，汪少卿当初要求做手术的欲望非常强烈，正因为通过了严格的心理测试，所以院方才最终决定给他进行手术。那么，对第一个受害者犯下性攻击的，很有可能是本案中的另一个人。”

“你怀疑是卓医生？”

“不排除这样的可能。”

章桐想了想说：“那要不这样，我有一个办法可以验证，只是需要他的DNA。我们在死者的生殖器部位的旁边采集到了丽蝇幼虫的样本，经过化验，样本体内含有微量的男性DNA，但是因为含量实在太少，有一定的残缺，所以不足以拿来跟数据库中已经拥有的样本进行比对，也就不具有法律效力，而电脑系统也不会接受这样的样本。童队，如果你能获得这个卓医生的完整样本的话，我就可以进行比对了。这样做，就好比我们在现场发现了一枚残缺不全的指纹，指纹数据库没有办法进行比对，但是我们如果拿到的是嫌疑人的指纹样本的话，就可以进行专项比对了。”

“这个没问题。”童小川的脸上露出了这段日子里难得一见的笑容，“这相片你留着，我那边有原件。”

童小川刚走，小潘抱着一大堆的文件资料推门走了进来，嘴里嘟嘟囔囔着：“这年头，办事儿真难，不说别的，就我们局里，几个办公室之间还要来回折腾人。”说着，他一屁股坐到了章桐办公桌边的椅子上，“可把我累死了，章姐，总算都签完字了。”

“这不年底了吗？麻烦一点那是很正常的。”章桐一边笑着一边整理起了桌上成堆的资料，准备入库。

“哎哟，我说章姐，这是谁的照片啊？这小家伙长得就像女孩子一样，看这眼神，水灵灵的……”小潘无意中看到了章桐的办公桌文件栏里放着的那两张相片，就顺手拿了起来，“这长相，尤其是这眉宇间的神态，我好像在哪儿见到过。”

“是吗？”

“没错，我就是在哪儿见到过，但是想不起来了，看我这记性。”小潘一边懊恼地拍着自己的脑门，一边嘀咕着，“我现在的记性可真是越来越差了。不过，说实话，老彭，你过来看，这小家伙长得跟你可真像！是不是你家亲戚啊？”

彭佳飞抬起头，微微笑了笑，并没有再搭理小潘，继续低头忙着整理档案。技侦大队的人都知道，小潘经常没轻没重地和别人开玩笑，所以，彭佳飞对他所说的话总是一笑了之。

“口口声声叫小家伙，你和人家年龄是差不多的，”章桐一把夺过了小潘手中的相片，“快去干活吧，你今天还想不想收工回家了？”

回到办公室的时候，老李送来了川东市公安局刚刚发过来的传真件。童小川扫了一眼年龄一栏，不由得感慨道：“原来王辰都这么大了？保养得很好，真是一点都看不出来啊。”

“那是，我起先看了传真件，还真不敢相信自己的眼睛。”老李尴尬地笑了，“我还以为他最多二十七八岁，原来都已经43岁了。看来这个整形医师的技术真的很高超啊！再加上他本身条件就好，要知道川东那边的山水可是很养人的。头儿，我以前只是认为那里是出美女的地方，现在才知道原来男孩子也有长得很水灵的。

“对了，头儿，看来我们要找的这个犯罪嫌疑人王辰，在老家已经没有什么认识的人了。那个户籍科的赵警官跟我说，他的父母去年出事了，挺惨的，一个病死，一个自杀，而王辰要做手术的事情，在老家成山县城里也是闹得沸沸扬扬。他的父亲就是因为觉得在别人面前抬不起头来，所以才选择开煤气自杀的。可怜的老人，估计是老伴儿走了，再加上这样的打击，一时想不开就走上了绝路。”

“那他家里的亲戚呢？”

“自从知道他们家出了这档子事儿后，亲戚们早就避之唯恐不及了，好多年都没有来往了。王辰的父亲又是个好面子的人，派出所和居委会的人上门做了好几次思想工作，可是结果……唉……”老李忍不住发出一声重重的叹息，“话说回来，谁家摊上这样的事情都不会好受的。”

“他母亲是得什么病死的？”

“脑癌。后来因为王辰老找不到工作，赖在家里啃老，老两口又没什么积蓄，病也就没钱治了，王辰的母亲最终是被活活疼死的。”

童小川突然注意到了传真件上的一行小字，不由得皱眉：“老李，这王辰还有个哥哥，是吗？”

老李点点头：“老赵说，好像比王辰早几分钟出生，他和他哥哥是双胞胎兄弟。”

“那他哥哥现在去哪儿了？还在川东那边吗？”

“找不到了，出生后没多久，因为家里的经济状况实在不好，就把这孩子过继给了别人，说好老死不相往来。后来就没再听说过有关这个男孩的事情。不过，头儿，将心比心，即使这个男孩知道自己的身世，有这样的兄弟，估计他也不会再去认了。”

童小川想了想，说：“我还是不放心，老李，你派个人马上去川东，挖地三尺也要给我把王辰的哥哥找出来。”

“没问题，我这就去办。”老李一边说着，一边在笔记本上记了下来，“头儿，难道你怕王辰这次离开本市，是去投靠自己这个还活在世上的唯一的亲人？”

童小川长叹一声，说：“不好说，毕竟是自己的亲兄弟，我想要是王辰现在站在自己的哥哥面前寻求帮助，他哥哥应该狠不下心来拒绝，你没听过这句老话吗——手足兄弟亲，打断骨头连着筋！”

法医办公室，章桐正在低头仔细做着下一年的预算报表，突然，耳边响起了彭佳飞的声音，把她吓了一跳：“章医生，尸体表面的颗粒检验报告出来了。”

章桐接过报告：“你下回走路带点声，别这么轻，我不习惯。”

彭佳飞的脸红了，尴尬地愣在原地，不停地道歉：“对不起，章医生，真对不起，我下次一定注意。”

见彭佳飞的反应这么激烈，章桐倒有些不好意思了起来，她笑了笑说：“没事的，我也不该这么说你。你去忙吧，这里没你的事了，有需要的时候，我会再叫你。”

彭佳飞的脚步声渐渐消失了，最后，传来了一声轻轻的关门声。章桐心想，彭佳飞来到法医处工作也已经有大半年的时间了，总觉得他无论做什么事情都小心翼翼，生怕出什么差池。刚开始的时候，章桐并不习惯身边多了这么一个如同影子般的人，可是，渐渐地，她也想通了，毕竟经历了手术失败和自己在一夜之间身败名裂那么大的变故，再活泼的人都会变得性格沉闷起来，彭佳飞现在还能够天天站在这里坚持工作并且毫无怨言，自己也真的应该为他感到高兴了。

章桐轻轻摇了摇头，把注意力全都集中到了手中这份特殊的检验报告上。没一会儿，她皱起了眉头，嘴里反复念叨着：“不会啊，怎么会这样？这是不应该发生的啊……”

第十章 尸体农场

“你说什么？这怎么可能？”

章桐不容置疑地点头，口气坚定地说：“童队，我起先也不相信，但是这是气象色谱仪反复检验后得出的结论，我必须尊重事实。尸体被掩埋了至少 24 个小时，然后在空气中暴露了 72 个小时。”

“尸体被掩埋过又被重新挖出来，还费这么一番周折去弄个拉杆旅行箱抛尸，我想这个凶手真的是闲得没事干了，才会想着这么穷折腾！”童小川阴沉着脸缩在办公椅里，发完了牢骚，也就没再继续和章桐争执。他知道，章桐这么坚定，那肯定是有十足的把握的。她是个认死理的女人，自己再怎么不敢相信，可在这种铁证面前也没有别的选择。

“章医生，气象色谱仪是什么东西？”老李在一旁好奇地问道。

“是我们实验室里最近刚刚添置的新设备。”一提起自己的那些实验室仪器，章桐立刻打开了话匣子，她在童小川办公桌上随手拿了张纸，抓起插在笔筒里的签字笔，随即就在纸上潦草地画起了气象色谱仪的简单工作原理，

“这是一种分离测定低沸点混合组成成分的重要仪器，一般用在化工、生工、食品行业做仪器分析实验时使用，也经常被用于科研和常规分析。气相色谱是对气体物质或可以在一定温度下转化为气体的物质进行检测分析。由于物质的性质不同，其检材样本中各组成部分在气相和固定液体间的分配系数也不同，当汽化后的检材样本被载气带入色谱柱中运行时，其组成部分就在其中的两组间进行反复多次分配，虽然载气流速相同，但由于固定组对各组成部分的吸附或溶解能力不同，各组成部分在色谱柱中的运行速度就不同，经过一定时间的流动后，便彼此分离，按顺序离开色谱柱进入检测器，产生的讯号经放大后，在记录器上描绘出各组的色谱峰。根据出峰位置，确定检材样本组成部分的名称，再根据峰面积确定浓度大小。这就是气象色谱仪的工作原理。”

“那一定很贵吧？”童小川说，“听上去这么复杂。”

章桐尴尬地笑了笑，说：“是有点贵，前年我就开始申请了，可直到两个月前局里才同意。可是，有了这个宝贝，很多平时我们通过肉眼或者相应的检验设备检验不出来的，物证上所附着的微小颗粒，在这气象色谱仪面前就原形毕露了。就像这第三起抛尸案，尸体的尸表被凶手刻意用干燥剂处理过了，所以提取表面证据的时候非常困难，而我们分别截取了尸表几个不同部位的组织样本后，经过气象色谱仪的检验，很快就得出结论——死者在死后被土壤掩埋过一段时间，而且是一种特殊的土壤，叫砂姜黑土，主要分布在淮北平原的中南部地区。”

“那本市有这种土壤吗？”童小川问。

“有，就在郊外飞机场附近，在来找你之前，我问过土地管理局，那里由于特殊的平原地形，形成了砂姜黑土，面积大概在 30 平方千米吧。”

“30 平方千米？这叫我们上哪儿去找？”老李发愁了。

“我已经安排小潘和国土局的工作人员前去提取样本了，只要有样本比对，我想，就不难确定曾经的埋尸地点。”

“有把握吗？”

章桐自信地回答道：“由于所处环境的潮湿度、光照程度以及不同种类昆虫的存在数量和种类的差别，不同地方的土壤自然也就不一样，只不过我们人类的肉眼区分不出来而已。它们就像我们人类的DNA，很具有代表性的。我们法医这一行中有一个专门的分支，叫作法医植物学，就是专门研究这个的。”

童小川心服口服：“章医生，你可是动动嘴皮子，我们就得跑断腿。我说局里怎么对你们这么好，每年的预算都先满足你们技侦大队，我们真是羡慕都来不及。好吧，我这就派人去那里走访，看能不能找到什么有用的线索。”

章桐走出童小川的办公室的时候，手机突然响了起来。电话那头传来了法医学杂志社编辑的声音，说那位叫王星的作者已经按照她的要求，把余下的补充资料发过来了，现在，那些资料已经转到了章桐的电子邮箱里。

“没问题，我两天之内就把剩下的结论部分交给你。”说完后，章桐挂了电话，向自己的办公室走去。

章桐从来都不相信这世界上存在巧合一说，多年的工作经验让她明白了一个道理，那就是所有事物不能只看表面，而必须透过表面现象来找出事物的内在联系。可是眼前这一幕，让她不得不怀疑起了自己多年坚持的看法。

法医埋葬学，这在国内是一门很少人研究的学科，它专门研究影响尸体变化的各种复杂因素，以及各种死亡相关过程对这些因素的作用方式，有时候，还可以尝试人为地去改变或者影响尸体变化的过程，从而帮助警方破获重大的刑事案件。

章桐还是在学校里读书的时候听说过有这门学科，导师丁教授曾经不无感慨地谈起过，在如今的国情之下，要想在国内进行这一门特殊学科的研究，是有很大阻力的。因为目前在人们传统的殡葬观念中，还很难接受把死去亲人的遗体无偿捐献出来，用作各种“法医研究”。所以，要想像国外法医界同行那样，获得法医埋葬学中所提到的各种重要数据作为办案参考，那是不可能的。

法医埋葬学主要关注死亡时间、尸体腐烂过程中软组织的变化、外界物质对暴露骨头的影响，以及发现和收集骨骼的相关事项。简单点说，就是把尸体放在各种假象的死亡环境中，通过不断地观察来得到宝贵的埋葬学数据……

章桐渐渐被作者字里行间所透露出来的严谨的学术态度所折服，可是，越往下看，她越觉得不对劲。作者不仅详细地记录下了几具女性尸体的腐烂过程，还讲述了在特殊环境中，尸体的进一步变化，比如说火烧，以及在干燥和潮湿的环境中、在土壤中，甚至还有在低于零下 4℃的室外温度之下，尸体在露天存放 72 小时期间的各种详细变化。

章桐感觉心跳得越来越快，她深深地吸了口气，努力使自己平静下来，接着往下看。

“世界上没有这么巧合的事情。”看完这篇论文的附录后，章桐脸色发白，喃喃自语，“不会的，不会这么巧合。我肯定是看错了。”

“章医生，出什么事了？我看你脸色不太好。”彭佳飞关切地问道，“我给你倒杯热水吧。”

“谢谢你。”章桐茫然地注视着面前的电脑屏幕，突然，她站了起来，迅速走到靠门的尸检报告存放柜边，拉开铁皮把手，低头翻找着什么。很快，她抓起了一个厚厚的牛皮纸文件袋，看清上面夹着的标签后，头也不回地推开办公室的门走了出去。

身后，彭佳飞手里捧着水杯，愣愣地站在章桐的办公桌边。他看到了电脑屏幕上所显示出来的文字，又回头看了看章桐匆忙离开的背影，摇摇头，无声地叹了口气。

童小川做梦都没有想到，卓佳鑫竟然就这么死了，而且还是死在自己的家里！他懊恼地看着面前的老李，嘴里忍不住埋怨道："你都是老同志了，干这行也已经很多年了，为什么还这么不小心呢？我早就叮嘱过你，要派人给我 24 小时盯住他，难道你听不懂我的话吗？这两天时间还没有过去，他就死了！你这是失职，严重的失职！"

"我……我……"老李什么话也说不出来。他想说自己的下属根本就没有擅离岗位，他自己也已经整整 24 小时没有合眼了，但是也知道此刻再多的辩解都已经于事无补，想了想，他重重地叹了口气，头一低，"童队，那你处分我吧，是我的责任。"

"处分你又有什么用？难道他能够因此活过来吗？"童小川脸色铁青，伸手抓过门口衣帽架上的外套，一边往身上披一边朝门外快步走去，"现在尸体在哪儿？别愣着了，还不快走。"

老李紧紧地跟在后面走了出去。

或许在旁人眼中，干整容这一行的都比较"多金"。天使爱美丽整容医院的主刀医师卓佳鑫，就看似理所当然地把自己的家安置在了城东高档住宅小区水天堂里。好的房子，好的享受，当然房价也是惊人的。可是今天，童小川根本没有心思去多瞄一眼这翻版的"欧洲童话小镇"，和老李直接上了 18 楼。

在 18 楼A座门口，童小川和拉着工具箱正要离开的章桐几乎撞了个满怀。见她这么快就收工了，童小川感觉很诧异，探头看了看乱哄哄的屋内，然后问道："完了？这么简单？"

章桐点点头："没错，完了。"

"死因呢？"

"服用冒牌的'伟哥'而引起的严重低血糖致死。"

童小川和老李不由得面面相觑："吃冒牌的性药把自己就这么给吃死了？"

章桐显得很无奈："如果家属同意，我还是建议做一个全面尸检比较妥当一点。但是，至少目前的一系列证据表明，没有他杀的痕迹，尸表也很正常，没有外伤，屋内陈设也没有凌乱的迹象，而死者本身是一个 2 型糖尿病患者，我在他的床头柜里发现了很多治疗这方面病症的药物，有阿卡波糖片等，他妻子刚才也证实，死者的病史已经有三四年了。"

童小川更糊涂了："2 型糖尿病，不就是血糖高吗？怎么会低血糖致死呢？这又和性药有什么关系？"

章桐干脆把手中的工具箱暂时放在了地板上，活动了一下酸疼的筋骨："当病史进入第二个年头时，2 型糖尿病患者的性功能会有一定的损害，比如说正常的生殖器运作功能，这样，患者就想当然地考虑到用性药进行辅助了。但是，现在市面上的假药实在是太多了，而这类假冒的壮阳类药物中，含有大量的强力降糖药物成分'优降糖'，它会在短时间内迅速把使用者的血糖值降到极限。最终，这种药物会产生顽固性致死性低血糖，在不及时得到救治的前提之下，2 型糖尿病人几乎无一能幸免。我询问过死者的妻子，她证实昨晚死者就在夫妻性生活前，服用了这种叫作'OK'的壮阳类药物。"说着，章桐从工具箱中拿出了一个证据袋，递给了童小川，"你和死者家属沟通一下，如果家属同意做尸检的话，就和我联络，我会派车过来拉尸体。"

看着章桐走进了电梯间，直到电梯门缓缓关上，童小川仍然有点将信将疑，回头对老李说："老李，我总觉得这个卓佳鑫死得'太是时候'了，昨晚他在回家前有去过其他地方吗？”

老李皱眉想了想，又迅速将眉头展开，点点头：“要说特殊的话，那就只有这个了——死者曾经去过同心酒吧。在那儿待了两个多小时，直到晚上十点半才回来的。我的人后来问过酒吧现在的负责人，对方说卓佳鑫经常去，他是酒吧中一名特殊的常客，汪老板在的时候他就经常去。而昨天晚上在酒吧的时候，死者只是像平常那样喝酒，和周围的人聊天，并没有什么异常的举动。”

童小川点点头，说：“你现在去酒吧，把昨晚的监控视频带到局里，我要看。这边你就不用管了，我一会儿坐别人的车回去。”

晚饭时，在食堂遇到了章桐，童小川可不想闲着，他干脆把托盘放到了章桐面前，接着坐下，说：“你说一个明明知道自己有 2 型糖尿病的人，为什么还要冒着生命危险去服用假的壮阳药物呢？真是弄不懂。”

“你说上午那个案子啊？”章桐回答，“其实严格意义上来讲，这种壮阳药物也不能说是假的，只能说是劣质产品。我回局里后就和第一医院泌尿科的张主任通了个电话，他说光他们医院，上个月就抢救了 3 个这样的病患，还都是正常人，不是本案中的这种 2 型糖尿病患者。童队，很显然，偷偷服用这种药物的人还不在少数。”

“卓佳鑫本身是医生，应该知道其中的危险，他怎么就不注意呢？”童小川皱眉问，“我总是想不通这个问题。我问过他老婆，她说卓佳鑫以前也用过这个药，一直都没有出过问题，可偏偏昨天就出事了，人还死了。”

“除非这个卓佳鑫，在服用壮阳药物之前的 4 个小时内，曾经最大剂量地服用过别的降糖类药物。血糖值已经降到了最低点，后面的壮阳药物自然也就会致命了。”章桐一边说，一边用手指蘸了桌上的水，在桌面上画起了解释图，“就比方说一个气球，本来已经被充满了气体，如果你再往里面继续充气的话，就会发生爆炸。而一般降糖类药物在人体内所产生的最高峰值时间，是在服用后 3～4 个小时，8 个小时后才会渐渐消退，随着尿液排出体外，但是速度非常缓慢。死者喝了酒血糖浓度当然会稍微升高一点，可是如果他紧接着，在降糖类药物依然在自己体内起作用时服用强效的'优降糖'的话，那么血糖值就很有可能降到最低点了。"

"可是死者的老婆很肯定地说过，死者服用药物是非常小心谨慎的，从来都没有出现过漏服或者多服的现象。除非……"童小川眉宇之间的神色渐渐凝重了起来，他抬头看着章桐。

章桐犹豫了一下，点头说："除非死者是在毫不知情的情况下服用了降糖药物。童队，联想到卓佳鑫和本案嫌疑人之间微妙的关系，这个疑点，我想还不能排除。"

正在这时，章桐放在桌面上的手机震动了起来，是法医学杂志社编辑的号码，章桐无奈地放下筷子，摁下了电话的接听键。电话内容很简短，对方非常礼貌地告诉章桐，按照大赛的规定，评委是不能够和参赛者见面的，而且也不能够询问参赛者更多的私人信息。所以章桐的要求被委婉地拒绝了。

挂断电话之后，章桐顺手把手机塞进了工作服的外口袋里，神情显得有些沮丧。

知道原委后，童小川哈哈一笑："没事的，这帮人都是打着官腔的，没必要费心思在这个上面。再说了，你要操心的事情还不够多吗？评委嘛，随便应付一下就行了。"

章桐摇摇头："我不是为这件事情在和杂志社编辑生气，小编辑本身也是说不上话的。"

"那你发什么愁呢？"童小川有些意外，"章医生你好像不是那种多愁善感的人啊。"

"天天和死人打交道，我想多愁善感都没这个心情。"章桐本来想把自己的疑虑告诉童小川，可是转念一想，她还是决定暂时先放一下，等自己完成进一步的调查后，再说也不迟。

希望只是自己多虑了。

第十一章　第二个女人

“我没有杀我的老公，我再跟你们说一遍，我没有杀他！”整容医生卓佳鑫的老婆可不是一盏省油的灯，尽管老公就死在自己的身边，而且还是以那么一种最说不出口的方式，但在这个年轻女人的脸上，却看不到哪怕一丝一毫的痛苦，更多的只是愤怒和不屑一顾，尤其是在提到卓佳鑫的名字时，“真搞不懂，你们警察不去破案，缠着我问东问西究竟想干什么！”

“你知道你丈夫和汪少卿之间的关系吗？”童小川皱眉问。

“我知道他外面有人，这又怎么了？不都是为了他的钱吗？我们的婚姻本来就是一个为财一个为色。”年轻女人毫不客气地跷起了二郎腿，用挑衅的目光扫视着屋里的其他人，“再说了，他迷上的都是些什么玩意儿？汪少卿？不男不女的家伙！说出来我都嫌脏。嘁！”

童小川头一回被审讯对象给反驳得哑口无言，要么，眼前这个年轻女人确实没有杀她的丈夫，要么，她就是一个演技异常高超的人，而他怎么也看不出，这蛮横无理的年轻女人像是个会演戏的人。算计男人兜里的钱，这女人或许是高手，但是说到正儿八经的演技，可就太一般了，也就空有张长得确实不错的脸蛋。可是转念一想，童小川有些忍不住想笑，自己的老公是干整容这一行的，那她这张脸所包含的“水分”也就耐人寻味了。

“好了，你也别抱怨了，我们没说卓佳鑫是你杀的。今天找你来，一方面，是为了进一步询问一下案发当晚的具体情况，另一方面，就是想问问你是否同意对你老公的遗体进行一次全面的尸检。”童小川尽量克制住情绪，摆出一副公事公办的样子。

“尸检？”年轻女人不由得愣住了，但她知道自己面前的警察肯定不是在开玩笑，“干嘛要尸检？不是说吃药吃死的吗？”

童小川看了一眼老李，说：“这也是正常的办案程序，为了进一步证实死因。不过，你要实在为难，可以拒绝，但我们还是希望你能同意。”

年轻女人沉默了，半天没有吱声，最后，当在场的人都以为她要拒绝的时候，她却突然笑了，站起身，神情之间显得有些无所谓，说：“不就是尸检吗，人都死了，还怕什么？难道会疼？鬼才相信！你们爱怎么检查就怎么检查吧，和我没关系，尸体呢，我也不打算领回去了，检查完后，你们爱怎么处理就怎么处理，我可没钱给他买墓地。现在买个墓地贵得要死！捐了了事。”撂下这几句话后，这个女人迈着轻盈的步子，不紧不慢地走出刑警队办公室，很快就消失在了众人的视线之中。

“我说头儿啊，我们到底该为那位卓医生感到庆幸还是悲哀呢？”老李对这个女人感到很无语，愤愤不平地说，“同样作为男人，尤其是有老婆的男人，我真难以想象，他们这种日子是怎么过下去的，这个女人对老公可是一点感情都没有，当初又结哪门子的婚呢？”

“周瑜打黄盖，一个愿打一个愿挨呗。现在呢，人也死了，我想也就不应该再去评判了，萝卜青菜各有所爱吧！”童小川伸了个懒腰，“总之，要我说，这个女人的作案嫌疑并不大。但是你还是派人去查一下她的底细比较好。”

“好的，我马上去。”老李收拾完桌面上的笔记本，走出了办公室。

晚上 8 点刚过，街头下起了淅淅沥沥的小雨，但是同心酒吧一点都没有受到坏天气的影响，生意依然很好，门庭若市。童小川刻意换了一身便装，推门走进了酒吧。

他很清楚，在这种行走在道德边缘的地方，很多人是不会随随便便把秘密告诉警方的。而卓佳鑫在临死之前唯一来过的地方就是这里，既然卓佳鑫老婆的杀人嫌疑并不大，酒吧的监控录像又看不出什么反常的地方，那么，剩下的答案就只能来这里寻找了。

“第一次来吧？要什么？”酒保伸手从顶上的架子里取下一个空酒杯放在吧台上。

童小川坐了下来：“来杯中性曼哈顿。”

酒保抬头看了他一眼，显得很意外：“您的口味真是有些与众不同呢。不过，是否考虑换一杯？我们这儿有很多种类，可以供您随意挑选。”

“怎么了？需要我教你吗？”童小川优雅地笑了笑，“黑麦威士忌 1 盎司，干味美思 2/3 盎司，安哥斯特拉苦精 1 滴，最正宗的做法是先在酒杯中加入冰块，依次注入我前面所说的酒类，搅匀后过滤就可以了，别忘了最后给我加上一片柠檬，我要青柠檬。干嘛还傻瞪着我？”

酒保尴尬地笑了笑，转身走向后面的酒柜。

刚松了口气，耳边就传来了轻轻的鼓掌声，童小川回头一看，是个 30 多岁的女人，一身紫色的天鹅绒旗袍，曼妙的身材被旗袍映衬得恰到好处。由于她站在背对着照明灯的地方，童小川看不清楚对方的长相。

“厉害，真看不出来，原来你对鸡尾酒的调配竟然这么熟悉。”女人走到童小川身旁，随意地靠在了吧台上，面带笑容地看着他，“‘中性曼哈顿’

又叫‘完美型曼哈顿’，是鸡尾酒中最值得尊敬的一种，口味也是最独特的。但是我很少见到来这儿的客人一开口就点这个的。你很面生，是第一次来吗？”

童小川伸手拿起冰凉的酒杯，轻轻嗅了嗅，脸上露出满意的神情：“第一次和第二次又有什么区别？想来就来。”

女人很是惊讶，她凑到童小川身边坐了下来，说：“在我们这个地方，确实是来去随意。我叫阿倩，很高兴认识你。”

童小川点了下头，说：“倩姐，需要喝什么？我请客。”他伸手示意酒保也给阿倩来一杯同样的。

阿倩的眼神越发显得迷离，她笑着摆了摆手：“帅哥，不用对我这么好吧。这份情我可担当不起。还是，你有求于我啊？”

“我能求你什么啊？”童小川笑眯眯地看着她，“还有啊，恕我直言，你并不是这里的老板，对不对？”

阿倩一愣，轻轻点头：“不错，我和少卿是闺密，也经常过来捧场。现在她不在，我算过来帮帮忙吧。”

“哦？你认识汪老板？”童小川把酒杯轻轻推到阿倩面前，“我和汪老板也算是有几面之交，关系也很好。我这几天过来都没有看到她，正奇怪她去哪里了？”

阿倩笑了：“帅哥，这是人家的私事，你怎么好随便打听呀，你说对不对？不过今天看在你给我买酒的份上，我就卖你一点面子，”说着，她伸手拿起酒杯一饮而尽，看着童小川，面露红晕，“听说有人从老家打电话给少卿，所以她就走了，不止如此，就连这个酒吧都准备卖给我了呢。可我哪有那么多钱，唉，心有余而力不足啊。”

“什么时候打过来的电话？”童小川不动声色地问道，“要转手，那价码应该不错吧？”

“你想接手？”阿倩更是吃惊了，目光中流露出异样的神采，“看不出来嘛，帅哥你这么有钱。”

童小川巧妙地把话题引开了：“汪老板老家来的电话是你接的吗？”

阿倩摇摇头，伸手指了指吧台后面正在忙碌的酒保：“是晓云接的。”

“对了，倩姐，你昨天来这里了吗？”

“来了，我当然来了，”阿倩接过酒保递过来的一杯血腥玛丽，轻酌一口，“我得帮忙招呼客人。虽然几乎都是老熟客，但也是需要热情招呼的，你说是不是？”

童小川轻轻推开面前的酒杯，伸手从兜里掏出一张卓佳鑫的相片放在吧台上，推到阿倩的面前：“这是我哥，他昨晚来这里了，你应该认识他，他也算是这里的常客了。”

阿倩狐疑地拿起相片，看了一眼童小川，又看了看相片，问道：“这是……”

“别人都叫他‘卓医生’，他是做整容手术的。”

这话让阿倩的手轻轻地颤抖了一下：“是吗？你找他有什么事情吗？他今天好像没有来。”说着，她回头又看了一下吧台。

“我哥今天早上去世了，”童小川接过相片，神情显得很冷淡，“我来这里的目的，就是想知道他昨天来这里究竟见谁了。我哥是枉死的。做小弟的，自然要替他讨个公道！”

“你哥死了？”阿倩转头盯着童小川，声音微微有些颤抖，“他昨天来的时候还好好的，这怎么可能突然就没有了呢？”

“那你是见过我哥了，对吗？”童小川步步紧逼。

“都是晓云在招待他，她是这里除了汪老板以外资格最老的员工了，认识的人也很多，我这就叫她过来。”说着，阿倩向吧台的入口处走去。

半个小时后，童小川推门走出了酒吧，伸手拦了一辆出租车，返回单位去了。

回想起和酒吧酒保晓云的一番交流，童小川心中更觉迷茫。按照时间推算，本来以为卓佳鑫过量服用降糖药物的时间是在酒吧，可是晓云否定了卓佳鑫在酒吧服用了药物的结论。而阿倩再三表明，在那两个多小时的时间里，卓佳鑫一直都很兴奋，他不停地喝酒，并且和身边的每一个人侃侃而谈，话题始终都没有离开过自己的手术，他根本就没有表现出最初童小川所预料的那种，因为所爱之人生死未卜而精神恍惚、服错药物的场景，相反他一直很兴奋。当问及卓佳鑫中途是否离开过吧台去洗手间时，晓云点头认可了，并且表示是有人陪着去的，至于是谁，她倒是没有在意，因为那时候身边人很多，她就去招呼别的客人了。晓云对这个搀扶卓佳鑫去洗手间的女人最深刻的印象就是，这女人的身上有一种特殊的很浓郁的香味，酒吧间里很多女人都会喷香水，但是这个女人身上的味道与众不同，香味中有种淡淡的消毒水的味道。

"你肯定是消毒水吗？"童小川生怕自己听错了。

晓云的脸上露出了调皮的笑容："干酒保这一行，最主要的标准就是鼻子好，鼻子不灵敏，是干不了的。"说着，她利索地擦干净手里的高脚杯，然后把它挂在吧台顶上。突然，她停下了手里的举动，皱眉说，"还有一个奇怪的地方，那就是这个女人没有手指甲，我是指那种长长的手指甲。"

童小川晃晃自己的双手，说："和我比起来怎么样？"

晓云摇摇头："你是男人，不是一回事，那个女人的手指甲比你的还要短，并且认真修饰过，只是手指很粗大，尤其是关节，有些不太像女人的手。还有啊，虽然她抹了红红的指甲油，却仍然让人感觉很别扭，女人不应该把手指甲弄得那么短，都快见肉了。"她伸出了自己的双手，展示给童小川看，并且认真地说，"你看我，虽然也是干活的命，但是尽量保护自己的手，女人嘛，手是第二张脸。”

童小川心里一动，问：“那你们汪老板呢，她的手怎么样？”

“虽然她的手也比较大，手指关节很粗，但是保养得很好，尤其是手指甲，修得很完美。”

童小川发愁了，难道整个案件里，有另外一个女人的存在？而卓佳鑫的突然死亡其实跟汪少卿一点关系都没有？

这个案子真是越来越乱了。

5 楼，张副局长的办公室，刚刚赶回局里的童小川径直走了进来。汇报完情况后，副局长不禁双眉紧锁，陷入了沉思。

“现在王辰，也就是汪少卿，至今下落不明。卓佳鑫的尸检报告出来了吗？”

童小川摇头，抬头扫了一眼墙上的挂钟：“法医处那边还没有打电话通知我，不过，我想应该快了，死者卓佳鑫的家属今天下午 5 点签署的尸检同意书。”

副局长静静地坐着，半天没有吭声。

尸检病理报告书

案由：严重低血糖导致心肺脑功能不可逆转，全身器官功能性衰竭死亡。

病理学检查：尸表部分：男性，尸长178厘米，发育无明显异常，营养良好，尸僵已经解除，项背部见鲜紫红色尸斑。皮肤苍白，无异常黄染，头发黑，头皮完好，角膜混浊，双侧瞳孔等大，直径0.85毫米，巩膜无黄染，口唇发绀，口鼻腔及外侧外耳道未见异常分泌物，气管居中，胸廓对称，腹壁无异常，四肢无畸形，肢体、指甲发绀显著。

章桐利索地在电脑键盘上敲击着卓佳鑫的尸检病理报告。因为并没有什么意料之外的发现，而家属也签署了尸检同意书，所以刚才的那场解剖工作进行得非常顺利。这么看来，卓佳鑫死于过量服用降血糖药物的死因已经可以确定了。在章桐的记忆中，自己所经手过的尸体，死者的死因是过量服用药物的不在少数，有时候，死亡就是在不经意的那一瞬间降临到某个人的头上。就像卓佳鑫，无论生活还是工作，他都已经做到了风生水起，如今却只因为一时的疏忽丢了自己的性命，真的是得不偿失。

敲完最后一个字，章桐把整个报告打印了出来，然后签上自己的名字，把报告放在了小潘的办公桌上，由他明天上班时去完成最后一道工序——签名，然后备份、上交给刑警队。这样，关于这个案子所有的尸检工作就算真正结束了。

看着空空荡荡的法医办公室，章桐的心里突然涌出了一种莫名的寂寞。

她默默地站起身，收拾好办公桌，然后关上灯，锁好办公室的门，迈着疲惫的步子向大门口走去。

大楼外的天空早就已经是一片漆黑，章桐挎着包，厚厚的雪地靴踩在湿漉漉的地面积雪上，发出了沉闷的吱吱声。雪不知道是什么时候停的，空气中透着刺骨的寒冷。章桐用力扣上了风衣扣，抱着双肩，站在公安局斜对面的马路口，时不时地靠跺脚来驱赶寒冷。这个时候已经没有公交车了，章桐只能选择打车回家。她可不愿意今晚在更衣室冰冷的沙发上过夜。

正在这时，耳畔传来了一阵激烈的争吵声。章桐好奇地转身看去，就在左侧不到 20 米的法国梧桐树下，有两个人正不知为何在彼此怒骂，言语之间充满了火药味。

“……我告诉你，不要想到要我帮忙的时候就来求我，不要我帮忙的时候就一脚把我踹得老远，你这样做是要遭报应的……”

“我怎么了……你不要逼人太甚……”

“你说……你当初是怎么……”

……

由于风声不断地在耳边呼啸而过，两人争吵的声音听上去有些断断续续，时高时低。

章桐并没有太在意，只是觉得其中一个压低嗓门的人的声音有些熟悉，她借着身旁路灯的灯光，看了一下腕上的手表，已经是晚上 10 点 05 分了，或许是因为寒冷，今晚街头上很少见到出租车的影子，即使有一两辆开过，里面也都坐着乘客。

夜深了，寒意越来越重，章桐忍不住站在原地直跺脚。身后的争吵仍然在继续，但是因为来往的行人并不多，天又这么冷，所以周围并没有人围观。

终于等来了一辆打着空车标志的出租车，章桐忙不迭地打开后车门钻了进去。在伸手拉上车门的一刹那，她无意中看到有人从那棵法国梧桐树下走了出来，昏黄的灯光虽然只投影在了他的侧面，章桐还是一眼就认出了这个人——彭佳飞。

怪不得在刚才的争吵声中自己好像听到了一个熟悉的声音。她心中不由得泛起了嘀咕，彭佳飞的脾气非常好，平时说话都是慢声细语的，今天怎么会在单位门口和别人争吵得这么激烈？看他的脸色阴沉着，再回想起刚才争吵的只言片语，虽然这属于对方的隐私，但是章桐还是提醒自己，明天上班后找个机会好好从侧面问问他，看他是不是在生活中遇到了什么麻烦，需要的话，自己作为直属上级，多少也应该关心一下。

第十二章　没有脸的人

凌晨 2 点，公寓房门上的通话器发出了刺耳的滴滴声。听到响声后，章桐打开了放在床头柜上的台灯，然后伸手去拿放在椅背上的外套，挣扎着将衣服穿在身上。屋里开着暖气，所以不会很冷，但是双脚落在地板上的时候，章桐还是免不了感到一丝凉意。她微微打了个寒战，摇摇晃晃地走到放着通话器的房间里。这时通话器又响了起来，而床头柜上的手机也紧跟着响起了铃声。章桐暗暗诅咒了一句，迅速跑回了卧室，一边抓起手机摁下接听键，一边快步向门口走去。和通话器相比，手机还是要重要很多。

挂上电话后，章桐也清醒了，她伸手摁下通话器的通话键："谁？"

"是我，来接你去现场。"童小川的声音时高时低。

章桐赶忙应了声，匆匆忙忙地回屋披上防寒服，拿上挎包，转身就冲出了房门。

"能有你来接我，真是我的运气。"章桐一边在车中整理着挎包里的东西，一边说，"这么晚，要想打到车还真不容易，上次我在路口足足等了 20

多分钟才拦到车。”

“那你干吗不去学车呢？”童小川凝视着倒车镜，小心翼翼地把车开出了小区的羊肠小道，“省得每次要用车的时候就急得跟啥似的。”

“没那个时间。”章桐嘀咕，“我对马路上那些横冲直撞的电动车也没啥信心。所以等以后我退休了再说吧。”

听了这话，童小川嘴角洋溢出一丝笑意。他将警灯用力摁在车顶上，同时打开开关，顿时，刺耳的警笛声响了起来。警车就像一支离弦的箭一样，划破了宁静的夜色，迅速向远处驶去。

人的头颅由 23 块骨头组成，其中脑颅 8 块，构成颅腔，用来容纳脑组织，面颅 15 块，构成了面部支架，也就是说撑起了人的脸。但是，假如说这 15 块面颅支架骨都已经断裂粉碎的话，那么人的脸可以说就已经不复存在了。

借着现场的照明灯所发射出的刺眼的灯光，章桐半蹲着，仔细地观察面前的死者。死者尸僵期未过，尸体面朝天，双手双脚呈现出了骑马的状态。除了这张破碎不堪的脸以外，体表是完整的，肉眼看过去，没有致命的外伤。显著的性别特征表明，死者是一名男性，年龄不会超过 48 周岁。章桐的目光被死者的双手吸引住了，她拿着放大镜，整个人几乎都趴到了地面上，鼻子和死者双手的距离没有超过 10 厘米。

“怎么样？有什么结果了吗？”童小川站在一边跺着脚，双手不停地在嘴边哈气。凌晨的室外气温几乎降到了极点，寒意侵入了人们的骨髓当中。

“这人是被谋杀的，死亡时间推算起来，距离现在应该不会超过 2 个小时，因为尸体还处在明显的尸僵期。童队，我需要马上回局里进行检验。”章桐扫了一眼腕上的手表，头也不抬地说道。

“好的，我马上安排人去调取这里的监控录像。”童小川一边说着，一边转身向警戒线外走去，没走两步，他回头嚷嚷道，“章医生，你们法医处的车来了。”

章桐站起身，见到彭佳飞正从车里跳下来，感觉很诧异，咕哝了一句：“今晚不应该他值班啊，小潘呢？”

在回局里的路上，面对章桐的疑问，彭佳飞显得很尴尬，说：“章医生，你千万别责怪小潘，他也是临时有事。”

章桐冷冷地说道：“临时有事就可以随便换班吗？万一通知不到人怎么办？我早就跟你们讲过多少遍了，我们的工作性质和别的岗位是不一样的，必须落实到人，你明白吗？下回再发生这样的事情，我就不会让你们通过年度考核了！”

彭佳飞的脸上不由得一阵红一阵白。

当童小川推门走进解剖室的时候，章桐直截了当地说道：“死者是一名外科医生，经常做手术的临床外科医生。”

“是吗？”童小川问。

章桐指着死者摊开的双手：“你来看，只有经常给病人动手术的外科医生，他的两个大拇指和食指上才会有这样细小的疤痕留下。”

童小川连忙凑上前一看，果然正如她所说，而且疤痕非常明显，于是指着死者的双手，问：“这痕迹到底是怎么留下的？”

“很简单，做手术，每次给手术伤口打结时，就要用到这两根手指，时间一久，就会有压线的痕迹留下。你再看尸体的双手，痕迹几乎一模一样。所以，我可以确定，死者和我的这个徒弟以前所从事的职业是完全相同的。”章桐的脸上露出了自信的笑容，“他们都是外科医生。”

听了这话，正在协助处理尸体内脏器官的彭佳飞微微点了点头，表示同意章桐的意见。

“那你为什么说死者是被谋害的呢？”童小川问。

“你来看，”章桐走到X光投影灯箱旁边，伸手打开开关，“这是死者面部的X光片，你注意到什么异样没有？”

童小川仔细看了看，回答道：“骨头全碎了。”

“是碎了，而且碎得非常彻底。但是你仔细看，除了面颊骨这一区域的15块骨头呈放射状碎裂外，颅骨和顶骨没有丝毫损伤。”章桐面色凝重，“这和我所处理过的车祸中死者的尸体完全不一样，他们也同样没有脸，但是碎得很彻底，也很不规则，一看就知道是极大的冲撞力所产生的后果。但是这张X光片所显现出来的，分明是一种精准到了极点的撞击，”她回头看着童小川，一字一句地说道，“死者脸上的骨头是被人用外科手术般的精准程度一块一块地、长时间地、耐心细致地实施打击给敲碎的，而且这样的手段不是短时间之内形成的，至少持续了一个多小时，凶手并没有毫无目标地乱打一气，而是一块一块骨头挨着顺序仔仔细细地打。”

“天呐，这还真下得去手。”童小川呆了呆，显然他无法立刻相信眼前这可怕的一幕，“可是，光凭人的击打，会产生这么严重的后果吗？”

章桐摘下塑胶手套和口罩，一一扔进垃圾回收桶后，来到工作台边，她翻出了一沓以前的尸检相片，递给了他，说：“这张尸检报告中的死者的死因是重度颅脑损伤，她脸上所受到的伤害和我们现在所看到的X光片上的骨裂情况差不多，只是程度并没有那么严重罢了。她是一个家暴受害者，造成这种伤害的，是她的丈夫，一个拳击运动员。

“我给你看这些相片，是想让你知道，这种伤口可以是人为造成的。凶手最初对鼻骨的一记重击可以让死者瞬间失去反抗能力，接下来的打击就是为了产生可怕的疼痛，而另一些打击则被用来造成难以逆转的伤痕。童队，这个凶手完全知道如何在使出最大力气时保护自己的指节和手掌，对如何在出拳时避免伤到自己了如指掌，对如何有效使用手掌攻击更是心知肚明。蝶骨、泪骨和上腭骨……他就像在玩一个真人版本的‘打老鼠’游戏，而且每一拳打下去都准确无误。”

“你的意思是，这个死者是被人活活打死的？”童小川难以置信地望着章桐。

“没错，重度颅脑损伤致死，并且当侵害发生时，他没有做出任何反抗，因为我在他的手臂和手掌上没有发现明显的防卫伤。”

“那他的身份呢？”

章桐回头看了看解剖台上的尸体，说：“颅面恢复还需要一定的时间，我们要对尸体做一些处理。但是我可以给你一个建议，全市总共有 5 家医院，有资格做外科手术的在册登记医生不会超过 20 个。你只要打个电话问一下，年龄不超过 48 岁的，这两天之内联系不上的，十之八九就是这位被害者。还有，他手上有很明显的消毒水的味道。”

“消毒水的味道？”

章桐伸出左手，凑近童小川的鼻孔：“你闻闻，就是这个味道。只要每天频繁使用消毒水洗手，时间久了，就会有这样的味道，这同样可以证明他是个医生。”

出于缓和死者家属情绪的考虑，法医解剖室门外准备了一些特殊的椅子，柔软舒适，和一般医院走廊里冰冷的长凳相比，坐上去的感觉是完全不同的。不到 2 米处，只是一门之隔，就是生死两个不同的世界。因为需要严格控制低温，所以靠近门边的那把椅子时不时被阵阵刺骨的凉意包裹。

一个面色苍白的中年妇女已经在椅子边徘徊很久了，每次身边站着的少年请求她去坐会儿休息休息时，她都婉言谢绝。少年也就只能默默地陪她站着。刑警队于强安静地站在中年妇女和少年的身后，和他们保持着不到一步的距离。他知道将要发生什么。

法医办公室的门被推开了，小潘走了出来，他朝于强晃了晃手中已经批准的认尸申请报告，然后径直走向对面的解剖室。

“跟他走吧。”于强温和地说道。

3 个人一前一后地跟着小潘走进了解剖室。整个房间连扇窗户都没有，低温让每个走进解剖室的人都不由自主地打了个寒战。

小潘戴上塑胶手套，来到靠墙的一排存放尸体的冷冻柜前，用力拉开号码为 327 的柜门，随着一阵金属摩擦的声音响起，活动轮床被拖了出来。他回头看了看身后站着的 3 个人，问道：“准备好了吗？”

中年妇女紧紧地握住了少年的手，用力地点点头，她的脸色白得就像一张纸一样。盖在尸体上的白布被掀开了，小潘的耳边顿时传来一声撕心裂肺的惨叫，中年妇女的身体应声瘫倒在了自己儿子的肩膀上。

“我早就跟你们刑警队说过，辨认尸体前一定要做好家属的思想准备工作，你们怎么就不把我的话当回事呢？”小潘一边皱眉埋怨，一边慌忙把白布重新盖向轮床上的尸体，“死者的脸部毁坏得这么厉害，我估计连生他的老娘都认不出来了。这来辨认又有什么意义！”

“等等！”少年突然抓住了小潘的右手，“让我再看看他的左胸。”

小潘照做了。

“没错，这个人是我的爸爸。”少年颤抖着右手指向死者左胸口靠近锁骨方向的一道特殊的疤痕，“我认得这道疤，在我 8 岁的时候，爸爸和妈妈打架，这是妈妈用剪刀扎的。”

小潘低头仔细一看，正如少年所说，虽然那道伤口早就已经痊愈，但是从疤痕的生长位置和深度来看，完全符合尖锐性利器所造成的陈旧性刺创伤。他抬起头，冲于强使了个眼色，微微点头。

5 楼会议室，没有人注意到，往日空空荡荡的会议桌上多了一盆色彩艳丽的假花。

“死者赵胜义，男，45 岁，本市人，家住城南碧桂园小区 18 栋 1204 室，妻子方佳，家中有一个 17 岁的孩子，男孩，叫赵鹏，在市十八中上高三。死者赵胜义生前在市第三人民医院外科工作，担任外科主治医师，经常给人做手术，在业内也小有名气。”说到这儿，童小川又仔细核对了一下手中的资料，“12 月 7 号凌晨 1 点 02 分，市局 110 接到了报警电话，一个下中班的路人因为一时内急，在徐汇区高架二桥桥面下的绿化带中方便时，发现了尸体。他当时以为是车祸中的伤者，就通知了交警。后来交警经过现场路面的仔细勘察，并没有在桥面上发现刹车印或者撞车的痕迹，不存在事故逃逸的迹象，所以按照程序规定，就尽快通知了我们市局刑警队出警。后来经过死者家属辨认，死者正是赵胜义，是被人重击面部导致颅脑损伤致死。”

“你们查过现场监控了吗？”

童小川点头，说：“晚上 11 点 08 分，一辆没有挂牌照的深色桑塔纳小轿车，曾经在桥底下发现尸体的现场附近停留过一小段时间，大约三分半钟，因为镜头存在观察死角，那辆轿车停留期间，我们并没有捕捉到轿车司机的举动。我们经过现场测算，通过桥门洞绿化带附近的通道，满打满算也只需要 17 秒，而这辆车停留了这么长的时间，又没有挂牌照，所以嫌疑很大。我们怀疑对方是在抛尸。”

“对于死者被害的原因有什么意见？”

“案发现场，死者是被抛尸的，身上所穿衣服的口袋中并没有找到能够证明他身份的东西，钱包也没有看到。经检查，外衣口袋有外翻的迹象。所以，加上当时的时间的特殊性，我们目前不排除是劫财杀人。”

“那法医处，你们有什么需要补充的吗？”

“当时我在现场观察到，尸体还没过尸僵期，呈现出骑马状态，而痕迹鉴定组在现场并没有找到别的血迹，所以我们推测死者被抛尸前是被塞进了一个狭小的空间中。死者身高是 180 厘米，而通常桑塔纳后备厢的长度是 150 厘米左右，死者弯曲时所呈现出的身长正好和这个长度相符合，所以，在运送尸体的过程中，死者显然是被塞进了这辆汽车的后备厢中。”章桐伸手揉了揉不断刺痛的太阳穴，昨晚几乎都没有合眼，严重缺乏睡眠让她的太阳穴疼了整整一天。

“这辆车子能有办法追查到吗？”张副局长问。

“目前还不行，因为凶手掩饰得很好。而我们的监控录像是黑白的，所以只能够看出那是一辆深色的桑塔纳小轿车，车牌没有显示出来，很显然，凶手在这一方面做足了功夫。”童小川说，“但是死者家属曾经提到过一个情况，赵胜义那晚外出是因为债务问题，具体是什么债务，死者家属并不知情，数目也不知道。只是说死者赵胜义死前的这几天，情绪一直很不稳定，当追问起原因时，赵胜义只说是一个原来的朋友，许好的诺言却不兑现。而案发当晚，吃完晚饭后，赵胜义一反常态，表示说事情今晚就可以解决了，他要去和这个人见面，叫妻子一定等他回家。结果，这一去就发生了惨剧。我现在已经派人前去第三医院调查死者生前的财务状况了。”

“他有没有带着钱包之类的东西出门？”

童小川继续说道：“那是当然，他的家属说，死者赵胜义生前是个非常小心谨慎的人，做事情都会留一个心眼。这么晚出去，他肯定会做好安全上的防范准备，但不会带很多钱。”

“那死者和家里人提起过会面的具体地点吗？”

童小川仔细看了看询问笔录，回答道：“这倒没有，说是走得急。”

“那要找到这个借贷人就有点麻烦了，死者生前的手机通话记录查得怎么样？”

“除了有两个不记名电话号码外，别的都是医院同事的电话，查过了，没有什么异样。而这两个不记名电话号码，一个关机，一个停机，所以我们没有办法进行定位操作。”

走出会议室，章桐叫住了童小川，两人一起往电梯口走去。“我刚才听到你说，死者是第三人民医院的，对吗？”

“是的，第三人民医院外科。也是个人才啊，年纪这么轻，真是可惜了。”

“我们法医处新来的助理彭佳飞，以前就在这个医院工作，不知道他认不认识死者。”章桐皱眉说。

童小川突然停下了脚步，转身看着章桐：“我记得你曾经跟我说起过，你们法医处新来的助理经历过很大的打击，对吗？好像还出了人命？”

“对。”

第十三章　凶手？受害者？

食堂里，正值午饭时间，几乎找不到空位子。在靠窗的老位置上，童小川、章桐和彭佳飞面对面坐着。

"那是一台肝脏移植手术，"谈及自己的过往，彭佳飞的目光变得遥不可及，他完全沉浸在了自己痛苦的回忆之中，"我把血管接错了。等发现时，任何抢救措施都已经来不及了。病人最后腹腔大出血而死。"

第一次听到事情的原委，章桐不由得愣住了，她无法想象彭佳飞曾经犯下的是一个多么严重的过失："怎么可能？血管接错？你从医这么多年，怎么可能犯下这么低级的错误，那可是一条人命啊！"

彭佳飞的脸因为痛苦而抽搐，他哽咽着说道："我也不想这样的，可是，不知道为什么，我当时就像丢了魂儿一样，我到现在还……"

童小川赶紧劝住章桐，小声说："算了，事情都过去了，你也别揭人家的伤疤了。"

"那么，彭佳飞，你认识你们原来医院外科的赵胜义吗？"童小川转头引开了话题，“他是一个什么样的人？”

“不是很熟，只在院里开医生大会时见过几次，没有什么深层次的交往。我属于神经外科，而他是普外，我们分属两个不同的系统。有一次腿部手术会诊时，我们搭档过，除此之外，没有别的交集了。”彭佳飞淡淡地说道。

“那你为什么最终决定改行来当法医处辅助人员呢？”章桐问，“你要知道你的年龄并不小了。”

彭佳飞放下了手中的筷子，上身靠在了椅背上，说：“两位领导，我觉得呢，无论干哪一行，其实只要有坚定的信念，就什么都可以干好。我本身就有医学的底子，也几乎穿了半辈子的白大褂，我深爱着医生这个职业。我虽然在神经外科方面几乎身败名裂，但医院方面也已经帮助我和死者家属达成了最终的调解，事情看上去已经过去了，我不想从此以后就碌碌无为，脱去白大褂，在后悔中过完自己的下半辈子。所以，我想，既然我对活着的人做了不该做的事情，那么，或许死人能够接受我的道歉和弥补，我要为死者尽一点儿力。基于这样的考虑，我就决定来这里了。”

这一番话于情于理都说得过去，章桐不禁心有感慨。

这时，彭佳飞已经吃完了自己托盘上的食物，站起身正要告辞，却被章桐叫住了。

“你的手指怎么了？”

彭佳飞右手手指关节部位，正牢牢地贴着一张中号创可贴。

“你现在在毒物检验实验室工作，每天要接触那么多的有毒化学试剂，一旦伤口被感染了怎么办？”

“没事，只是小擦伤，我已经到局里的卫生所上过药了。”彭佳飞平静地回答，转头看了看童小川，“那就这样吧，我先过去了，那边还有工作要做。”说完，点头离去。

“章医生，说实话，你新招的这个辅助人员不错，很稳重，做事情也很认真。”彭佳飞走后，童小川便把托盘移到了章桐的对面，边吃边说。

“是还不错。”章桐笑了，“但好好做事是一个人在这儿工作应该尽到的本分，我也只在乎这个，别的嘛，随他去，毕竟是他的私事，我们不好随便指手画脚的。”

童小川不再吱声了。

面对着办公桌上打开的城市地图，童小川皱眉苦思。正在这时，手机响了起来。电话那头是一个女人的声音，很慌张，沙哑的嗓音中透露着一丝恐惧：“是童警官吗？是我……汪少卿，你快来，我有危险，快……有人要杀我……”话音刚落，电话就被挂断了，童小川呆呆地看着手机，半天没有回过神来。这不是开玩笑，他第一个反应就是马上回拨过去，想问个究竟，可是电话那头传来的却是关机的提示音。童小川急了，一把抓过办公桌上的话机，拨通了网监支队，回复让人失望——通话时间过短，再加上对方已经关机，没有办法实施有效定位。

所有的努力都做了，童小川只能默默地站在窗口，因为这个时候的他什么都做不了。

送完尸检报告，刚回到办公室，小潘就推门走了进来，他兴奋地朝章桐晃了晃手中的传真件，说：“章姐，总算确定了我们在第三具尸体上发现的泥土样本所处的具体位置，折腾了这么久，国土资源局的那帮家伙，把位置给缩小到了5平方千米左右的范围内，叫什么李家坳，这样一来，我们就有希望了。”

章桐接过传真件一看，不由得皱眉道：“这是一块荒地啊，这张三维立体相片上所显示的东西一点用都没有。”

“为什么？”小潘反问道，“章姐，死者不是曾经被埋在土中吗？我们确定了大概位置，你为什么说没多大用处？”

章桐没有办法告诉周围的人她心中的担忧，法医学杂志社那边也再也没有了那个神秘作者的下文。而章桐不能以一个简单的怀疑，就要求对方提供作者的地址，因为光凭怀疑，没有一个刑警队会选择立案，不立案，又怎么去调查。章桐陷入了进退两难的处境之中。

电话铃声打破了办公室中片刻的宁静，章桐放下手中的传真件，接起电话，说了短短几句就挂上了。她看着面前记下的地址，转头对小潘说："老城区那边有人报案说有人被害，你不用出现场了，这起案子并不大，是否是他杀还不一定，我和彭佳飞去就可以了。你去一趟城郊的飞机场附近，实地核实一下。记住，无论看到什么，都记录下来，回来详细告诉我。"

小潘点头刚要离开，突然转身对章桐说："章姐，老彭可能出去了，我刚才经过 2 楼走廊的时候，无意中朝外面看了一眼，正好看见老彭向停车场走去。"

"他去哪儿了？现在还不到下班的时间啊。"章桐皱眉，"再说了，去哪里也该跟我说一声。"

"要不，我跟你一起去现场吧，我怕你一个人忙不过来。"

章桐点点头。在去现场的路上，她一连拨打了好几遍彭佳飞的手机，可是均显示处于关机状态。联想到前几天下班时，无意中目睹彭佳飞和他人发生激烈争吵的场面，章桐的心里感到了些许莫名的不安。一直到排除凶杀后离开老城区的报案现场，彭佳飞都没有接听电话。

5 小时前。

城北，一处废弃的老建筑区拆迁工地。

傍晚的夕阳有气无力地铺洒在每一块破碎不堪的砖瓦上，黑夜即将来临，从外面看，目所能及之处，除了偶尔在建筑垃圾中来去自如的流浪猫狗外，这里几乎没有人烟。

挂上电话的那一刹那，当她看到黑影出现在门口的时候，不由得心一沉，知道自己的末日到了。

她挣扎着想说些什么，却乖乖地交出了手机，想以此表示诚意，求他放过她，想说自己错了，不该打那个电话。想说的话有很多，但是她的喉咙很干，根本说不出话来，只能不停地干咳。徒劳地看着他把手机用力地踩在了脚下，一下，又一下，转眼之间，手机就变成了一堆废品。她绝望了，浑身瘫软。

紧接着，重重的一下猛击朝她袭来，她顿时感到眼前视线模糊，一片血红。来不及多想，又一下重击接踵而至。她拼命呼吸，声音却似乎停留在另一个世界，耳畔一阵可怕的寂静过后，鲜血顺着喉管汩汩流入肺部。她痛苦地咳出了一团红色的细雾。又是一声金属击中骨头的嘎嘣脆响。体内有什么东西骤然断裂，她坠入一片迷茫之中，坠落的过程迟缓而漫长，她徒劳地睁开双眼，破碎的意识中勉强拼凑出一幅图像，那是一张熟悉的男人的脸，眉宇之间充满了深深的伤痛。

这应该是梦吧，她想。眼前自己正在经历的，只不过是一场可怕的梦而已，她自我安慰着，噩梦很快就会过去，所有的疼痛也会随着黎明的到来，迅速消失得不留一丝痕迹。他不会杀自己的，他不会真的下手，因为……因为……她的记忆一片混乱。

万事即将终结，梦最终也会醒来。可是，为什么噩梦的感觉是那么痛苦和真切，眼前依旧是紧盯着自己的那张男人的脸。他到底在想着什么？他的眼神为什么会流露出痛苦万分的情绪？

她用自己残存的一点点意识苦苦地思索着答案。眼看着自己就要死去，她更希望自己能在此刻抓住什么温暖的东西。然而，死神与温暖之间是没有任何情谊的，她所能感受到的，只是越来越真切的冰冷。

于是，她无力地伸出右手，想抓住些什么。转身之际，他的手中突然多了一把亮闪闪的奇异的尖刀。他全神贯注地操着刀，动作游刃有余，只是眼神中流露出一丝绝望。

她勉强能够看到那把闪着寒光的可怕的刀，清醒的时候，她感到一阵阵的剧痛，感到血液流过自己的皮肤。疼痛让她昏了过去，很快，她又被一阵从内到外的奇异的刺痛惊醒。她越来越虚弱，难道自己真的离死亡不远了？

她不是在做梦，当她终于明白过来的时候，一切已经太迟了。又一阵剧痛袭来，她闭上了双眼，重重地坠入了永远的黑暗之中。

她到死都不会知道，他为什么会亲手结束自己的生命，她连为自己辩解的机会都没有。记忆最终被定格的那一刻，她分明看到了一颗晶莹剔透的泪珠，正悄悄地从那张熟悉的脸上滑落。

随着生命的逝去，她举起的右手无声地坠落了。

此时此刻。

童小川扫视了一眼尸体所在的屋子，这是一间很少有人光顾的水房，位于城北面临拆迁的老建筑区。水房的木板门歪歪斜斜地靠在墙上，窗玻璃早就不见了踪影，刺骨的寒风透过那黑洞洞的窗口拼命地钻进屋里，让在场的每个人都忍不住缩紧了脖子。墙面上污渍斑斑，已经生锈的管道横七竖八地耷拉在墙角，地面上时不时出现分辨不出颜色的积水。如果不是正对着门的1米多高的墙上那个破旧的窗洞还能够勉强透进光线的话，关上木板门，水房里几乎就伸手不见五指了。

童小川半蹲在尸体前，满面愁容。

一阵零乱的脚步声在耳边响起，很快，装满工具的铝合金箱被重重地放在地面上，童小川知道，章桐到了。

“我知道这么重大的案子，你肯定会到现场。”章桐说，“情况怎么样？”

“最近真是倒霉透了。”童小川咕哝了一句，“一个案子没有结，另一个又来了。这是一个拾荒老头报的案，”童小川看了看手表，站起身，边向水房外走，边说，“大约20分钟前，110接到的报案。”

章桐抬起右脚看了看脚底的一次性鞋套，在手里的小型手电筒的照射下，一层深棕色的黏状物体清晰可见。她随即用戴着手套的手指轻轻摸了摸，心不由得一沉，血液从液体状变成这样的黏状凝固物，所需要的时间不会超过 5 ~ 8 个小时，而室外温度是零下 2℃ 左右。那么，死者死亡的时间从现在算起，应该不会超过 3 个小时。

全身上下没有任何遮盖物的尸体，就在进门右手边的墙角处半坐半靠着，小潘拧开了随身带来的强光手电，在雪白的手电光的照射下，章桐这才弄明白，为什么童小川刚才站起身时的脸色会那么差。眼前自己所看到的尸体上的血迹，其实并不是真正意义上的血迹，那竟然是一整片被剥去了表皮的血肉。临死前那狰狞的表情已经被牢牢地刻在了死者那张面目全非的脸上，虽然没有了眼睑，但是一点都不妨碍那突兀且惨白的眼球上所流露出来的恐惧的神情，那呆滞的目光一动不动直勾勾地注视着章桐，让她不由得倒吸了一口冷气。

章桐伸手把死者耷拉在两旁的手臂轻轻抬起，她注意到死者的臂弯处，还残存着一些已经变得犹如一张白纸的皮肤，这显然是凶手还没有来得及剥离的，而尸体的其余部位，包括头顶，都再也找不到任何残留在血肉表面的皮肤了。

拨开死者长长的头发，章桐在两侧外耳道里发现了异常的白色物体。“这是什么？”小潘问。章桐摇了摇头，放下了头发，说：“现在还不清楚，等回实验室后再仔细看吧。你去车上把袋子拿过来。”“那死因呢？”一直关注着屋内现场情况的童小川急了，“我要知道具体死因！”

“在尸体解剖完成之前，我没有办法告诉你！”章桐朝水房四周阴暗的墙壁看了看，略微停顿了一下，说，“不过，有一点很明确，这里是第一现场，死者就是在这里被害的。”

“真的？”童小川愣住了。

章桐没有回答，她转身从工具箱里拿出了一瓶淡黄色的鲁米诺喷剂，朝着尸体周围的墙壁上轻轻地喷了几下，很快，阴暗潮湿的水泥墙面上就呈现出了明显的蓝绿色光芒。她解释道：“发光的地方就是血迹，很多都呈现出动脉血喷溅的状态，尤其是在死者背后的这堵墙面上。这就是为什么我说死者就是在这里被害的原因。”说着，章桐朝等在一边的小潘嘱咐道，“别忘了提取这些血迹的DNA给我，还有，把这里全部拍下来。”她指了指散发着蓝绿色光芒的水泥墙面，“这对我们回实验室后，重建死者被害的经过有很大的帮助。”

小潘点点头。

第二天，看着彭佳飞低头认真做事的样子，章桐心里很不是滋味儿，她总觉得眼前这个沉默寡言的男人的内心世界里，肯定隐藏着一个无法言说的秘密。其实想想也难怪，因手术失误导致了一条生命的逝去，如果换作章桐自己，她也会在很长时间内都走不出这个心理阴影，所以，不善于沟通，也是可以理解的了。

早上上班的时候，当被问起昨天为何会无故早退时，彭佳飞犹豫了半天才说，家里出了点事，一时着急，就先回去了，本以为很快就能处理好，结果耽误了一整天，都没有来得及解释一下，为此，他一再道歉。因为涉及私事，彭佳飞平时的表现又还不错，章桐也不好多说什么，只是嘱咐以后一定要请假，这件事也就算过去了。毕竟彭佳飞和小潘的身份不一样，不经过正式公务员入职的话，他永远都只可能是一个辅助人员。所以，彭佳飞的缺席对章桐来说，影响其实并不是很大。

上午 11 点多，章桐独自一人坐在办公室里，面前的办公桌上放着两张写满了字的纸，左边一张，她概略地记录下了“大提琴箱女尸案”以来接连几个案子的尸检摘要，尤其是各种详尽的数据，右边一张则是她忧心不已的那篇特殊的论文。还好在交给杂志社之前，为了以防万一，再加上心中也确实佩服这个作者丰富的理论知识和实际现场经验，章桐就把这份论文扫描了下来。想着若一切正常，自己将来要是能够有机会见一见这个特殊的作者，以表达一下自己的敬意。

可是，如今看来，章桐却感到了一股说不出的凉意。冥冥之中，左右两张纸之间似乎有着某种看不见的联系。就好像这个论文的作者就在案发现场一样。左边是血淋淋的现实，而右边是一串串由左面的现实转换过来的冰冷的数据。

言简意赅的阐述，不差分毫的数据记录，章桐感觉自己的心跳得厉害。尤其是论文结尾处的这一段话，更是让章桐毛骨悚然。

“……不得不承认，由于实验数据的缺乏，我们基层法医的尸检工作总是会走一些弯路，以至于给刑事案件的顺利侦破带来了一些不必要的麻烦。所以，我强烈建议，在我们国内也建立一个类似于美国田纳西州法医实验基地的‘尸体农场’，用真实的尸体模拟现实生活中的各种案发现场，继而采集尸体的死亡数据，从而建立一个详尽的数据库……”

难道论文中的数据就是这么来的？这个作者所提供的各种数据就来自现实中的“尸体农场”？

当这个荒唐的念头从章桐的脑海里冒出来的时候，她立刻坚决地摇头否定了，不可能，没有人会去做这种事。要知道，资金只是众多难题中的一个，另外还涉及各种人伦道德观念和尸体的提供，其中最主要的就是尸源，没有尸源，一切的期盼就只能变成泡影。

作为一个基层法医工作者，章桐很清楚在日常繁杂而又琐碎的工作中，如果真的能够拥有这么一个详尽的尸检数据库，那么，无疑能使尸检工作少走很多弯路。可是，这在现实中，是完全不可能实现的，至少现在是如此。

她犹豫了好一会儿，终于下定了决心拨通杂志社的电话，郑重要求和这个署名为“王星”的作者见上一面。“真的很抱歉，章医生，”编辑委婉地拒绝了，“我们真的有严格规定，评审会人员不能和作者见面。不论基于何种理由。”

“我……”章桐是绝对不能说出自己想见对方的真正理由的，她咬了咬嘴唇，放低了声调，用近乎恳求的语气，“李编辑，你能不能通融一下，我很佩服这个作者，所以我想亲自见见这个作者，仅此而已。会面时，你可以在身边的。”

编辑笑了：“章医生，我想您还是在大奖赛结束以后再见吧。相信您能理解和支持我的工作的。”

章桐没有办法了，刚要挂上电话，她心中突然有了一个念头：“李编辑，对方是个女性，对吗？”

“那是当然，不久前她给我的办公室打来过电话。”

“她从事的是什么职业？”

“是医学院的学生，在参赛材料中有她的学生证扫描件。怎么了章医生，出什么事了吗？经过我们的要求后，这位作者已经把她的资料档案都补齐了。她的参赛资格没有什么问题啊。”李编辑被章桐的一连串追问给彻底弄糊涂了。

“是吗？”章桐悬着的心终于落了下来，她赶紧道歉并挂断了电话。

难道真的是自己多心了？

刺耳的电话铃声使她顿时清醒了过来，来电号码显示是童小川打来的。章桐知道，他肯定是为了此刻正躺在隔壁不锈钢解剖台上的那具尸体而来。

“放心吧，童队，检查完了，水房里的那具女尸的死因是心脏衰竭。”章桐靠在了身后的椅背上。

“这么简单？那死者所受的痛苦呢？”童小川似乎对这样的结果感到怀疑。

“死者生前确实遭受了很大的痛苦，被硬物重击，打断了左胸部的 3 根肋骨，头骨左边也有严重凹陷，也是硬物打击所产生的后果，头部硬膜下血肿非常厉害。这些都还不是最主要的，童队，死者身上 2/3 的表皮被剥除了，伤口显示，那时候她还活着。如果不是很快心力衰竭而死的话，她最终也会因为身体上的那些伤口而感染、流血致死。”

“如果真要是杀人，我相信一刀就可以达到目的，凶手这么做不是在折磨人吗？”

“还有一点也很重要，童队，凶手把死者身上的性器官都取走了。”

“你说什么？”

“死者做过变性手术，凶手把死者身上所有被植入的假体全都取走了，所使用的工具应该是一把长度为 5 ~ 8 厘米的尖利锐器，有一定的弯度，横面很窄，不会超过 3 厘米。有手柄，圆形的手柄。上次我和你提到过这种利器，它也被使用在第一和第三具尸体上，我比对过了伤口，应该是同一把利器造成的。”

“可是，我记得很清楚，那两具尸体的尸检报告上并没有说死者被植入的假体被人取走了，对不对？”童小川对自己的记忆力从不怀疑。

“对，这是第一具。死者的喉咙被切开了，切口并不致命，虽然死者当时已经奄奄一息，但是那个时候她还有心跳，只是说不出话来了。伤口处的血迹足以证明这一点。”章桐停顿了一会儿，接着说，“虽然死者全身的皮肤被剥除了 2/3，其中包括脸部皮肤，头发却丝毫未动，我在死者的外耳道里发现了两截烟头。”

“烟头？上面有没有指纹或者 DNA？”

“没有，”章桐苦笑，“凶手没有这么傻。他把那两截烟头塞进了死者的外耳道，我想，这是在对死者进行侮辱和折磨。塞进去的时候，烟头并没有熄灭，故而死者的外耳道被灼伤了。”

听了这话，童小川不由得打了个寒战：“真是个可怕的畜生！”

“这是一个非常谨慎的凶手，也是对死者充满了仇恨的凶手，他是把受害者活活折磨死的。”章桐感到了一丝不安。

“死者的身份还没有确定，是吗？”

“死者的DNA还在检测，除此之外，死者真实性别是男性，40岁左右，但是保养得非常好，应该是一个健身爱好者，身体状况发育良好，内脏各器官发育正常，从他身上的肌肉纤维组织和脂肪的均匀分布来看，他是一个非常注重饮食健康和仪容仪表的人。死者身材也并不高大，尸长在163厘米左右，应该是南方人。”章桐说，“死者的胃内容物已经呈现出乳糜状，但是我还是发现了一些饭粒和蔬菜残渣，经过化验证实，这些蔬菜残渣属于一种川东特产的子弹头小米辣椒，在我市也有销售点。死者胃里的其余食物都已经进入大肠，由此可以推断，死者是在饭后4小时左右遇害的。”

“死亡时间？”

“昨晚12点到今天凌晨5点之间。”

“如果你找到什么有用的线索，再给我打电话吧。”说着，童小川挂断了电话。

于强敲了敲门，没等童小川开口，就直接推门走了进来，把一份痕迹鉴定组刚刚送来的报告放在了办公桌上，神情严肃地说：“童队，已经证实了，现场发现的那个手机卡，机主登记的姓名叫汪少卿。这个号码最后拨出的时间是昨晚9点07分，通话时间持续了23秒04，呼叫的号码……”

童小川脸色阴沉：“你不用说了，我知道这个被呼叫的号码——是我的手机号码。”

第十四章　猎杀者

在章桐的记忆中，她第一次看见尸体的情景是：一个女人躺在花坛前的那块空地上，离章桐家并不远。虽然年纪小，但是章桐并不害怕，只记得尸体一动不动地仰面躺着，身上的皮肤就像纸一样苍白。章桐当时就有一种冲动，非常想去摸摸尸体，那时候的她并不知道死亡是一种什么样的感觉。

20 年后，上医学院的第一周，一个讲师告诉章桐，选择了当法医，那么总有一天你会记不清自己究竟触摸过多少具尸体，但接触过了 308 具尸体后，章桐仍然对每一具都记得清清楚楚。只是那时候的她，早就已经不再对冰冷的死亡感到好奇了。

站在存放尸体的冷冻柜前，章桐愁眉紧锁，310、311、312、313，她在心中一遍又一遍默默地念诵着这 4 个普通而又熟悉的号码，它们代表着 4 具没有人来认领的尸体。而底下 327 和 328 两个柜子里放着的两具尸体，一具是因为家属拒绝领回家，另一具则是还没有找到凶手，没有结案，这意味着它还是证据。才短短不到 1 个月的时间里，平时几乎空空荡荡的尸体存放柜竟然快要“人满为患”。究竟是哪里弄错了？章桐不由得扪心自问，是哪一个结没有打开，以至于会有这样的结局？肯定遗漏了其中的某处细节。

她伸手拿过了工作台上放着的尸检记录副本，逐一仔细翻阅了起来。

311，第一具尸体，特殊人群体，器官没有缺失，死于溺水，尸体高度腐烂，死后尸体被放进一个大提琴箱中抛尸。死亡时间在 6 天以上。尸体中发现超剂量的阿托品和肾上腺素。溺水源洁净，没有明显杂质。尸体胸口第三和第四根肋骨之间发现坚硬利器所导致的数道伤口，形状类似于病理解剖学专用的脑刀。

312，第二具尸体，特殊人群体，器官没有缺失，死因是一氧化碳中毒，死亡时间没法具体确定，表皮深三度烧伤，并没有影响内脏器官，体内除超剂量的阿托品和肾上腺素外，还发现了奎宁。同样，尸体最终被放进了一个拉杆旅行箱中抛尸。

313，第三具尸体，特殊人群体，器官没有缺失，体内发现了超剂量的阿托品和肾上腺素，死因是心脏静脉被注射了大量的氯化钾，导致心搏骤停猝死，死后尸体经过了干燥处理，使用的是烧碱，曾经在土内被掩埋 24 小时以上，然后室外露天存放了 3 天左右。最终，尸体同样被装进一个拉杆旅行箱中抛尸。

314，第四具尸体，特殊人群体，被植入人造器官缺失，死因是心脏衰竭。死前受到过折磨，体内没有另外发现类似于阿托品之类的药物，却被剥皮割喉、打断肋骨，外耳道被塞入异物。尸体被留在案发现场。和第一具尸体所产生的唯一联系，是凶手所使用的凶器——那把特殊的利器。

很显然，凶手是一个懂医术的人，也是一个冷酷至极的人，受害者的生命在他手中结束后，他并没有选择立刻抛弃尸体，而是在 24 ~ 72 小时后才异常冷静地处理了所有的东西。4 个死者的共同点就是，他们都是变性人，前 3 个，因为身份已经确定，于是他们就和死者卓佳鑫产生了联系，因为根据卓佳鑫提供的笔记本上的记载，他们的手术都是由他主刀的。那么，这第四具尸体究竟是谁的？如果不是那把刀，还有他的特殊身份，就很难把他和另外3个死者联系在一起。

"水房里的那具尸体就是我们要找的汪少卿，也就是同心酒吧的老板。"童小川的声音在身后响起。

"你是怎么知道的？我们这边的DNA结果还没有出来。"章桐显得有些吃惊，她顾虑重重地问道。

"我们在现场的水管底下找到了一个破损的手机卡，还有一些残存的手机壳碎片，经过痕迹鉴定组那边的鉴定，网监也帮我恢复了手机卡的数据，证实机主的姓名就是汪少卿，真名王辰。"童小川轻轻地叹了口气，"最主要的证据是，这个手机号码所拨出的最后一个号码就是我的手机号码，根据时间判断，他打这个电话应该是在遭到袭击之前，可惜的是，他很快就挂断了电话，我想尽了办法都再也无法联系到他。"

"凶手没有拿走这个手机？"章桐问，"据之前的各种处理来看，凶手应该是一个心思很缜密的人，怎么可能会忘了这么重要的证据？"

童小川摇了摇头，目光黯然失色，道："我在想，要么，他并不在乎汪少卿身份的暴露，要么，还有一个原因——他被彻底激怒了，以至于无暇顾及被踢落到水管底下的手机卡碎片，从他对死者所做的反常举动来看，我感觉到他有点失控的迹象。"

"没错，前面的3具特殊人群者尸体，尸表并没有被损坏，器官也没有被摘取，凶手在处理尸体时也很沉着冷静，但是这第四具，从他折磨死者的手段来看，非常残忍，还有，他的抛尸方式显得很随意，只是把死者留在了案发现场。而前面3具尸体，凶手在抛尸的时候都是经过周密计划的。"说着，章桐回头，若有所思地看着童小川，"究竟发生了什么？以至于让他彻底改变了自己的一贯行事风格？"

“还有突然死亡的卓佳鑫？”说着，章桐伸手拉开了 327 号存尸柜的门，指着冰冷的尸体，“为什么这么巧？他是一个已经有 3 年 2 型糖尿病病史的人，一般来说不会忘了自己吃药的时间和所需要服用的量。我和他的病历卡上的主治医师联系过，童队，你要知道，一旦得上这种糖尿病，就必须得终生服药来控制血糖的浓度，不然就会有各种各样可怕的并发症从而导致生命危险，而 3 年中，根据这个主治医生的回忆，死者根本就没有出现过误服或者超剂量服用药物的经历。用他的话来说，那就是‘卓佳鑫本身就是一个医生，他应该比谁都要清楚药物的危害性’。所以，当这个主治医生得知死者是因为过量服用糖尿病药物，并且同时在药效存续期间，继续服用那种含有强效降糖药物的伪劣壮阳药物而死亡时，他怎么也不相信这是事实。”

“根据酒吧酒保的回忆，那晚曾经有一个女人和他接触过，而她并不认识这个女人。”

“女人？”章桐不由得皱眉，问，“她有提到对方有什么特征吗？”

童小川想了想，点头：“有，她的原话是——她有一双骨关节粗大的手，指甲很短，几乎到肉里，手上有股淡淡的消毒水的味道。”

章桐在旁边的椅子上坐下，双手交叉，陷入了沉思。过了一会儿，她抬头看着童小川，说：“虽然我没有亲眼见到这一双手，但是男性骨骼相比起女性的骨骼来说，会呈现出骨骼粗大、骨面粗糙、凹凸点更明显的特点，而且男性的骨质密度要比女性的大很多，所以骨骼相对比较沉。但也不排除对方是重体力劳动者，比如说搬运工之类。而你所说的指甲很短，有两个可能：其一，工作的缘故，有很多职业很注重指甲等个人卫生，比如说医务工作者；其二，她有啃指甲的习惯，为了掩饰自己，她不得不把指甲剪短。而你所说的消毒水的味道，童队，你还记得那个第三医院的普外科医生赵胜义吗？就是被人活活打死的那个人，他刚被送来的时候，手上就有这股味道。因为每天都要和消毒水打交道，所以时间久了，这种特殊的味道就留在了皮肤上，很难除去。”说到这儿，章桐摊开了自己的双手，“我的手上也有这样的味道，因为每次接触尸体后，尽管戴着塑胶手套，但是按照规定，我们都必须进行手部的消毒处理。”

“如果你的假设是正确的话，卓佳鑫死亡那晚，曾经出现过一个懂医学的人，”童小川皱眉道，“那人曾经搀扶着死者进了洗手间。后来我去实地查看过，那个洗手间是男女共用的。而她骨关节粗大，章医生，你说，这个人会不会也是特殊人群体？”

“我没办法确定，不过，我建议你最好还是和卓佳鑫生前所在医院的护士好好谈谈，有时候，这些小护士知道的往往比我们想象的要更多。”章桐的脸上露出了若有所思的神情。

“章医生，你在现场的时候曾经跟我说过王辰就是在那个水房里被害的，对吗？”

章桐点点头，同时找出了一张现场墙壁上的血迹喷溅相片，在黑暗的背景下，发着淡绿色光芒的诡异的痕迹几乎布满了整张相片。“这个发出淡绿色光芒的就是被喷上了鲁米诺的血迹，因为水房的光线十分昏暗，所以只有这种方式才能够让血迹完全显现出来。

“你看到没有，在死者坐着的上方，有好几道不规则的呈现出喷溅状态的血迹，那就是动脉血。我们人体的动脉一旦破裂，心脏每跳动一次，血就会以 50 厘米每秒的速度向外喷出，静脉则会相对缓和一点，是 20 厘米每秒。这就表明当血液喷出的时候，死者还有生命迹象，只不过不会持续太长的时间罢了。但是，我在墙面上没有发现带血的挣扎的痕迹，要么死者一开始就被制服了，要么根本就没有打算抵抗。”

“为什么？明明知道自己要死了，却不抵抗？”

章桐摇摇头，道：“我早就跟你说过，我是法医，不是心理学专家。我一直都坚持认为，我们人类的思想是这个世界上最难以捉摸的东西了。

“还有，痕迹鉴定组在尸体的正前方，发现了一组带血的脚印。根据血液的凝固程度来判断，已经有一段时间了。而我们进入命案现场时有规定，必须要戴上鞋套，以免对现场痕迹造成破坏。”

“没错。”童小川点点头。

“所以基本可以确定这组鞋印是属于凶手的，鞋印非常明显，是一种模压胶粘的硫化成型胶底鞋。”章桐用手比画了一下，“从鞋底花纹和防滑点来看，怀疑是那种骆驼牌的厚绒里雪地靴。”

“那靴子的大小呢？”

“40 码到 41 码。”章桐垂下眼皮。

“鞋印就正对着靠墙坐着的尸体，难道凶手是在欣赏死亡？”童小川皱眉。

“我不知道，不过看情形不排除这样的可能。”

看到童小川正要转身离开，章桐赶紧叫住他，说：“我差点忘了一件事，童队，你跟我来，我给你看样东西。”

“跟案子有关吗？”童小川跟在章桐的身后来到隔壁的办公室。

“我也说不上，你看看吧。”说着，章桐把那份一直困扰着她的论文递给了童小川，“里面有很多专业术语，你仔细看那些例子就可以了，尤其是数据论证方面。”童小川一脸狐疑地接过了论文，仔细看了起来。

“我并不怎么看得明白，这毕竟是你的专业。”他看了一半后，显得很尴尬，“你说说好吗？”

章桐就把自己的担忧尽量简短地告诉了他，最后补充道：“我总觉得这个世界上没有这么巧的事情。”

“但是也不能光凭猜测就去抓人，对吗？”童小川摇了摇头，“没有直接的证据把这个作者和我们这几起案件联系起来，你就只能用巧合来下定论了。”

“可是……”章桐急了，“我总觉得……”

“好吧好吧，我和那家杂志社的总编沟通一下，看能不能更多地了解一下这个作者的背景，如果真有什么可疑情况的话，我们才能够介入调查。”童小川无奈地说，他把手中的论文放在了章桐的办公桌上，“好了，我该走了，今天还有一些情况要跟进调查。”

“你还没有说你今天来找我的真正目的。”章桐微微一笑，关上抽屉，“打消念头了？”

“其实也没什么，章医生，我跟你说过，这第 4 个死者就是汪少卿，她在死前给我打过求救电话，而在此之前，我把所有的疑点和精力都集中在了她的身上。”童小川重重地叹了口气，伸出两只手做出投降状，“我本以为她就是凶手，还信心满满，可是，现在她死了。所以，绕了个圈，我又回到了起点。我以前的工作全都白干了。我到你这里来，只是想看看有没有什么新的线索而已。我现在脑子里一片混乱。”

“小潘，李家坳那边调查得怎么样了？”走出食堂的时候，章桐用手机拨通了小潘的电话，小潘一头扎进了李家坳勘查，已经有整整 2 天的时间了。

电话中的回复让章桐感到有些失望，她本以为，这一次挨家挨户地打听，仔细地观察地形，采集土壤现场样本，会有什么新的线索被挖掘出来。如今看来，是自己把结果想得太好了。

走过长廊，章桐进入了底层大厅，她正要向拐弯处的楼梯走去，耳畔突然传来了“啪啦”一声玻璃破碎的声音，紧跟着就是一声惊叫。回头一看，是痕迹鉴定组的小邓，一个刚来没多久的小姑娘。她此刻正满脸痛苦地紧握着自己的右手。

新来的人几乎都会在最初的一两个月中，毛手毛脚地犯上一些小错误。

彭佳飞刚来的那一周，看似简单的洗刷实验室玻璃器皿的工作，损耗却几乎每天都会发生。

“小邓，出什么事了？”章桐连忙上前问道。

“我的手被扎破了。”小邓眼泪汪汪，在她紧握住的戴着五指手套的右手手背上，被扎了一个很大的口子，隐约还能够看到里面的碎玻璃渣，而罪魁祸首就是眼前的这扇转门上没有被完全打磨平整的玻璃边。

“对不起，章医生，我没有仔细看路，昨天加班，我有点犯困，不知怎么的就撞上去了，对不起，我马上赔。”小邓忍着疼，慌张地说道。章桐却不由得愣住了，她呆呆地看着小邓的伤口，又回头看了看那依旧还沾染着血迹的转门玻璃边，心里猛地一震。

“章医生，我没事的，包一下就好了，你别担心。”察觉到章桐的脸色不对，小邓更有些不知所措了。

“没事，没事，我马上带你去医务室。”回过神来的章桐赶紧扶着小邓向不远处的医务室走去。

等走出医务室的时候，章桐便迫不及待地拨打了童小川的手机，电话接通的那一刻，还没等对方开口，章桐便激动地说：“童队，赵胜义的那个案子，我终于找到突破口了！”

“RNA？我只听说过DNA。RNA又是什么东西？”童小川一脸的困惑。

“RNA是核糖核酸的简称，由核糖核苷酸组成，单链结构，在复制与传递遗传信息时易发生变异。RNA有三大类：mRNA、tRNA和rRNA。在细胞结构中，RNA不作为遗传物质，只能进行遗传信息的传递。而在某些病毒中，RNA可以作为遗传物质。相对于DNA来说，RNA的范围更广，RNA普遍存在于动物、植物、微生物及某些病毒和噬菌体体内。它和蛋白质生物合成有密切的关系。在RNA病毒和噬菌体内，RNA是遗传信息的载体。打个比方说，DNA，我们所熟知的脱氧核糖核酸，是双螺旋形载体，一旦载体不完整的话，那么就检查不出来，而RNA是单螺旋形，更细，范围更广，所需要的检材样本就更少，但是它和DNA的功能是一样的。也就是说，我们每一个人的RNA和DNA都是独一无二的。并且，如果是克隆羊或者同卵双胞胎之类，他们的DNA结构检查出来会一样，RNA却不一样。”

“我还是有些云里雾里，那赵胜义的案子，以前做DNA不是没有结果吗？”

章桐严肃地说：“没有错，死者面部提取物的有效检材样本太少，没办法做 DNA检查，而本案中的犯罪嫌疑人是一个对人体面部结构了如指掌的人。同时，他对自己的手部又保护得非常好，可是尽管如此，他必须接触对方，不然的话，所要达到的有效伤害就没有办法完成，哪怕凶手戴着手套，DNA不会被留下，但是分子系数更小的RNA会通过手套留下。童队，你要知道，我们现在已知的手套，还没有办法做到对 RNA的有效阻挡。”

童小川顿时两眼放光：“章医生，你是怎么想到这一点的？今天怎么跟突然开了窍一样？”

“是小邓啊，就是痕迹鉴定组新来的小实验员。”章桐有些不好意思，“我中午吃饭回来，看到她的手被大厅里那扇没有安装好的转门给弄伤了，那情况确实挺糟糕的。不过我注意到了，她手上有转门上的碎玻璃渣，而转门上有她手上的血，她虽然戴着手套，却仍然阻挡不了这两样东西的互相传递，我就想到了 RNA了。”

“我的老天爷，那她现在怎么样了？”童小川吃惊地问道，“受伤严重吗？”

“我没注意看，直接送她去医务室了。”章桐有点尴尬，“应该没事吧。”

第十五章　回忆的灰烬

童小川有时候很佩服章桐的观察力，虽然和自己相比，章桐工作时，更多的时间都只是和冰冷的仪器打交道。即使对方是人，在大多数情况下，也都是不会说话的死人，所以自己平时总是开玩笑地说她几乎也成了一部机器，做事情中规中矩，就连思考问题，也是从机器的直观角度出发，而不会像一般人那样去拐弯，从而产生感性思维。

可是，他又不得不承认，章桐那看似认死理一般的思维方式，往往能够发现很多自己经常会忽略掉的线索。

此刻，天使爱美丽医院门口，面前这个长了一张娃娃脸的小护士正兴致勃勃、喋喋不休地谈论着她曾经的直属上司——已经死了的卓佳鑫医生。虽然很多听上去似乎都是无足轻重的废话，童小川和于强却不得不做出一番洗耳恭听的样子，时不时地还点头表示赞同。对待有强烈自我表现欲望的人，童小川深知，只有一个办法，那就是让对方不停地说。

终于，他有了插嘴说话的机会：“你刚才提到过，前段日子曾经有病人家属前来吵闹的事情，对吗？能再和我们详细地说一说当时的情景吗？”

小护士认真纠正道：“那可不是前段时间，应该是大半年前，还是夏天的时候。”

“大半年前发生的事情你还记得那么清楚？”于强嘀咕了一句。

“那是当然，”小护士显得很不服气，“那情景，能有人忘了才怪。我们卓主任……呸呸呸，就是死了的那个，看他平时风风光光的样子，我还是头一回看他被别人打得那么惨，几乎鼻青脸肿、头破血流，肋骨都断了 1 根，那个病人家属就跟疯了一样，一上去就是拳打脚踢，把他往死里揍。”

“这么狠？”

小护士一瞪眼，说：“能不恨死我们医院吗？把他弟弟硬是给弄成了女人，这在我们老家那边，可是断子绝孙的倒霉事儿啊，家里人这辈子都会抬不起头来，真的还不如死了。”

“你们医院，包括卓佳鑫医生，以前应该做过很多例这样的特殊手术，难道就没有家属闹上门吗？”

“当然有。”小护士用力地点点头，“我在这儿上班 3 年多，来闹过的不下 10 次，可是无论哪一次，都比不上大半年前的这一次来得要命。”

“为什么？”童小川顿时产生了兴趣。

“能吓唬住的就吓唬住，我们医院的保安也不是白养着的，实在吓唬不住的，就私了，我听财务部的小姐妹说，一场手术要好几十万，差一点的都要好几万，私了最多两三万，反正手术做了，也没有办法挽回了，大家心理平衡就可以了。其实仔细想想，我们医院还是赚的。”说到这儿，小护士突然停住了，她的目光中闪过了一丝阴影，“可是大半年前的那个男人，什么都不要，也什么都不怕，就是把卓主任往死里打，临走时还丢下一句——我会让你不得好死！”

听了这话，童小川和于强不由得面面相觑：“那他弟弟的手术后来做了没有？”

“已经做了，虽然这样的手术不是一两期就能够完成的，但是一旦开始，就没有回头路了，所以我们医院开始的时候都会做好评估和公证手续，就是怕到头来家属把事情闹大。”

“那这个病人的名字你还记得吗？”童小川试探地问。

“我当然知道，那情景就跟杀人一样，搞得屋里到处都是血，我都吓坏了。我当然要去看看对方的病历档案了。那人年龄不小了，应该有 40 多岁，名字我记得很清楚，叫王辰。”

“王辰？”童小川急了，伸出双手铁爪一般抓住了小护士的肩膀，“三横王，星辰的辰，对吗？”

“你明明知道还来问我？”小护士拼命挣扎，委屈地说，“你弄疼我了，警官，快松手！不然我可喊啦！”

童小川本能地向后退了一步，双手高举，尴尬地连连道歉：“对不起，对不起，我不是故意的。”

“我们上次来医院的时候，你为什么不把这个情况告诉我们？”于强皱眉看着她，“你知道耽误了我们多少时间吗？”

“还来怪我了，你们又没有来问我。话说回来，院里大家都在议论说，卓主任是吃那个假的壮阳药吃死的，又不是什么凶杀案，你们警察应该去抓那个卖假药的才对。”小护士忙着整理被童小川弄歪了的护士帽，嘴里嘟嘟囔囔。

“你……”于强被气得没话说。

童小川赶紧冲于强使了个眼色，然后笑眯眯地问小护士：“那，还有最后一个问题，后来你还见到过那个曾经威胁卓佳鑫的人吗？”

小护士想了想，随即肯定地点点头：“我在院门口看见过两次，他就站在你身后那个大石狮子的旁边，”她伸手指明了具体位置，“不过，他并没有进去，就在那边站着，一动不动，但是那眼神，怪可怕的，有种冷冰冰的感觉。对了，你们今天问这个事情问得这么详细，是不是卓主任其实是被这个人杀害的？”

童小川被小护士执着的精神吓了一跳，赶紧摆手：“你的想象力太丰富了，我们只是了解情况而已。你快回去吧，不然院里的人就得找你了。”

小护士离开后，童小川抬头四处打量了一下，随即转身对于强说：“他很聪明，这里正好是个监控死角，大石狮子彻底挡住了医院和马路对面的那个监控探头的视线。”

“那医院的监控呢？”

“都过去这么久了，他们不会留着了。”童小川皱眉想了想，“马上回局里，通知大家开会。”

市公安局会议室，下午 4 点刚过。

“那你们刑警队呢，有什么情况？”副局长埋头在笔记本上记录下了一些要点，“川东那边有线索回馈过来吗？”

“根据当时作为送养中间人和公证人的村主任回忆，死者王辰有个哥哥叫王星，幼年时因为家境贫困被送养给别人，送养时只有两三个月大，所以对亲生父母没有印象。我们通过当地派出所的协助，辗转找到了熟悉王星养父母的老邻居，他说因为王星的母亲后悔把孩子送人，后来多次上门想把孩子带回去，王星的养父母不堪其扰，就带着年幼的王星迁居去了外地，从此音讯全无。”

“王星养父母的名字查到了吗？”

“查到了，养父叫陈福，养母姓彭，叫彭友兰。户口登记簿上，王星被改名叫陈来顺。我派人查了，一直没有下文。因为在 30 多年前，川东某些偏远山区的身份证登记制度还并不完善，所以查询起来遇到了不少的阻力。”

散会后，走廊里，本来走在前面的章桐突然停下了脚步，转身拦住了童小川，说："你记不记得我给你看过的那篇论文？"

"你说的是那篇法医学杂志社给你的评审论文，对吗？我当然记得。"

"作者也叫'王星'。童队，你后来和杂志社联络过吗？"章桐隐约感到有些不安，"我需要证实这个人的身份。"

"安平医学院里叫'王星'的学生总共有两个，一个是临床医学系的男生，另一个是护理系的女生。提供给杂志社参赛用的学生证号也是真实的，就是那个女生的，但是我了解下来的情况是，这个叫王星的女学生并没有报名参加这个论文大赛，"童小川显得很无奈，"所以，我把这个调查结果通知给了杂志社，现在杂志社估计已经取消了她的参赛资格。"

"可是这个人的能力确实不错，也是真的热爱这份职业。"章桐意味深长地看着童小川，"我也真的希望这起案子和这个人没有任何关系。"

"章医生啊，你也别太担心了，我今天上午的时候已经把这件事情通报给了网监，他们现在正在通过杂志社和作者的几封往来电子邮件查找对方曾经使用过的 IP 地址，一旦确定了，就有找到她的线索了。"

"我真的很想和她谈谈，我心中有太多疙瘩解不开了。"

童小川摇摇头，长叹一声："对了，说到这个案子，我都干了这么多年的警察了，从来没有一起案子像现在这样让我感到这么强的挫败感。刚开始的时候，种种迹象都指向了汪少卿，也就是王辰，再说了，他本身就属于一个特殊者群体，所以最初现场监控录像中的女人，若说是王辰我完全可以想得通，他虽然做了手术，但是他作为男人本身的特质一点都没有变，女性荷尔蒙激素的注射只是改变了外表而已，装着尸体的拉杆行李箱对他来说，搬起来根本就不是一件难事。而前面死去的 3 个人同样属于特殊者群体，我们调查过，和王辰是在同一个医院，由同一个医生，也就是后来死去的卓佳鑫亲自主刀进行的手术。而王辰做这笔手术的钱来历不明，我在想，他之所以会对和自己有着相同命运的人如此残酷，可能隐藏着什么不可告人的目的。结果呢，他给我打来求救电话，等我终于找到他的时候，他死了！”

童小川无奈地做了一个小鸟朝天空飞翔的手势，说：“我所有指向这个案件的线索，就这么没了。我又得重新开始一点一点地抠。以前都白干了，唉。”

看着童小川沮丧的背影逐渐消失在楼梯转弯处，章桐心里不安的感觉愈演愈烈。

走出公安局的时候天已经全黑，时间早就过了晚上 9 点，回家的最后一班公交车在 5 分钟之前刚刚开离滨海路车站。看着那在朦胧的夜色中逐渐模糊的公交车背影，章桐除了摇摇头自认倒霉外，就只能继续往前走了。

公交站台边上不能停出租车，只有步行到 30 多米远的那个双岔路口附近，才会有出租车停车的位置标记，毕竟没有人会傻到公然在公安局门口乱停乱放车辆招揽乘客。

章桐沿着马路快步向前走着，身边是一对年轻的夫妇，女人手中推着一辆婴儿车，大包小包的东西都被身边同行的男人提着，女人的脸上挂着幸福的微笑。

此刻，章桐的心里正牵挂着那篇让她割舍不下的论文，所以当那辆银灰色的英菲迪尼毫无征兆地撞向她的时候，章桐连一点躲闪的意识都没有。死亡的威胁就这样来到了她的身边。

一阵金属摩擦地面所爆发出的刺耳的刮擦声，伴随着一连串的火花，已经完全失去控制的车辆肆无忌惮地在马路上横冲直撞，人们纷纷躲避。当尖叫声从耳畔传来的时候，章桐才猛地回过神来，她惊恐地发现，银灰色的英菲迪尼已经离自己不到 2 米远了，却没有丝毫减速的迹象。章桐甚至能够看到那个司机的脸，以及他流露出的镇定和疯狂交错的怪异神情。

她知道自己没有办法躲过这一劫了，身后就是那辆婴儿车和同样被吓傻了的年轻夫妇，如果自己现在侥幸闪开的话，失控轿车的所有冲击力就会落到婴儿车上，后果将不堪设想。章桐想都没想就做出了决定——尽可能地保护孩子。时间不多了，她用力推开了就在手边的婴儿车，随即闭上了双眼，彻底打消了逃生的念头。

“快闪开！”一声怒吼在耳边响起，同时，章桐感到一股强大的力量把自己硬生生地推了出去，紧接着，就是猛烈的撞击声和人们的尖叫声，马路上顿时乱成一团。

章桐摔倒在了坚硬的水泥花坛边上，脑袋被重重地磕了一下，剧烈的疼痛让她忍不住一阵干呕，紧接着就是头晕目眩。幸好她的意识还很清醒，便慌忙扶着水泥花坛爬了起来，顾不得检查伤势，赶紧踉跄着向不远处的车祸发生地跑了过去。

发狂的英菲迪尼一头扎进了路边刚刚修葺好的拥有古典江南水乡风格的水泥长廊，这才终于停了下来。现场一片狼藉。车头早就被撞得面目全非。

“撞人了，撞人了，快打 120……”人们纷纷向事故现场跑来，越聚越多。章桐用力挤进了人群，眼前的一幕让她顿时惊呆了，紧靠着水泥长廊的英菲迪尼车头的旁边耷拉着一只手。她知道，自己就是被这只手从死亡线上用力拉回来的。可是，看到那车轮下大摊的鲜血，还有那毫无生命迹象的人体，她的心顿时凉了。显然，为了救自己，这个人被失控的肇事车辆硬生生地给撞击到了墙上。而他还活着的可能性几乎为零。

章桐狼狈不堪地呆站着，很快就被人群给挤到了一边。120 急救车呼啸而至，119 和交警也紧跟着赶来了。在大家的帮助下，肇事车辆终于被人从墙角移开，护士用担架抬着伤者匆匆忙忙地上了急救车。见此情景，章桐连忙挤到车旁，焦急地问接诊护士：“怎么样，人还有救吗？他刚才救了我，他可千万不能出事。”

护士看了她一眼，说：“还有生命迹象，我们把人拉回去马上抢救。”

“你们是哪个医院的？”在关上车门的那一刻，章桐用力扒着车门大声问道。

“第三医院。”

赶到现场的交警中，有人认识章桐，他把一张被鲜血染红了的塑料门禁卡递给了她，极力安慰：“他会没事的。”

章桐怔住了，整个身体都不由自主地哆嗦了起来，手中这张门禁卡的主人正是自己的助手彭佳飞，是他不顾生命危险救了自己。

泪水瞬间汹涌而出。耳畔，救护车的警报声渐渐远去，人们也散开了。浑身发抖的章桐重重地跌坐在了冰冷的水泥花坛边上，再也控制不了自己的情绪，抱头号啕痛哭了起来。

第十六章　死者的证言

章桐不喜欢去医院，尤其是医院的重症监护病房。雪白的墙壁上贴满了白色的小瓷砖，除了样式完全不一样以外，那没有差别的颜色和同样刺鼻的来苏水的味道，往往都会使她产生一种错觉——这和自己每天工作的地方没有什么两样。只不过在法医处，她能够置身事外，别人痛哭流涕地来认领亲人的遗体，而她只需要静静地守候在一边。但是在这重症监护病房里，章桐不得不一头扎进情绪的旋涡中去，看着一动不动地躺着、浑身插满了管子的彭佳飞，章桐感到很痛苦，如果不是自己的话，彭佳飞就不会躺在这里，人事不省。

“王医生，请问这个病人怎么样了，能具体跟我说说他现在的伤势情况吗？到现在还没有醒来，会不会有生命危险？”出示了自己的证件后，章桐拉住了接诊的主治医生，急切地询问。

王医生摇摇头，说：“目前没有生命危险，病人还算是命大，断了 3 根肋骨，胸部和腿部大面积软组织挫伤，脑部有比较严重的脑震荡，但是没有伤到脑干，只要在接下来的 48 小时中，病人的体内器官没有产生并发症的话，我想，他还是能够顺利恢复的。章医生，你放心吧。”

章桐终于松了口气，说：“那就好，我还以为那么严重的车祸，他或许……”

“还好那边有一个水泥支架，正好保护住了他的心脏和肝脾肾等一些重要的内脏器官，才算是捡回了一条命。”王医生说着，翻开了随身带着的病例记录本，“但是有件事情，目前比较棘手。”

“什么事？”

“病人的身上带有变异的肺结核杆菌，平时没有什么异样，但是这一次因为肺部受到了穿透的刺创，防疫体系受到了破坏，所以就引发了这种特殊的肺结核，治疗起来就比较麻烦了。”

“肺结核？”章桐感到疑惑不解，“现在这种病不是已经差不多没有了吗？特殊的肺结核又是什么样的？”

“没错，一般情况下的肺结核是由结核分枝杆菌引起的，在人群中依靠空气传播。感染者呼吸时细菌随之而出，然后再进入其他人体内。病菌一般直接攻击肺部，导致患者胸部疼痛、体弱无力、体重下降、发烧、夜间盗汗和血痰，有时也会影响到大脑、肾脏或者脊柱。这种病在我们东南地区已经差不多绝迹了。”王医生指了指病房内静静躺着的彭佳飞，小声说道，“但是他这种病属于地方性的肺结核，也就是说，是由一种变异病毒引起的，治疗起来非常麻烦。我查过资料，是川东那一带最早上报的病情，所以，我必须申请提取他的RNA进行病毒复制，看能不能找到解决办法，即使解决不了，也尽量控制住病情不复发。但是等待RNA的提取，估计要半个多月的时间，我们院里没有这个设备。”

章桐心里一动，说：“王医生，我实验室的设备很齐全的，也马上就能用，你把样本给我，我很快就可以做出来，尽量减少等待的时间，让他早一点康复。毕竟他是因为救我而伤成这样的。”

“也行，你等等，我去向主任汇报一下，到时候需要你签字。”半小时后，章桐急匆匆地拿着装有彭佳飞 20 毫升血液试管的便携式小冰盒，走出了第三医院的病房大楼，在路口伸手拦了辆出租车，直奔公安局而去。

“你想告诉我们什么？”童小川尽量使自己的口吻表现得很温和，这已经是他 10 分钟内第三次问出同样的一个问题了。此刻，办公桌对面的椅子上坐着赵胜义的家属，一个事事都很小心谨慎的中年妇女。

“我……我……”赵胜义老婆挺了挺腰，又抬头看了一眼童小川，嘴巴嗫嚅了好一会儿，却还是没有吐出一句完整的话来。

童小川重重地吐出一口气，正要发作，突然看到了老李不断投来的奇怪的眼神。他赶紧站起身，两人一起走到办公室外面，把门关上后，童小川问：“老李，有啥事儿，赶紧说。”

“我说童队啊，你怎么就看不出来呢？她刚进来的时候第一句话说的是什么？”老李不满地说。

“好像是……你们刑警队应该只管杀人案，不管别的案件，对吗？你们会帮受害者家属的……人死了，就没有关系了，对吗……反正她挺啰嗦的，说话吐一句顿上半句，很费劲。”

“你真是聪明人做糊涂事，她想说的事情，肯定是不想把自己给牵涉进去，你再这么强压也没有用。所以，等会儿你换种方式，直接给她颗定心丸，她肯定把自己的心窝子都掏给你。”

“是吗？”童小川半信半疑，“那我试试，不过，这可是违反规定的，我不能随便承诺不符合规定的事情。”

老李赶紧做出认输的手势：“好啦好啦，头儿，你就随机应变吧。我相信难不倒你的。”果然，老李的方法非常奏效，当童小川含含糊糊地表示对别的情况并不感兴趣时，赵胜义的家属才大大地松了口气。“是这样的，我丈夫在世的时候，因为负责院里的普外科，又兼任药房的主任，所以，平时难免就有些油水。他因为怕被抓，就动了个歪脑筋，用我的名字开了个户头，然后来往钱款都是通过我的账户进行的。”

童小川急了：“那上次你干嘛不说？我们都查遍了赵胜义名下所有的户头，没有任何可疑的进出账目，也就排除了谋财害命。”

赵胜义家属双手一摊，面露为难的神情：“警察同志，你也不替我想想，在那种情况下，我敢随便说吗？敢说我丈夫拿了人家那么多钱？再说了，那时候我伤心都来不及呢。”

“那你现在来这儿找我们的目的又是什么呢？”老李忍不住开口问道。

“你们还记得我说过，我丈夫出事的那天晚上出去是因为一笔欠款的事情吗？”

一听这话，童小川和老李不由得面面相觑。

“他跟我说起过，这笔款子有 20 万，他是通过我的账号共分 5 次把钱划给那个人的，所以，我今天来，就是把这个找到的账号告诉你们，我想，或许能帮你们抓住这个杀千刀的混蛋，让他尽快把钱还给我！尽管这钱是我丈夫走了不正当的路子弄来的，但毕竟是我们的钱啊，他不能因为人死了就不还钱了，你说对不对？再说了，我没有经济收入，我儿子将来上大学还要用钱呢！”

“原来你来找我们的目的，是叫我们出面替你去要账啊。”童小川目光哀怨地瞅了一眼老李。

“是啊，20 万，可不是个小数目啊，难道现在法律有规定，人死了，欠账就一笔勾销了吗？”

“没有没有，”老李赶紧上前打圆场，“你的正常诉求，我们肯定是要出面替你维护的，这也是我们警察该做的事情。要不，你先把账号留下来，我们一有结果就和你联络。”

赵胜义家属想了想，从手提包里拿出一张折叠好的纸，放在了童小川的办公桌上，这才放心地站起身，在老李的陪同下，离开了办公室。等老李再次回到办公室的时候，令他感到意外的是，童小川居然笑容满面，与数分钟前判若两人。

“怎么了，头儿，这么开心？难道被刚才那个女的给气糊涂了？”

“没有，”童小川兴奋地晃了晃手中写有银行账号的纸条，“赵胜义是一个做事非常小心谨慎的人，对不对？”

老李点点头，说：“这一点倒和他老婆如出一辙。”

“对外，死者做到滴水不漏，在别人眼中，他是一个老好人，做事勤勤恳恳，从不假公济私，所以院里油水最肥的部门就到了他的手里。但是对内，他需要一个可以听他倾吐心事的人，于是就把所犯下的贪污和放贷的事情都告诉了自己的老婆，因为他认为老婆是最不可能背叛自己的。那晚，死者临走前和她所说的话的大概意思是，对方终于答应要还款了，他没有说是去哪里见面，而 20 万是一笔不小的数目，还钱不可能还现金，肯定也是转账或者现金支票之类的，而死者赵胜义前去会面的话，肯定会随身带着一样东西，用它来交换欠款，这是一件平时经济往来时必备的证据，那就是借条。”童小川站起身，在办公室里开始不停地走来走去，语速也变得快了起来，“我们在现场发现尸体的时候，老李，你还记不记得，他身上什么重要的财物都没有？”

“没错，后来我们就以此为根据，按照抢劫杀人案来调查的。”

“我在想，赵胜义不可能随随便便就把借条塞在自己的钱包里。更别提这个他口中所谓的朋友，其实早就已经得不到他的信任了，他肯定会留一手。而现在钱还没有归还。这就解释得通了，这个案子不是抢劫杀人那么简单。走，我们马上去证物保管处，但愿他真的最后为自己留了一手。”说着，童小川快步走出了办公室，老李赶紧一路小跑跟了上去。

证物保管处其实就是一个大仓库，在严格的温控条件下，按照具体的存放要求，分门别类地整齐地保存着各种各样的物证。有的属于已经结案的，而有的属于尚未结案的。如果是已经结案的物证，查找起来就相对简单，只要出示部门证件并且签字就可以了，而未结案的物证，还需要部门的直属上司等两人一起签字才可以查看。

从当班警员手中拿到物证袋后，童小川和老李推开查验房的门走了进去。按照规定，未结案的物证不能离开证物保管处所在的区域楼层，必须在指定的位置进行必要的查看。查验房是一个 5 平方米不到的房间，唯一的摆设就是屋子正中央的一张巨大的桌子。进门处的上方有一个内部监控探头，只要有人进入，就会自动激活探头进行摄制工作。

因为还没有结案，童小川便从口袋里掏出两副塑胶手套，在戴上之前先把一副递给了老李，然后指指桌上的证物箱，说："赶紧干活吧，但愿我们今天有所收获。"

虽然说银行账号也可以锁定对方的姓名和相关资料，但是并不能够排除对方使用捡拾来的身份证件进行开户的可能。所以，如果能找到那张借条的话，那就更加有把握了。

"一双富贵鸟牌的棉皮鞋、墨绿色防风裤、羊毛围巾……头儿，这些东西我们都看过多少遍了，没有什么异样啊。"老李皱眉，反复查看着手中厚厚的羊毛围巾，"这里面如果藏借条的话，应该早就被人拿走了。"

"不，没那么简单，如果看不到欠款打进自己老婆的账号的话，赵胜义是绝对不会把借条还给对方的。因为借条对他来讲，就是对方落在自己手中唯一的把柄。而这笔借款是见不了阳光的，所以赵胜义一定会把它藏在一个不会轻易被人发现的地方。"

童小川的目光落在了那双棉皮鞋上。这是一双高帮棉皮鞋，里面垫着厚实的鞋垫。他从兜里掏出一把随身带着的小刀，先是把棉鞋垫抽出来，割开，里面什么都没有。紧接着，他又把注意力放在了棉皮鞋的高帮上，那里面里三层外三层地叠着厚厚的棉絮。

“老李，还记得我们发现死者的时候，他脚上的鞋子穿得好好的，绑鞋带的方式显示也是他自己绑的。那么，这双鞋子应该就没有被别人动过。”说着，童小川用小刀挑开了棉皮鞋的高帮衬里，随即，一张小小的折叠好的白纸露了出来。他立刻放下刀，把纸条抽了出来，打开的一刹那，童小川的脸色顿时变了。

“这年头居然还有这样的人，把借条藏在鞋子里。”老李惊讶地瞪大了眼睛，“童队，你确定是借条吗？”

童小川没有吭声，他双眉紧锁，一脸严肃。在他手中的借条的落款处，上面有一个绝对出乎意料，但似乎早就应该是意料之中的名字——彭佳飞。

第十七章　身边的鬼影

“你说什么，彭佳飞出车祸住院了？”听到这个消息，童小川不由得目瞪口呆，“怎么这么巧？现在还人事不省？”

刚刚从李家坳赶回来的小潘点点头，一脸的苦闷，几天的李家坳之行使他灰头土脸，瘦了整整一圈。本来就是麻秆儿一样的身材，站在童小川面前就更加显得弱不禁风了。说到彭佳飞，小潘就是唉声叹气。

“他昨晚出的事情，就在咱们局里出去左手拐弯不到 200 米的岔道口。那司机是酒后驾驶，现在人已经被交警带走了。听人说，要不是老彭的话，如今躺在医院病床上人事不省的就该是我们章姐了，紧要关头，是彭佳飞扑过去把她推开了，他自己却被车子给结结实实地抵到了墙上，如果不是花坛边那个水泥支架挡了一下，估计人早就没有了。”

“是彭佳飞救了章医生啊！”童小川更加感觉不可思议了，“对了，你去李家坳有没有什么发现？”

小潘停下了手中的笔，抬头看着他摇摇头：“那里很荒凉，没有多少人住，村子里几乎都是老人和小孩，要么就是动不了的病人。我在那儿转悠了好几天，与我们之前提取的土壤样本相接近的那块区域，就只有一个废弃的医疗垃圾处理站。听村里人说，里面早就没有人了，但是因为土地的所有权还属于医院，所以一直就没有人动过那块地。我跟当地派出所的人翻墙进去了，采集到的土壤样本和尸体上的样本现在正在仪器上做最后的比对。”说着，小潘伸手指了指屋角的一台正在高速运转的机器，“样本就在那台离心机里。”

“多久出结果？”

“还有不到2个小时。”

“一有结果马上打电话给我，有了结果我才可以申请搜查证。”童小川神情严肃，“那是哪个医院的医疗垃圾废弃处理站？”

“第三医院，他们村里的村主任说的，已经存在很长时间了，但是后来听说医用垃圾要统一处理，那地方自然也就荒废了。反正花的是公家的钱，医院不心疼。”小潘露出不屑一顾的表情。

“第三医院，又是第三医院，”童小川回头问，“现在几点了？”

“差10分钟下午2点。”

“去第三医院。”

临出门的时候，童小川才意识到，自己刚才一直没有看见章桐，这才又问道：“你们章医生呢？”

“去现场了，怀集有个案子。”

“她一个人？”童小川感到很惊讶。

小潘头也不抬地说：“这没什么奇怪的，我们现在人手严重不足，没办法，我得看着仪器，走不开，彭佳飞住院了。现在整个法医处就只剩下我一个人了。”

张副局长办公室，童小川站在办公桌旁边，心里有些惴惴不安："副局，你还犹豫什么呢？现在所有的线索都指向了我们法医处的彭佳飞，我需要对他所有的私人物品进行搜查取证。还有第三医院在李家坳的那块废弃垃圾处理场，我相信只要我们搜查，肯定能够拿到指证他犯罪的有力证据！"

"第三医院后勤处那边，确定原来的承包人的身份了吗？"张副局长抬头看着童小川，"彭佳飞是我们单位的人，又是法医处正式登记在册的辅助化验员，我们必须有足够的有说服力的证据才可以对他采取措施。所以，我必须慎重考虑。"

副局长没有说出口的是，如果彭佳飞真的被证实是本案凶手的话，那么，一年多来他所接触过的每个案子，都必须再次另外请人进行检验。

"确定了，是赵胜义。他们的记录上就是这么写的，说是因为赵胜义死了，还没有顾得上另外处理那块场所。而合同规定，赵胜义只需要每年缴纳一定数额的租金就可以了。现在还在合同期内，钱款早就已经付清了，院方就暂时搁置了起来。主要是怕死者家属上门吵闹。

"向赵胜义借款的就是彭佳飞，我们找到了写有他名字的借条，赵胜义案发当晚曾经跟自己的老婆说过，为了这笔借款，他要出去一下，和人家见个面。所以我们可以推定，彭佳飞和赵胜义的死有着不可分割的关系。赵胜义死后，彭佳飞并没有主动把那笔 20 万的款项打到赵胜义老婆的账号上，他也没有提起过这件事，所以让我产生了怀疑。

"而彭佳飞以前就在第三医院的神经外科工作，是该科室的一把手。他对人的脸部结构非常熟悉，对打击哪一块区域，从哪里下手打击所产生的危害最大，可以说都了如指掌。我们询问过现在还在神经外科当医生的陈云，他说彭佳飞私底下和赵胜义的关系还是不错的，赵胜义有钱，大家都心知肚明，只要谁缺钱，都可以去找他借贷，只是利息相对高一点而已。彭佳飞就经常向赵胜义借钱。"

“这种情况是从什么时候开始的？”

“一年多前。陈云说，那段时间，彭佳飞好像很愁钱，四处找人借，但都碰了钉子。”

“金额是多少？”张副局长皱眉看着他。

“他借的数目都很多，最低都要 10 万。而不像院里别的人，最多只是应急用一下，万儿八千就了事了。”童小川回答。

“他要这么多钱？那彭佳飞结婚了没有？在本市有亲戚朋友吗？”

童小川摇摇头说：“这人没有多少朋友，很少说话，也没有炒股或者买卖期货之类的。亲戚嘛，在本市这边没有。”童小川低头看了看手中的笔记本，“他的入院档案上写着，他是川东人，家里就只有父母，没有别的兄弟姐妹。”

“那他这些钱都用到哪里去了？”张局糊涂了，“不抽烟喝酒，不赌不嫖，要借那么多的高利贷，难道他是在买六合彩？最近治安大队那边查处并上报了很多购买六合彩的案子。”

“应该没有这回事，他同事陈云说了，谁都不知道他把钱用到哪里去了。院里也有人买六合彩，但是经过询问证实，排除了彭佳飞参与其中的可能。”

“还有一个情况，也是我把他和赵胜义联系在一起的主要原因之一。赵胜义租下那块荒废的场地后，并没有经常去那里，而当地老百姓说，经常看见一个矮个子的中年男人去那边。我们分别出示了赵胜义和彭佳飞的相片，他们立刻就指认了彭佳飞，说赵胜义只不过在刚开始的时候露过几次面，后来就没有再过去了。相反，他们倒是会三天两头看见彭佳飞。村主任还反映说，那里虽然荒废了，但是用电量很大。所以，我们要对那块场地进行搜查取证，还有彭佳飞的住处。而赵胜义负责第三医院的药，在前面的几起连续杀人案中，法医报告上提到，凶手多次使用到一些市面上难以买到的麻醉类药物，我就想，和赵胜义离不开关系，如今赵胜义死了，最大的嫌疑人就是彭佳飞了。张局，您就签字批准吧。”童小川焦急地说，他看了看腕上的手表，“我们的时间不多了。”

“好吧，我签字，但是我有必要提醒你，这些还都只是间接证据，我需要有力的证据直接指向彭佳飞。”

童小川点点头，接过了张副局长手中的搜查证：“张局，你放心吧，我会找到的。”

RNA的数据报告出来后，因为时间已经是傍晚5点多，急诊王医生现在也要下班了，刚从怀集赶回来的章桐，寻思着明天把手中的报告送去。

小潘跟着童小川去了李家坳，毕竟他已经对那里非常熟悉了，童小川需要他做帮手。

小潘走后，章桐顺手就把电脑刚刚生成的彭佳飞的RNA数据输入了电脑资料库。这样的举动无可非议，谁都知道，数据库的资料越齐全越好，并不是说只有留下案底记录的人，才必须把DNA和RNA等相关生物证据资料输入数据库。那样做，只不过是个单一的途径而已，而数据库是要为很多部门提供帮助的。

突然，让她意想不到的一幕发生了，电脑屏幕上开始出现两个对立的窗口界面，在一阵快速的跳动对比后，竟然停住了，上面随即跳出了一个大大的英文单词——MATCH。这就意味着，彭佳飞的RNA数据竟然和数据库中的某一个样本比对上了。章桐紧张地注视着屏幕，电脑又开始了比对运作，大约在半分钟后，同样的一幕又出现了，不过这次被匹配上的，是DNA数据，吻合率竟然达到了70%以上。

章桐不由得怔住了，70%以上的DNA图谱吻合，那就只有一个解释——彭佳飞和数据库中的某人是亲子或兄亲姐妹的关系。而RNA吻合，结果就更加可想而知了。

章桐颤抖着右手点开了吻合样本的编号，顿时面如死灰。

刺耳的手机铃声打破了章桐的沉思，她瞟了一眼，是一个陌生号码，便顺手摁下了接听键：“哪位？”

“是章医生吗？告诉你一个好消息，你的下属醒过来了。你快点过来吧。”电话中，急诊科的王医生激动地说。

“好吧，我忙完了手头的工作就马上过去。”章桐这才记起上次离开医院急诊科病房时，曾经把自己的电话号码留给了主治医师，拜托对方一有彭佳飞恢复的进展就随时通知自己。挂上电话后，她重新启动打印机，把4份样本图谱都打印了下来，然后塞进手边的挎包里。

临出门的时候，章桐又回头扫视了一眼空无一人的办公室，目光落在了电脑旁的那盆小小的仙人掌上，这盆花是彭佳飞送的，说是想让死气沉沉的法医处多一点生命的绿色。

想到这儿，章桐的心就像刀割一样，她快步走上前，一把抓起仙人掌花，连盆一起扔进了垃圾桶。一个如此不尊重他人生命的人，难道真的会去珍惜那象征生命的绿色？

她用力地关上了办公室的房门，匆匆的脚步声渐渐地消失在了空荡荡的走廊里。

警车开出市区的时候，天空中就已经飘起了雪花，漫天飞舞，就像一个飘忽不定的幽灵。寒风钻进警车的玻璃窗，驱赶走了车里仅有的一点点温暖的空气。坐在后座上的小潘被冻得够呛，只好蜷缩在后座上已经破损的沙发座套里，嘴里不断地诅咒着到处肆虐的寒冷。

“我说童队啊，你干嘛不让我开我们法医处的通勤车出来，那里面多暖和啊，你这车，能冻死个人，空调都没有。你们刑警队就这么穷吗？空调坏了也不修修，知不知道这是大冬天啊？你求人帮忙，把人冻死了，对你有啥好处……”

话还没有说完，童小川早就利索地脱下了自己的羽绒服，劈头盖脸地扔给了小潘：“赶紧披上，啰唆的腔调跟我妈真是一模一样。”

老李差点没笑出声，他一边注意车子前方的路面状况，一边嘀咕：“你就将就点吧，我的潘大博士，这还是我们刑警队最好的车呢，别的车连窗子都不一定能关得上，车里比外面还要冷。你今天能坐这个车，都已经是很高的待遇了。对了，”他伸手指了指童小川脚边的一个黑色袋子，“头儿，里面是一件防寒服，我备着蹲坑的时候用的，你赶紧穿上，别冻着了。”

“我没事儿，老李，还有多长时间到李家坳？”

老李看了一下仪表盘，说：“从市区到李家坳要 83 千米，正常时间要一个多小时，现在下大雪，我不敢开太快，估计还得半个多小时才能到。你们先休息一会儿，到了我叫你们。”

童小川回头问：“小潘，那个彭佳飞醒过来了没有。”

“应该还没有，要是醒过来的话，医院会打电话通知章姐过去的。”

“彭佳飞会醒过来吗？听说他伤得很重。”

“确实很严重，被整个车头硬生生地抵到了墙面上。不过，听章姐说，他其实基本上就是骨折和脑震荡，还有大面积的肌肉挫伤，撞击并没有伤到脑干组织，所以应该会醒过来的。老彭的身体很不错的，我经常看见他在办公室里时不时地练一会儿俯卧撑。”小潘充满了信心。

童小川点点头，转身坐好，看着早就陷入了一片漆黑的窗外，他陷入了沉思。

由于时间紧迫，自己还没有来得及把调查彭佳飞的决定告诉章桐，老李对此没有什么意见，说是为了案情的顺利开展，相关的利害关系人可以暂时不用通知。但是，童小川很清楚，这个并不是自己不想把这一情况告诉章桐的真正理由，章桐平时对这个和自己有着同样挫败经历的下属非常赞赏，更何况彭佳飞还在紧要关头救了章桐的命。所以，他决定在自己还没有拿到更进一步的证据前，先暂时对章桐保守这个秘密。而作为章桐的助手的小潘，也只是以为自己被叫来帮忙搜集在李家坳的埋尸案的证据，他并不知道这个案件与彭佳飞有关。

长长的一眼看不到边的省际公路上，3 辆不停地闪烁着警灯的面包车飞快地驶向了远处。

事实并没有如老李所料想的那么简单，雪越下越大，几乎让人睁不开眼，最要命的是，汽车的后车轮还打滑爆胎了。等最终赶到李家坳的时候，已经到了凌晨，室外的温度更低了。

打开车门的时候，小潘睁开蒙眬的双眼，此时他已经站在那个废弃的医用垃圾处理场所的场地正中央了，他不由得愣了愣，身后两辆警车上，陆续走下来好几个鉴证科的实验员和现场勘察取证人员。

“童队，怎么阵势这么大？”

“这里就是那起连环杀人案的案发现场，我需要你尽可能地搜集所有能够证实这里曾经有过死人的医学方面的证据。”

“那 3 个受害者的死亡现场都是在这里？”

童小川脸色阴沉地点了点头。

“这么大的工程，为什么不通知我们章姐过来？”

“你赶紧干吧，时间不等人。”说完这句话，童小川挥了挥手转身走了。

很快，4 个高高的应急灯柱被竖了起来。当照明线被接通的那一刹那，整个医用垃圾处理场内灯火通明，犹如白昼。

第十八章　复仇女神

作为一个训练有素的基层法医，章桐通常是个从容而又镇定的人。在专业领域里，她的博学和执着广为人知。她曾经拒绝过很多次调离基层岗位的邀请，理由只有一个，她深深地热爱着自己的工作。

站在病房门口，章桐深深地吸了口气，她知道，该是结束这一切的时候了。想到这儿，她伸手轻轻地推开了病房的门。

“章医生，你来了？”推门的声音惊动了正靠在床头沉思的彭佳飞，车祸让他变得虚弱了许多，脸色苍白。他想掀开被子站起身，却被章桐拦住了。

“你躺着吧，伤还没有好，你需要休息。”章桐在旁边的椅子上坐了下来，“我和你的主治医生谈过了，虽然你恢复的情况还可以，但是还需要休息。”

“真对不起，还要麻烦章医生亲自来看我。”彭佳飞尴尬地笑了笑，“我已经好得差不多了，都是一些皮外伤，没有伤到里面。我想尽早回去上班，不想耽误太多的工作。”

章桐若有所思地看着彭佳飞，说：“上班的事情，先不忙。我今天来找你，一方面是看看你的恢复情况，另一方面，我想当面谢谢你，因为如果没有你推我的那一把，今天躺在床上的就是我了。你救了我，谢谢！”

“这是我应该做的，章医生，在当时的情况下，谁看见了都会上前救人。我只不过凑巧跟你离得近一点罢了。再说了，章医生，毕竟人的生命只有一次，是最宝贵的。”

“是吗？”

章桐奇怪的口吻让彭佳飞不由得一愣，他一脸茫然，轻声问道：“章医生，你的话是什么意思，我怎么不明白？出什么事了？”

章桐站起身，走到窗前，看着窗外的雪花，目光黯淡：“前段日子，我接了一个活儿，帮法医学杂志社评定论文稿件。起先，我对这个额外的工作非常抵触，因为它占据了我很多时间。但是后来我想通了，因为这次杂志社的论文大赛的出发点，是真正地去发掘法医专业人才。我能尽自己的绵薄之力，应该感到很荣幸。我认真地拜读着每一份送到我手里的论文，在这些论文中，我发现了一篇很特殊的论文，为此，我兴奋不已，因为这篇论文并没有像别的论文那样夸夸其谈，它有实质性的东西。这篇作者署名为‘王星’的论文，论点独特，论据详尽，最让我难忘的是，作者对学术的严谨态度。为了更进一步地完善这篇论文，我向杂志社提出了几点请求，主要就是想让这位作者补充几个论据，很快，我所要求的补充点都一一补齐了，我为有这样的人才能选择法医这个特殊职业而感到庆幸，毕竟现在从事这个职业的人越来越少了。我很想见见王星，表达对他的敬意，可惜的是，我的请求被杂志社拒绝了。”

“章医生，这不是一件很好的事情吗？能得到您的认可，我想这位作者应该感到莫大的荣幸才对。”

章桐摇摇头，转过身，靠在窗台边，神情凝重地看着彭佳飞说："感到荣幸的人应该是我才对。这人是个人才，非常执着，不顾一切地追求事业的精神让我敬佩。而也是这个人，为了得到准确的理论验证数据，为了论证自己的观点，竟然不惜随意夺取他人的生命，这种残酷的举动更是让我感到心寒。"

一听这话，彭佳飞的瞳孔不由得微微收缩，双手也下意识地紧紧握在了一起："章医生……"

章桐没有看彭佳飞，她走到刚才坐的凳子旁，从随身带来的挎包里找出了那两份DNA图谱，递给了彭佳飞，冷冷地说道："我想不用我解释，你应该能够看懂吧？"

彭佳飞紧咬着嘴唇，没有吭声，握着图谱的双手在不停地颤抖。

"我并没有直接的证据能够证明是你杀了自己的亲弟弟王辰，但是这两张RNA图谱告诉我，你曾经冷酷地亲手结束了另外一个人的生命！"说着，章桐把另外两份RNA图谱递给了彭佳飞，"左边那张是你的，右边那张是在死者赵胜义的脸部伤口中发现的。"

"这怎么可能？"彭佳飞不敢相信自己的眼睛，他吃惊地站了起来，"这怎么可能？章医生，赵胜义的脸部伤口中怎么可能发现我的RNA？你可不能冤枉我。"

章桐不由得冷笑道："我很佩服你的谨慎小心，你懂得如何保护自己不受伤害，你在用自己的右手一下一下精准无误地打在赵胜义的脸上时，很好地掩饰了自己的DNA痕迹，一张小小的创可贴就为你圆了所有的谎。你知道，如果你不注意的话，我会通过DNA查到你，因为你入职时，在局里的DNA数据库中留下了你的样本（备注：这是一般法医实验室的普遍规定，以防止在检验物证时发生不必要的DNA污染）。所以，你尽量注意保护你的右手，但是你没有想到，RNA的分子结构远远小于DNA，只需要1/10样本，我就能够做出一个完整的RNA图谱。而RNA是病毒的完美载体，这要非常感谢你在年幼时染上了你们川东一种当地特殊的肺结核杆菌，我正是在匹配这种肺结核杆菌的实验过程中，意外地把你的RNA图谱和留在赵胜义脸上的RNA联系上的。你是学医的，我相信你不会质疑RNA的多样性，因为你也知道RNA和DNA一样，两个人完全一样的概率非常低，甚至比DNA还低。所以，彭佳飞，我想你对这个证据也找不到任何反驳的理论依据了，对吗？”

彭佳飞面如死灰，低垂着头，依旧一言不发。

章桐重重地叹了口气，脸上流露出悲伤的神情，痛苦地说道：“我很同情你，因为你和我一样，在生活中受到过很沉重的打击。曾经有一段时间，我对生活很失望，我的父亲，我的妹妹，还有……就是我最牵挂的人，他们都离开了我，离开了这个世界。那时候，我根本就抬不起头，没有了继续生活的勇气。后来，当我得知你的痛苦经历时，我对你依旧能够坚持工作而深感敬佩，因为你的生活和事业也是在一夜之间全都被毁了，但你没有选择颓废，相反，你继续面对生活的挑战，哪怕是从头开始，从一个底层的最不起眼的小实验员干起，你对生活的热爱让我钦佩。可是你为何要杀人？我不明白，难道你杀人真的只是为了一个简单的数据？赵胜义又是怎么得罪了你？彭佳飞，我相信你早就该知道，我们医生的职责是救死扶伤，还生命以尊严，这也是我们入职宣誓时的誓言。可是，如今我分明感觉到，你践踏了这个神圣的誓言！”

彭佳飞浑身颤抖，他抬起头，早就泪流满面：“章医生，我也不想这样，你知道我为什么会在手术中出事吗？”

章桐摇摇头。

“我的父亲母亲虽然在我年幼的时候把我过继给了别人，但是我的母亲始终放不下，她找到了我，偷偷地尽她所能地向我表示着她对我的爱。尽管我的养父母最初非常反感她的到来，可是后来，也终于被她的执着给感动了，任由她和我的亲生父亲经常来看我。那时候的我真的很幸福。我的生活一帆风顺，直到去年年初，我得到一个噩耗，因为家中没钱，我的母亲放弃治疗，去世了，而我的父亲，一个忠厚老实的男人，因为拉不下那张老脸天天生活在周围人的唾沫星子中，选择了上吊自杀。一夜之间，两个我最亲的人都没有了，我一时难以自制，手术就出了差错，不可挽回的差错。”说到最后，彭佳飞早就已经哽咽，“而这一切的罪魁祸首就是我的弟弟。”

“要是我没有记错的话，你的弟弟王辰就是第 4 个死者。”章桐的目光无意中落到了病房门口的鞋柜上，她不由得心中一动，那里正端端正正地摆放着一双骆驼牌雪地靴，“你鞋子穿 40 码还是 41 码？”

“41 码。”彭佳飞随口答道，他伸手打开了床头的开水壶，“章医生，你要喝茶吗？”

章桐摇摇头，沉默了一会儿，最终决定放弃继续追问。她站起身，垂下眼皮，轻声说道：“你还是去自首吧。这样的话，在良心上多少还能舒服一点。我相信你的本质并不坏。你是一个人才，但是你走了一条弯路。你弟弟的事情，并不是你能够随意夺取他人生命的理由，可是如今说再多都没有用了。彭佳飞，现在是晚上 6 点，我给你 24 小时的时间，你去找童小川自首，坦白你所做过的一切事情。24 小时后，我就会把所有的证据都交出去。”说着，她最后看了一眼病床上的彭佳飞，“我走了，你好好休息吧，不用出来送我了。”

关上门后，章桐看着那双 41 码的骆驼牌雪地靴，随即打开随身的挎包，掏出一个干净的塑料袋把它装了进去。这奇怪的一幕让正经过病房门口的护士愣住了，她刚要开口，章桐轻轻摇了摇头，然后晃了晃手中的工作证，小护士会意地点点头，随即快步离开了。

章桐走后没多久，彭佳飞突然心跳加速，神情紧张。他强忍着身上的疼痛，赶紧来到病房门口，用力地打开门，目光随即落到了门口的鞋柜上，他心中顿时一凉，本应该放着那双骆驼牌雪地靴的位置，此刻却空空荡荡的，只留下了一双普通的棉皮鞋孤零零地在鞋架上放着。

“该死！”彭佳飞咬牙低声咒骂着，狠狠地一拳打在了门框上。

为了还原火灾现场，不惜烧掉一座房子；为了分析溅血，从水箱里模拟泼溅人血；为了研究尸体，开创了世界上独一无二的人体户外考证机构——尸体农场。尸体农场正式的对外名称是户外法医研究所，是法医人类学家威廉·巴斯在 1980 年成立的，目的是研究尸体腐败过程中的精细特征，更为了能够准确地判断死亡时间，而死亡时间是死亡调查的重要工具。

小潘不是不知道尸体农场的存在，只要是学法医，并且是深深地热爱着这个职业的人，在自己的身边如果能够见到“尸体农场”，就会像阿里巴巴见到四十大盗的宝藏那样兴奋不已。

可是，此刻的小潘一点都高兴不起来。

由于正值隆冬季节，室外的土壤冻得如同坚硬的石头，不远处，时不时地传来飞机起降的声音。那隆隆的轰鸣声，尖锐的呼啸声，从小潘到达李家坳这个地方开始，就一直没有间断过。

荒废的医疗垃圾处理场占地面积非常广，目测大约有 1000 平方米，紧靠墙东，矗立着一个黑压压的庞然大物，根据从第三医院后勤处那里拿来的图纸来看，这是整个处理场的核心地带——一个巨大的内部厂房。

小潘拉着工具箱，推开门走了进去。当他终于看清楚这个厂房的内部世界时，彻底愣住了，他怀疑自己出现了时空错觉。

厂房的结构和一般的车间没有很大的差别，三角形的顶棚，一排整齐的排气扇，10 盏日光灯能够很轻易地被打开，一点都看不出这里已经被荒废的迹象。但是在日光灯下面，一层层厚厚的白色塑料膜把这个特殊的空间给细致地分割成了 8 块区域，越靠近白色塑料膜，小潘越是感觉到面前空间里的气温异常。他赶紧放下手中的工具箱，戴上塑胶手套，带上一些必备的检验工具，开始沿着塑料膜间的走道一间一间地查看过去。

第一间，5~6 平方米，温度被设置在了 30℃，一台暖风机在不断地工作着，地面上是厚厚的砂姜黑土。小潘掏出口袋里的标尺，用力插进黑土中，显示土层的厚度在 80~100 厘米。他沉思了一会儿，又拿出鲁米诺喷剂，对黑土层来回喷了几下，然后打开小型的紫外线灯，很快，黑土层上就发出了不规则的诡异的光芒。这表明黑土层下曾经埋有尸体。

他重重地吐了口气，站起身，摁下了肩膀上挂着的步话机，说："童队，我是小潘，我需要支援。"他环顾了一下四周，神情无奈，"我至少需要 10 个人，越多越好。"

尽管室外寒风刺骨，室内的白色隔膜间里却让人挥汗如雨，暖风机被定在最大挡。为了不破坏现场的环境，小潘不能把暖风机关掉，他只能忍耐。可是尽管做了足够的心理准备，穿着手术服、戴着口罩的小潘，还是差点被尸体所散发出的臭味给熏晕了。成群结队的蛆虫旁若无人地在隔膜间里爬来爬去，面前这具尸体的死亡时间应该在 4 天以上，尸蜡已经形成，面目早就无法辨认，尸体全身皮下挤满了蠕动的蛆虫，尸体略微张开的嘴部更是不断地有蛆虫滚落。这些都还不是最主要的，让小潘感到震惊的是，每个白色隔膜间的门口都悬挂着一本小小的记录册，上面一行行详尽地记录着隔膜间中的这具尸体每隔 24 小时的变化状态，旁边还注明了具体温度。更让小潘感到触目惊心的是，第一行所记录的，是死者死亡时的一系列数据，包括心跳停止的具体时间。

有人在看着他们死去，而在这个人的眼中，眼前这些曾经拥有过生命的人和实验室中的小白鼠没有什么两样。

身后传来了一次性鞋套和地面接触时所发出的特有的沙沙声。

“小潘，情况怎么样？”

“后援什么时候到？这里至少有 8 具尸体！”小潘头也不抬地回答道。

“已经通知了，到达这里大概还需要 1 个小时的时间。”

小潘一屁股跌坐在了地面上，抬头看着童小川，皱着眉伸手指着自己身旁的“墓穴”问：“这是谁干的？”

“我会让你知道的。”童小川轻轻地叹了口气，转身离开了。

早上 7 点刚过，章桐在滨海路车站下了车，她刚到公安局门口，就迎面走来一个人，向自己打着招呼：“早上好啊，章医生！”原来是刚来没多久的张副局长，正边走边吃着手里的煎饼果子。

章桐不由得哑然失笑：“张局，饿成这样，你不会是加了一晚上的班吧？”

“这算不了什么，人家刑警队的好几天都没有回家休息了，大家不都是为了案子吗，你说对不对？”张局一边笑着一边和章桐一起往局里走，“对了，我已经听说了前几天车祸的事情，童小川在去李家坳之前和我说了。你现在情况怎么样？你手下的那个实验员恢复得好不好？”

章桐犹豫了一下，脸上的笑容消失了，轻声说道：“还行，谢谢张局的关心，我会处理好一切的，你放心吧。”

上午 9 点，推门走出解剖室，章桐心事重重，离自己给彭佳飞留下的时间期限还有整整 9 个小时。她下意识地掏出了手机，刚想摁下快拨键，可是又很快打消了念头。不要催促他，相信他能够明白自己的苦心。他既然能够在车祸发生的那一刻舍命救自己，这也足以看出彭佳飞还是良心未泯的。章桐知道，自己这么做要承担一定的风险，万一彭佳飞跑了，那么自己无形之中就成了帮凶。茫茫人海，一旦他离开了本市，可能就再也找不到他的踪迹了。

难道自己真的错了？章桐痛苦地闭上了双眼，想起车祸发生的那一刻，彭佳飞的那声怒吼，还有那鲜血淋漓的现场，她相信彭佳飞救自己的时候，没有去顾及自身的安危。这样一个可以舍己为人的人，又怎么会做出临阵脱逃的举动呢？

正在这时，身后传来了痕迹鉴定组小郑的声音："章医生，你要的鞋印报告出来了。"

"是吗？"章桐急忙回头，"结果怎么样？和现场留下的匹配上了吗？"

小郑点点头："没错，是同一组鞋印，无论是着力点还是磨损程度，都是吻合的。鞋子的尺码和牌子也都是相同的。章医生，你真厉害，这么快就把凶手的鞋子找到了。"

章桐呆住了，最不愿意看到的事情还是变成了现实——彭佳飞不只是杀害了赵胜义，他还亲手杀了自己的弟弟。

"你把这个情况汇报上去吧。"章桐接过了检测报告，"谢谢你帮我。"

看着章桐灰白的脸色，小郑不由得问："章主任，你脸色很难看，是不是生病了？要不要我陪你去医务室看看。"

章桐摇摇头："不用了，我休息一下就好。"回到办公室，章桐关上门，掏出手机，给童小川发了一条简讯："杀害王辰的人就是彭佳飞，证据在痕迹鉴定组。——章桐。"

她又给第三医院病房打了个电话，被告知彭佳飞还在病房休息，门口挂了块"请勿打扰"的牌子。章桐默默地放下了听筒，或许彭佳飞还需要一定的时间走出多年的心理阴影，章桐决定等待。此刻，墙上的时钟指向了上午 9 点 55 分。

“童队，这里有发现，你快过来。”一个痕迹鉴定组的警员通过步话机通知了童小川。

当童小川赶到这间最靠近厂房里面的小屋时，他看到一个拉杆旅行箱正被手下的警员小心翼翼地合力放在了小屋里唯一一张长方形桌子上。他不由得一怔，伸手指着拉杆箱，问：“里面是什么？”

拉杆旅行箱被打开后，出现在大家面前的，是一条长长的黑白相间的围巾，一副墨镜，还有一个女式长波浪假发套。

“是他，是他干的，该死的，我早就应该料到，凶手就是个男的！”童小川忍不住咬牙狠狠地咒骂了一句，“老李，马上把这些证物用相机拍了传给于强，叫他拿给前面 3 个报案人验证一下，确定他们所看到的嫌疑人是否就是穿戴着这几样东西。”

“明白！”

童小川掏出了手机，正要拨打章桐的电话，却懊恼地发现自己的手机已经没有电了，他赶紧叫住老李：“马上通知于强，叫他一定要保护章医生的安全，还有，申请逮捕令，派人立刻赶去第三医院抓捕彭佳飞！要快！”

此时已经是傍晚 5 点多，章桐关上了电脑，然后拿起挎包，锁上门后，向走廊尽头的楼梯口走去。整个走廊静悄悄的，本来这里就没有什么人，此时显得更为安静了。章桐边走边看了看手机屏幕，上面空荡荡的，没有任何消息显示。童小川出差还没有回来，不知道他有没有收到自己上午发的简讯，也不知道彭佳飞有没有去投案自首。章桐感到自己的脑子里一片混乱。

正在这时，手机发出了清脆的“叮咚”声，章桐一看，不由得感到讶异。号码显示是彭佳飞的，短信内容更是让她迷惑不解——章医生，我在停车库等你。

章桐没有多想，转身向停车库走去。不管怎么样，自己有必要在最后关头再拉他一把。地下停车库的面积并不小，而此时因为已经是白班的下班时间，最里面的车辆检验鉴定处早已空无一人，空空荡荡的停车库里看不见一个人影。章桐略微迟疑了一下，随即大声叫道："彭佳飞，你在哪里？我来了。"

有人在前面摁了一下喇叭，章桐顺着声音看过去，是一辆银灰色的桑塔纳 2000。彭佳飞坐在驾驶室里，他的姿势很怪异，右手蜷缩在胸前，左手冲自己挥动着。

章桐皱了皱眉，犹豫了一下，继而上前问道："你干吗不上去？"

彭佳飞脸上的笑容消失了，他重重地叹了口气，打开车门，说："章医生，你不是很想见见我的'尸体农场'吗？我先带你去吧，我知道你没有直接证据指控我犯下了前面那几件'箱尸案'，现在，我把所有证据都交给你。杀 1 个人也是杀，杀 3 个人也是杀，我只是不想把自己苦心研究的成果都付诸东流了。"

"我不能一个人跟你去，这是违反规定的，我必须通知刑警队。"说着，章桐转头从挎包中找寻手机，突然眼前一黑，浑身发软，倒了下去。彭佳飞手中拿着一个一次性针筒，刚才趁章桐寻找手机的时候，他掏出早就准备好的注射针筒，以最快的速度插进了章桐的脖颈。

"这里面是阿托品，你早就应该知道了，"彭佳飞轻轻地叹了口气，"你放心，我给你打的剂量不会致命，但短时间里你也动不了了。我只是奇怪，你为什么就不愿意放过我？"

说着，他用力拖着章桐的身体，把她塞进了汽车的后备厢。他不用担心此刻监控室的值班警员会看见自己的一举一动，因为他精心挑选了车库的死角停车。

当他坐回驾驶室时，这才感觉到胸口一阵阵钻心的疼痛，由于刚才用力过猛，才愈合没多久的伤口又被撕裂了。彭佳飞强忍着疼痛，紧咬着嘴唇，转动车钥匙，把车开出了地下停车库。

不知道过了多久，章桐渐渐地苏醒了过来，她第一个感觉就是，自己在一个不停移动的空间里，可是眼前一片黑暗，她什么都看不见。她口干舌燥，头晕目眩，浑身上下依旧软软的，难以动弹。不停的颠簸把她的头重重地撞到了离脑袋很近的一块类似铁块的东西上，让她眼冒金星。

章桐努力回想着最后失去意识时仅存的一丝记忆，她想起了彭佳飞怪异的目光，可是，还没等她做出反应，便浑身发软倒了下去，随即渐渐失去了意识。

很显然，是彭佳飞下的毒手。章桐懊恼地意识到，自己一定是在他车子的后备厢里，因为外面不断地传来汽车呼啸而过的声音和刺耳的鸣笛声。

突然，车子停住了，章桐顿时紧张了起来。她知道，彭佳飞突然袭击自己，就是不希望他的秘密被揭穿。真可笑，自己竟然还对他心存希望。童小川曾经不止一次警告过她，对凶手不能有丝毫的怜悯之心，可惜，章桐就是做不到，她怎么也无法把彭佳飞舍命救自己的举动忘得一干二净。

"我只是想让你保留最后一点做人的尊严。"章桐喃喃自语，闭上了双眼，"现在看来，我错了。"

车门打开又关上，很快，汽车再次移动了起来，只不过这一次移动得很艰难，好几次车轮都发生了打滑。章桐心里一沉，只有在沙子上行驶的时候，车辆才会发生车轮打滑的迹象。远处，海浪的声音越来越响，算算时间已经过了晚上 7 点，应该是涨潮了。章桐不由得心生恐惧，因为汽车正向大海驶去。而此刻，由于已经是隆冬，户外的海边更是寒风刺骨，周围连个人影都看不到。

章桐突然明白了，彭佳飞在把她塞进汽车后备厢时所发出的那一声重重的叹息所包含的深意——他在向自己告别。

随着海浪声越来越近，章桐分明听到了死亡的脚步声。

她拼命地挣扎着。

海水渐渐地涌进了后备厢，本就狭小的空间更是让人难以忍受，冰冷的海水让章桐忍不住浑身发抖，或许是因为寒冷的刺激，章桐的双脚双手逐渐恢复了意识。

她拼尽全力敲打着汽车后备厢的顶盖，呼喊着“救命”。

此时，汽车已经一头扎进了大海，随着海浪开始上下颠簸。

一阵阵晕眩袭来，章桐忍不住干呕着，海水越灌越多，渐渐地开始淹没她的身体，她只能竭力把自己的脸和鼻子贴近后备厢顶盖，好得到仅存的一点空气。

黑漆漆的海面上，看不到任何生命的迹象，海风阵阵，很快，轿车就不见了踪影。

“你说什么？章医生的电话一直处于无人接听的状态？”童小川如五雷轰顶，他一边拼命催促着老李快开车，一边冲着手机怒吼，“于强，你小子给我好好听着，把你手下的人全都给我派出去，找到章医生，哪怕把安平彻底翻个遍，也一定要找到她！还有彭佳飞，那个混蛋，你确定他不在医院里吗？……那好，也给我找！不能放过他，我现在正从李家坳往局里赶，路上估计还要半个钟头，于强，你要是完不成任务让人跑了的话，我跟你没完！”

3 辆警车闪着警灯，拉着长长的刺耳的警笛声，如离弦之箭向远处开去。童小川的泪水渐渐涌出了眼眶，如果章医生出事的话，童小川知道自己这辈子都不会原谅自己。

第十九章　死的感觉

因为经常见到死亡，对那冰冷的感觉也早就已经不再陌生，所以当它真正为了自己而来时，章桐竟一点都不害怕，她只是太累了。那一刻，她对自己说，放弃吧，只要选择了放弃，心中的那根牢牢束缚着自己的无形的绳索就会彻底断裂，而那个时候也就是自己真正得到解脱的时候。章桐感到自己全身轻飘飘的，就像睡在柔软的云端上，她不再害怕那已经渐渐灌满整个后备厢的海水，反而轻轻地松开了手，任由自己在海水中漂荡。她的意识渐渐地模糊……

突然，一阵猛烈的撞击，让章桐渐渐远去的意识重新回到了她的身上。很显然，汽车撞到了近海的礁石上。章桐再次感到自己呼吸困难，由此而来的强烈的求生意识让她又一次抓住了后备厢的顶盖把手，她憋住呼吸，四处查看着求生的通道。

不行，我不能就这么死去，我还有很重要的事情没有完成。章桐的眼前闪过了彭佳飞阴郁的脸。我一定要抓住他，我不能放弃。

章桐的目光停留在了汽车后备厢的顶盖上，突然，她意识到自己真的犯了一个致命的错误。

汽车后备厢的应急开关！章桐虽然不会开车，但是记得车辆鉴定处的同事曾经说过，无论哪种轿车的后备厢，都有一个应急开关，作为一个逃生的通道。而那个开关，通常就在后备厢顶盖的拉手附近。

她伸出左手，用力伸向那个应急开关所在的位置，很快，她摸到了一个小小的凸起，用力摁下去，咔嗒一声，顶盖松动了一下。

终于打开了，章桐推了推，可是顶盖纹丝不动，仿佛一股巨大的力量正死死地压在顶盖上。

自己在近海的礁石附近，显然海水的压力使自己一时之间无法轻易打开汽车后备厢。章桐感到了绝望，难道就这么放弃吗？不，她用尽全身的力气向已经弹开的顶盖撞了过去。

“童队，门卫说，彭佳飞傍晚 6 点左右来过局里，他开了一辆车，直接去了车库。”

童小川点点头：“那后来呢，有没有看到章医生下班离开局里时的监控视频？”

“没有，只有彭佳飞的那辆车离开了，时间是 6 点 08 分。车库里的监控探头并没有拍到他停车时的镜头。”

“这混蛋，他对那里了如指掌。”童小川面色阴沉，“他开的是不是一辆银灰色的桑塔纳2000？马上调取附近的监控，查找这辆车的去向。章医生肯定就在车里！对了，两个手机的定位都进行得怎么样了？”

“没办法，童队，搜寻不到信号，手机卡显然已经被取出来了。”于强无奈地摇头。童小川沉着脸，用力一拳打在了身边的墙上。

章桐学过游泳，记忆中那还是 7 岁的时候，父亲把自己和妹妹带到了游泳馆，可是妹妹死活都不愿意下水，最终，只有她乖乖地跟着父亲下水了。当她终于磕磕碰碰地，一把鼻涕一把眼泪地学会游泳的时候，父亲笑着对她说：“别哭，总有一天你会庆幸自己学会了游泳。”

章桐还从来没有在大海中游泳的经历，更何况是在冰冷的海水中。她拼命地划着，拍打海水的双臂早就已经机械化地在做着最后的努力。章桐知道，此刻自己不能停下来，必须坚持，因为哪怕只是 1 秒钟的松懈，自己就会如一块无名的石子，悄无声息地沉入茫茫的大海中，从这个世界上永远地消失。

这是一种什么样的寒冷啊，章桐感到牙齿在不停地打颤，她快坚持不住了。可是，陆地离自己还是那么远，不，不能放弃，她用力蹬掉了自己的靴子，挣脱早就已经被海水浸透、如巨石般沉重的防寒服，这些平时在陆地上能够让自己远离寒冷的东西，此刻却足以把她无情地拖入深不见底的海水中去。

脱去外套后，章桐感觉身上的重量明显减轻了许多。她用力地向前划着。必须赶紧到达陆地，因为那沉重的防寒服脱去后，自己虽然不会因身体沉重而很快沉入海底，但是那随之而来的寒冷也会随时夺走她的生命。两者必须选择其一，章桐深知自己此刻正在与死神赛跑。

一个浪头打过，章桐被重重地摔在了海边的沙滩上，在失去意识的那一刻，她听到了由远及近的警笛声。

“爸爸，你又一次说对了。”章桐的脸上露出了欣慰的笑容，随即陷入了昏迷之中。

彭佳飞打发走了出租车，他不想就这么直接进李家坳，这么偏僻的地方如果来一辆出租车的话，是非常显眼的。以前每次来这里的时候，他都会从村外绕道进去，虽然费些工夫，但是很安全。他当然知道童小川迟早会带人找到这里，可是，在彭佳飞看来，没有什么比那些宝贵的试验资料对自己来说更重要的了！他不能放弃！眼前这个地方，自己已经没有办法再继续待下去了，那就走呗。用不了多久，章桐的尸体就会随着那辆桑塔纳一起被找到，现在的警察并不笨，涨潮的海水不会把它们带离多远。如果自己再犹豫不决的话，被抓住就是迟早的事情了。彭佳飞一边走过小树林，一边琢磨着下一步究竟该怎么办。

快要走到目的地的时候，借着月光，彭佳飞低头看了一眼腕上的手表，马上要 10 点了，他放心了许多，因为这个钟点，李家坳的村民们早就已经闭门落锁进入了梦乡，没有人会注意到自己的到来。

厚厚的积雪在脚底下发出吱吱的声响，彭佳飞累得气喘吁吁。想着或许是因为自己刚刚受伤，身体有点吃不消了，以往走的这段林间小路，此刻变得那么漫长。

不，绝对不能放弃，彭佳飞暗自嘀咕着，大不了换个城市继续自己的实验。他埋怨自己，真的不应该贪图一时的名利而去参加那所谓的论文大赛，本想着如果大赛得了名次的话，对自己的实验会有更好的帮助，毕竟那是 10 万元的奖金啊。而且得了奖，自己就可以被推荐去参加国际性的学术交流，在国内，或许“尸体农场”的构想不能被人认同，但在国外不是这样，而且彭佳飞深信，总有一天，人们的观念是会得到真正的改变的！

可是现在这一切都已经成了泡影，他没想到自己之前都处理得那么干净，最后竟然栽到了赵胜义身上，留下了那该死的RNA，同时也低估了章桐这个女人的智商，没想到她竟然会把自己的实验和现实生活中的案子联系在一起，现在全都暴露了。彭佳飞懊恼不已。现在唯一能挽回的，就是拿到所有的资料，然后远走高飞，换个身份，找一个谁都不认识自己的地方。

他来到一处隐蔽的小门前，掏出了兜里的钥匙，打开门后，眼前的一幕让他顿时傻了眼，地面上到处都是已经被刨开的坑，而远处的厂房，虽然表面看上去没有什么变化，但是彭佳飞知道，童小川带着手下的人早就把这里翻了个底儿朝天。

“妈的！”他暗暗地咒骂了一句，顾不得心疼，趁着广场上没有人，迅速向厂房那边跑去，他的所有研究资料都在最后面的那间小屋里放着。

不能让心血白费了。

厂房里一片漆黑，耳边听不到任何声响。他停下了脚步，四处环顾了一下，一眼望去，白色的塑料布在轻轻飘荡，犹如一个暗夜幽灵一般在空中飞舞。彭佳飞不由得感到了一丝恐惧，尽管他知道那白色塑料布后面的小隔间里有几具他亲手放置的尸体，但是尽管如此，人性的本能让他有些却步。

刚想转身走，可想着那些资料，他咬咬牙，低头继续向前迈步，伸手去揭开那些挂着的白色塑料布。

他的手突然触到了一个硬硬的东西，紧接着，哗啦一下，一副冰凉的手铐铐在了他的手上。彭佳飞的心跳几乎要停止了，惊愕之余，几盏应急灯迅速打开，所有刺眼的光束都集中在了彭佳飞的脸上。

“总算抓住你了，你这个混蛋！”蹲守在一边的刑警队三分队队长卢浩天咬牙切齿地吼了一句，“你被我们童队算对了，知道你肯定舍不得这些宝贝，迟早要回到这地方来！我们在这儿已经等你很久了！”

“这……这怎么可能？”回过神来的彭佳飞四处张望着什么，嘴里嘟嘟囔囔地说，“我的资料呢？我的数据呢？你们都给我放到哪里了？”

“还想着你的那些东西？你放心，一样都少不了！”小潘愤愤然地吼道，“你简直是畜生，干出这种伤天害理的事情！枉我平时管你叫一声大哥！被你害死的这些人都是一条条生命，你怎么下得去手啊！”

“他们……他们不是人，根本就不配做人！变态！”一提到那些死在自己手中的人，彭佳飞就像换了一个人一样，尽管手腕上已经被牢牢地铐上了手铐，依然妨碍不了他的怒吼，“他们就不该活在这个世界上！”

卢浩天再也忍不住了，他对身边站着的两个下属挥了挥手：“把他带上警车！马上押回局里，童队在等着呢！”两个警员拽着死命挣扎的彭佳飞向厂房外走去。

卢浩天重重地叹了口气，转身对小潘说道：“走吧，我们一起回去吧。明天局里的痕迹鉴定人员会过来继续取证的，你在这里已经起不到什么作用了。”小潘却仿佛没有听到他的话，只是不停地摇着头，嘴里喃喃自语：“他疯了……他疯了……”

远处，依稀传来彭佳飞的大喊声：“我的资料……我的资料……”

手机响了，童小川这才回过神来，他靠在窗台边，掏出手机，电话是三队的卢浩天打来的，汇报说彭佳飞已经被抓到了，正在押往局里的路上，估计半小时内就可以赶到。这个消息是在童小川的预料之中的，他知道在彭佳飞的心里，没有一样东西比得上那些资料来得珍贵，为了这些数据资料，彭佳飞不惜犯下杀人的罪行。童小川最担心的不是这个，章桐到现在还没有下落，天知道那个混蛋究竟把她送到哪里去了。

“我在审讯室等你们。”说着，他挂断了电话。

第二十章　宽恕

一周后。

眼前一片白茫茫，章桐的耳边传来了轻轻的啜泣声，她用力睁开仿佛被灌了铅般沉重的眼皮，在习惯了刺眼的灯光后，循着啜泣声，她看到了一张泪眼蒙眬的熟悉的脸庞。

“你哭什么啊，我又没有死……我的命硬着呢……等我真的死了你再哭也来得及……”章桐断断续续地说着，虚弱的笑容在嘴角浮现。

“你还开这种玩笑！”李晓伟一把抹去眼泪，尴尬地看着章桐，“刚出差回来就看到你这个样子，我都担心死了，你竟然还有心思开玩笑！”

“你别生气啊……”章桐伸出了正挂着吊针的左手，“其实，我真的害怕再也见不到你和大家了。对不起，我让你们担心了！”

一旁坐着的童小川欲言又止，他轻轻叹了口气，站起身笑着说：“章医生，你好好休息吧，醒过来就好，我也放心了，案子已经结了。我以后再来看你。”说完他冲李晓伟点点头，随即转身离开了病房。

一个月后。

章桐恢复得很快，要不是主治医生一再坚持，两周前她就想要申请出院了。今天，终于等到了出院的日子，她在医院门口打了辆出租车，看着车窗外灿烂的阳光，久违的笑容终于在章桐的脸上露了出来。生活中的一切都要重新开始，章桐突然觉得，能够活着的感觉，真的是很好。

下午，在安顿好家里的一切后，章桐回到局里，径直去了刑警队办公室。看见章桐出现在门口，童小川眼前一亮，他笑了笑："来了？进来坐吧。"

章桐在办公桌旁坐下后，便直截了当地问道："童队，我想知道彭佳飞的案子后来怎么样了？我一直不明白他为什么要这么做？"

"主要是因为彭佳飞的亲生父母。因为王辰坚决要求变性，平时又不上班挣钱，整天混日子，家里都被掏空了，所以母亲死了，父亲也自杀了。在临终前，父亲给彭佳飞打去电话，在交代了后事后，一再恳求彭佳飞要好好照顾王辰。

"彭佳飞在本市当神经外科医生，工作稳定，收入也不错。在父母去世之前，王辰就来本市投奔他，待了没几天，小心思就压不住了，他要哥哥出钱帮他做手术。在遭到拒绝后，王辰毅然先去找了天使爱美丽医院的卓佳鑫医生做了手术，术后才给哥哥彭佳飞打了个电话，事已至此，拗不过王辰，彭佳飞向死者赵胜义借了高利贷。前后陆续有 60 多万，最后只剩下了这笔 20 万没有归还。也不是彭佳飞还不起，只因他对弟弟的看法在接到父亲死前的那个电话以后就完全改变了，他痛恨自己的亲弟弟，所以也就不再愿意帮他。而就在这时，彭佳飞的事业和名誉受挫，但他不服输，就开始研究起了法医学。他本身就是神经外科的专家，渊博的知识完全可以让他东山再起，他只是需要一个场地和实验对象。至此，彭佳飞自然而然就想到了贪财的赵胜义，并且从他的手中借到了李家坳的那块地方。而实验对象，他就想到了那些他恨之入骨的特殊群体，其中就包括他自己的弟弟。"说到这儿，童小川重重地叹了口气。

“不得不承认，他是一个非常刻苦，也非常聪明的人。如果他没有做这些事情的话，将来通过考试，肯定会成为一个出色的法医。”章桐不无遗憾地说，“可惜的是，他践踏了他人的生命。”

童小川点点头，说：“其实，案子刚开始的时候，我在酒吧调查时，酒吧老板汪少卿，也就是手术后的王辰，早就认出了那个监控录像中进入自己酒吧的人就是哥哥王星。他一边要挟王星，一边打电话给我，最终，彭佳飞，也就是王星，同意了弟弟王辰过分的要求，答应给他 10 万，让他闭嘴，永远保守这个秘密。这也是为什么我赶到酒吧，王辰却提前离开，后来失踪的真正原因。”

“他把王辰关起来了？”

“对，就关在李家坳那个地方。彭佳飞还当着王辰的面，漠然地处置别人的生命。后来，王辰找了个机会跑了出来，又给我打来了电话求救，因为哥哥的冷血和对生命的漠视让他清楚了解到，如果再不求救的话，下一个死的就是自己了。”

“但是他还是没有躲过被害的命运。”章桐同情地摇了摇头，“我一直在想，他为什么面对死亡的时候没有反抗，现在想来，可能是因为愧对自己的亲哥哥吧。毕竟，亲生父母是因他而死，而自己哥哥的事业也是毁在他的手里。其实一个人再怎么邪恶，面对死亡的时候，也都会流露出内心最真实的一面，包括忏悔。”

“后来，赵胜义不断地催促彭佳飞还钱，两人多次发生争执。最终，赵胜义死在了他的手里，只是彭佳飞做梦都没有想到，赵胜义竟然把借条放在了靴子的夹层里，直到最后我们在审讯室里告诉他，他还不敢相信。”

章桐的脑海里又一次回想起了那天晚上，自己隐约间看到的一幕，公安局门口的法国梧桐树下，彭佳飞和一个男人吵得不可开交。那人应该就是后来被活活打死的赵胜义。“那，他把我连人带车推进海里以后，你们又是怎么抓住他的？”

童小川笑了，说：“他放不下李家坳的那些实验资料和相关数据。听负责抓捕他的卢队说，人都被押上警车了，还在不断念叨着要我们别把那些数据资料搞丢了，并且哭得像个孩子一样，说自己这辈子彻底毁了，再也没有办法从头开始。真是一根筋！”

“是谁在海边发现我的？”

“是我，他们最终根据监控录像找到了那辆车的去向，我赶到海边的时候，就看见了你。说真的，章医生，你的命真大，被海浪冲回来了。”童小川若有所思地笑了笑。

“那卓佳鑫也是死在彭佳飞的手里的，对吗？他是不是就是在酒吧扶卓佳鑫去卫生间的那个手指关节粗大的‘女人’？”

“没错，彭佳飞后来都承认了，卓佳鑫来公安局找我坦白的时候，和彭佳飞擦肩而过，彭佳飞认出了他。对他，彭佳飞恨之入骨。”

“难怪，那段时间里，我总觉得彭佳飞的情绪不是太稳定，很低落。谢谢你，童队，我心里的疑问全都解开了。对了，前面 3 个死者身上所发现的阿托品、肾上腺素和奎宁这些药物的来源，彭佳飞说了吗？”

“都是赵胜义卖给他的。所以赵胜义也有他的把柄。”童小川回答。

章桐如释重负：“谢谢你，那我回去上班了。”随即转身离开了童小川的办公室。

童小川又一次转身看向窗外，望着碧蓝的天空，深深呼出一口长气，继而释然地笑了。